DUMONT

London, Ende der vierziger Jahre. Seit der Kindheit malt Jennet für ihr Leben gern. Auf der Kunsthochschule lernt sie den gutaussehenden, geheimnisvollen Maler David kennen, und zwischen den beiden entflammt eine unbändige Liebe. Sie heiraten und ziehen nach Spanien, wo die Farben leuchten und sie das Leben genießen und malen. Ein Agent nimmt Jennet unter Vertrag, sie feiert ihre größten Erfolge. Doch dann entzweien sich Jennet und David, und Jennet macht Bekanntschaft mit vielen Bewunderern …

Francesca Kay, aufgewachsen in Südostasien und Indien, verbrachte einen Großteil ihres Lebens auf Jamaika, in den USA und in Deutschland. Heute lebt sie mit ihrer Familie in Oxford. *Die Farbe zwischen Himmel und Meer* ist ihr erster Roman. Sie gewann dafür den Orange Award for New Writers.

FRANCESCA KAY

DIE FARBE ZWISCHEN HIMMEL UND MEER

Roman

Aus dem Englischen
von Kathrin Razum

DUMONT

FSC
www.fsc.org
MIX
Papier aus verantwortungsvollen Quellen
FSC® C083411

April 2012
DuMont Buchverlag, Köln

Die englische Originalausgabe erschien 2009 unter dem Titel
An Equal Stillness bei Weidenfeld & Nicolson, London.

Satz: Fagott, Ffm
Umschlag: Zero, München
Druck und Verarbeitung: CPI – Clausen & Bosse, Leck
Gedruckt auf säurefreiem und chlorfrei gebleichtem Papier
Printed in Germany
ISBN 978-3-8321-6195-8

www.dumont-buchverlag.de

Für Mark, Susannah,
Arabella und Joseph

UND SOFORT

Statt Worten kommt der Gedanke an hohe Fenster:
Das sonnenerfassende Glas
Und jenseits davon der tiefblaue Himmel, darin
Nichts, ein Nirgends, endlos.

Philip Larkin

Schreib ihre Biographie, drängten sie mich noch an ihrem Grab, kein anderer als du sollte das tun. Wer könnte es besser? Du bist so sprachgewandt, außerdem standest du ihr am nächsten.

Am Grab. Ich erinnere mich. Das lasierte Holz, das ihr nicht gefallen hätte, der steife Fächer aus Lilien und weißen Rosen. Kaspar in seinem Mantel mit Samtkragen, Patrick, der sich Halt suchend auf einen Stock stützte. Nur wenige andere waren an jenem Januarmorgen auf dem Friedhof, blickten in die überraschend tiefe Grube hinab. Roddy und Louella MacNamara, Margaret Metcalf, Elizabeth Foy, mein Bruder und meine Schwestern mit ihren jeweiligen Kindern. Die Sonne schien, doch vom umliegenden Moor fegte ein schneidender Wind herüber. Später im Jahr sollte ein Gottesdienst in St. Martin-in-the-Fields stattfinden, zu dem kommen konnte, wer nicht um sie trauerte, sie jedoch in Erinnerung behalten würde. Die Handvoll Menschen an dem frisch ausgehobenen Grab waren jene, denen es ein persönliches Bedürfnis gewesen war, die Reise nach Litton Kirkdale zu machen, die eine enge Beziehung zu Jennet Mallow gehabt hatten, nicht nur zu ihrem Werk.

Was die grundlegende Frage aufwirft: Mensch oder Werk? Ein Werkverzeichnis von Mallow wird binnen Jahresfrist in den Druck gehen, und es liegen bereits mehrere Monographien und Kataloge vor. In ihnen sind Mallows Gemälde aufgelistet und detailliert beschrieben. Warum sollte man mehr wissen müssen? Wie die meisten Leben war auch das ihre auf der öffentlichen Ebene relativ ereignislos, privat hingegen war es, wie das Leben aller Menschen, von einschneidenden Ereignissen durchzogen – Geburt, Liebe, Verlust, Tod.

Doch im Unterschied zu anderen Menschen war Mallow Künstlerin, und ihre Kunst war ein Produkt ihrer Erfahrungen. Erziehung, Familie, Freunde, die Einflüsse, denen sie ausgesetzt war, die Orte, an denen sie lebte, und die Art und Weise, wie sie dort lebte, dies alles bildete den Nährboden für ihre Malerei. Wenn ihr Werk bedeutend ist – und man ist sich einig, dass Mallow zu den bedeutendsten Künstlern des letzten Jahrhunderts zählt –, dann sind es ihre Erfahrungen auch, und das rechtfertigt diese Biographie.

Jedenfalls sehe ich das so. Und jene, die darauf drangen, dass ich die Biographie schreibe, sehen es auch so. Nur Gott weiß, was Mallow selbst gedacht hätte. Sie war ein sehr verschlossener Mensch, in einem extremen Maß introvertiert, und hat immer den Standpunkt vertreten, dass die Geschichte eines Künstlers oder einer Künstlerin – von dem allgemeinen gesellschaftlichen Kontext einmal abgesehen – für das Werk irrelevant sei. Keine noch so große Überredungskunst konnte sie dazu bewegen, über sich selbst zu schreiben, und sie bewahrte zwar ihre Notizbücher, Briefe und sporadisch geführten Tagebücher auf, doch waren sie nicht zur Verbreitung gedacht. Andererseits hat sie diese Schriften auch zu einem Zeitpunkt, als sie gewusst haben muss, dass sie bald sterben würde, nicht vernichtet.

Nein, ich bin mir nicht sicher, ob dieses Buch ihre Zustimmung gefunden hätte. Aber ich weiß, dass irgendjemand es früher oder später geschrieben und dass sie mich einem fremden Verfasser vorgezogen hätte. Jemand, der ihr nie begegnet war, könnte die Zwänge, unter denen sie in ihrem Leben stand, nicht so gut verstehen wie jemand, der an diesem Leben teilhatte. Was nicht heißen soll, dass ich nicht objektiv sein kann. Mallows Rolle im Zusammenhang mit jenem tragischen Tod, für den sie allseits verurteilt wurde, lässt sich erklären, aber nicht entschuldigen, und auch ich will nichts beschönigen. Ich sah ihre vielen Schwächen deutlicher, als ein Außenstehender es täte. Doch ich sah auch ihre Stärken und die Standhaftigkeit, mit der sie ihrer Vision folgte.

Wäre es mir möglich gewesen, hätte ich Jennet Mallow gemalt, statt ihre Biographie zu schreiben. Virginia Woolf hat einmal gesagt: »Niemandem in unserer Zeit wird es gelingen, ein Leben so zu beschreiben, wie Sickert es malt.« Denkt man an bedeutende Porträts – Giovanni Bellinis *Doge Loredan*, El Grecos *Fray Hortensio Félix Paravicino*, Mallows *David Heaton* –, wird man sofort erkennen, dass das, über Sickert hinausgehend, stimmt. Gemälde können die Seele von längst Verstorbenen für Hunderttausende von Betrachtern, die nichts von den Porträtierten wissen, über die Zeit hinweg greifbar machen. Aber da ich niemals ein Porträt von Jennet Mallow hätte malen können, habe ich versucht, mit Worten mein Bestes zu tun, und um ihr gerecht zu werden, habe ich mir gewisse Freiheiten erlaubt. Ich bin Dichter, und als Dichter kann ich wie ein Maler mit Andeutungen arbeiten. Es liegt auf der Hand, dass ich Mallows Gedanken und Gefühle, wo ich sie nicht kennen konnte, erfunden habe. Zu meiner Verteidigung kann ich nur anführen, dass ich keine andere Wahl hatte, denn ich wollte ein facettenreiches, ausdrucksstarkes, anschauliches Bild von Jennet Mallow erschaffen, nicht nur eine grobe Skizze. Und wo ich mir ausdachte, was in ihr vorgegangen sein mochte, tat ich es, anders als ein Fremder es getan hätte, mit Ehrlichkeit und Liebe.

Jennet Selina Mallow kam am 11. November 1924 im Pfarrhaus von Litton Kirkdale am Oberlauf der Aire zur Welt. Es war nicht das Zuhause, das ihre Mutter sich vorgestellt hatte, als sie Richard Mallow heiratete. Damals, im Jahr 1917, war er ein gut aussehender Mann in Uniform, ein Berufsoffizier, dem die Erfahrung des Krieges Ernst und Würde verliehen hatte. Fester Stoff, hohe Lederstiefel, die glänzten wie Pferdeaugen, und auf der Stirn eine frische Narbe. In seinem bereits ergrauenden Haar der Duft von Limonen. Lorna war achtzehn und fern ihrer Heimat, den Blauen Bergen Jamaikas, wo ihr Vater Kaffee angebaut hatte – bis er, als sie erst dreizehn war, bei einem Unfall auf See ums Leben kam. Lornas Bruder, Harold Rhys, absolvierte zu dieser Zeit sein letztes Schuljahr in Dorset, und dorthin fuhren Lorna und ihre Mutter – vorübergehend, wie Lorna glaubte –, um sich von diesem Schicksalsschlag zu erholen. Doch schon zwei Jahre später fiel Harold in Ypres, und sein Tod brachte die Plantage um ihren Erben und Lorna um die Heimkehr. Nach diesem zweiten Verlust hatte Lornas Mutter kein Verlangen mehr, nach Jamaika zurückzukehren, sondern blieb lieber in Sherborne, wo ihre Schwester lebte. Lorna war noch ein Kind, man konnte nicht von ihr erwarten, dass sie die Plantage allein verwaltete, und andere Kinder gab es nicht. Also wurden Haus und Ländereien ohne Gewinn verkauft, und als die vater- und bruderlose Lorna, in Trauer und sich selbst überlassen, auf einer Weihnachtsfeier Richard Mallow kennenlernte, befand sie, dass er eine passable Ausstiegsmöglichkeit darstellte.

Als Richard das nächste Mal Urlaub hatte, heirateten sie, und so wurde Lorna zu einer Zeit zur Soldatenbraut, als andere Bräute und Mütter, Schwestern und Töchter darum beteten, dass ihre Männer lebend zurückkommen würden. Lorna rechnete nicht damit, dass Richard überleben würde. Die anderen Männer in ihrem Leben hatten schließlich auch nicht überlebt. Sie stellte ein Foto von ihm neben ihr Bett im Haus ihrer Mutter in Sherborne und wartete auf ihre Verwitwung. Danach, so nahm sie an, würde sie sich unabhängig machen können und endlich in die Blauen Berge zurückkehren.

Doch der Krieg ging zu Ende, Richard war wieder da, und unerklärlicherweise war er entschlossen, nicht bei der Armee zu bleiben. Sein Vater war Generalmajor gewesen, und Richard würde fraglos der gleiche Erfolg beschieden sein. Stattdessen beschloss er, Pfarrer zu werden. 1923 wurde er ordiniert. Lorna, immer noch bestürzt über Richards Unsterblichkeit und mittlerweile Mutter einer Tochter mit Namen Barbara, tröstete sich mit dem Gedanken an ein hohes kirchliches Amt. Ein Leben im Lambeth Palace, goldblonde Söhne, Vasen mit karmesinroten Rosen: Das wäre ein Ausweg aus der Ödnis und Langeweile der Provinz, wenn auch um den Preis der Rückkehr nach Jamaika. Oder Richard könnte Bischof von Kingston werden. Doch Richard selbst hatte keine derartigen Träume. Er wollte nicht mehr als die bescheidene Pfründe in Litton Kirkdale, und in einem Moment unkluger Freimütigkeit sagte er zu Lorna, er hoffe, einst dort zu sterben.

Litton Kirkdale. Die Pfarrei mit ihren gedrungenen Häusern, einer Kirche, die sich von dem Gestein ringsum kaum abhob, ihrer kleinen Gemeinde, Schäfern, Ladenbesitzern, den Kindern mit ihren runden Gesichtern und diesem unverständlichen Dialekt, der unendlichen Weite ringsherum und dem hohen Himmel. Ein Ort auch von außergewöhnlichem, strahlendem Licht, ein uraltes Haus, in dessen grauen Steinmauern die Felswände anklangen, die sich über dem Tal erhoben, und im Garten der Pfarrei ein Flüsschen, in dessen Wasser sich das blasse Taubengrau des frühen Morgens genauso spiegelte wie das sanfte Lila des Abends. Stille und Weite, ein Trost für Richards Seele. Lorna behauptete, sie hasse diesen Ort wegen des Regens und der Kälte, und doch muss irgendetwas daran sie wider Willen angesprochen haben, denn als ihr zweites Kind geboren wurde, nannte sie es nach einem Wasserfall, der von den nicht weit entfernten Kalksteinklippen herüberglitzerte. Ein Name, den Lorna auch von einigen Grabsteinen auf dem Dorffriedhof kannte, der Name der Feenkönigin, die in einer Höhle hinter dem Wasserfall lebte, wo Lorna Mallow an manchen Sommertagen wieder der Geruch von Pflanzen und Wasser auf warmem Fels in die Nase stieg, der für sie der Geruch der Kindheit war.

Fels. Seine Farben, seine Lebendigkeit, seine Textur, seine Temperatur. Warm, wenn er den Sonnenschein gespeichert hat, eiskalt im Winter. Als Jennet Mallow mit einundzwanzig Jahren ihren ersten Winter in London verbrachte, musste sie an Fels denken. London, so fand sie, war eine steinerne Stadt. Schön die weißen Vertikalen der Häuser beim Hyde Park, die flachen grauen Bänder der Straßen und die kahlen Platanen. Doch es war sehr kalt in jenem Winter, und die Straßen waren durch Stellen verunstaltet, wo Bomben die Häuser dem Erdboden gleichgemacht hatten, schwarze Lücken in ansonsten weißen Zahnreihen. Die schwache Flamme des Gasheizofens in dem Wohnheim, in dem sie untergekommen war, konnte gegen die Kälte und Feuchtigkeit wenig ausrichten. Jennets Fingerknöchel waren rot, aufgesprungen, geschwollen. Sie erinnerte sich an einen Winter in ihrer frühen Kindheit, als sie Diphtherie gehabt hatte. An die bleierne Langeweile der zahllosen Stunden, die sie damals allein in ihrem Zimmer verbrachte. Doch auch an den Trost des Kaminfeuers, das in diesem knauserigen Haushalt ausnahmsweise den ganzen Tag brennen durfte. Peggy kam mit einer Schaufel voll Kohlen und etwas Reisig, fegte die alte Asche zusammen, richtete das Brennmaterial und zündete es an. Kaum hatte sie das Zimmer verlassen und die Tür hinter sich zugemacht, sprang Jennet aus dem Bett, zog mit einer kleinen Messingzange die halb verbrannten Zweige aus dem

Feuer und ließ sie zum Abkühlen auf die roten Fliesen vor dem Kamin fallen. Mit den Zweigen zeichnete sie auf die weiß getünchte Wand hinter dem hohen Mahagoni-Kopfteil ihres Betts, das gerade so weit von der Wand abgerückt war, dass sie sich in den Zwischenraum stellen konnte.

Dunkelgraue Linien und Schattierungen auf der sauberen weißen Wand: Bäume und Vögel und Berge. Zwischen Wand und Bett gezwängt, konnte sie die Zeichnungen nicht in ihrer Gesamtheit sehen, aber sie spürte sie und wusste, dass sie von Leben erfüllt waren. Nachts träumte sie von ihnen oder, wenn sie, wie so oft, nicht schlafen konnte, stellte sie sich diese vor. In tiefster Dunkelheit, wenn kein Mond schien und das Feuer längst erloschen war, lag sie da und sah, wie ihre Zeichnungen sich bewegten. Eine große Katze, die ihre Krallen zeigt, eine Schar Gänse, ein vom Wind gebeutelter Fichtenwald, ein schnell dahinströmender Fluss.

Sie benutzte die Rückseite des Kaminvorlegers, um sich die Finger zu säubern und die Wand abzuwischen, doch als Peggy das Rußgeschmier auf Nachthemd und Bettlaken entdeckte, wurde sie böse. Das sag ich deiner Mutter, schimpfte sie. Du ungezogenes Mädchen. Auch ihre Mutter war böse, doch ein paar Tage später kaufte sie Jennet eine Schachtel Buntstifte, einen Block und ein Brett als Unterlage. Von da an musste Jennet nicht mehr heimlich zeichnen, doch den Zauber jener verborgenen Linien in der Höhle hinter ihrem Bett vergaß sie nie, und als sie durch das winterliche London lief, sah sie sie wieder: dunkle, vor dem Milchweiß des Himmels scharf umrissene Vertikalen, die schwarzen Silhouetten von Vögeln.

Die schwarzen Silhouetten von Vögeln. Jennet Mallow war gerade dabei, einen Vogel abzuzeichnen, als sie im Januar 1947 im Zeichensaal der Kensington School of Art David Heaton kennenlernte. Es war ein toter Vogel, ein ausgestopftes Relikt der Vergangenheit. Sie wusste nicht, um was für einen Vogel es sich handelte, vielleicht war es ein Goldfink, sein verblichenes Gefieder verlieh ihm ein unbestimmtes, melancholisches Aussehen. Es war nicht der Vogel, den sie gern gezeichnet hätte. Vor ihrem inneren Auge sah sie Adler, Kondore, Wildvögel mit beeindruckender Spannweite, die über einer grenzenlosen Steppe schwebten, scheue Tiere aufschreckten, im Vorbeistreichen mit kühlem Luftzug das hohe Gras unter sich umbogen. Später sollte sie diese Vögel tatsächlich malen, aber im Zeichensaal hing nur ein Druck von Ruskins akribisch erfasstem Eisvogel an der Wand, vor Jennet hockte auf einem mit Wachs überzogenen Zweig dieses klägliche tote Wesen, und die Studenten hatten ihrem Kursleiter Henry Coldstream erst einmal zu beweisen, dass sie zeichnen konnten. Jennet verbannte die großen Raubvögel aus ihren Gedanken und zeichnete so sorgfältig wie möglich den geneigten Kopf, den kleinen Schnabel, den schräg abstehenden Schwanz. Und sie zeichnete wirklich sehr gut: Es war ihre bis dahin kaum geförderte zeichnerische Begabung, die ihr 1945 zu einem Stipendium der Kensington School of Art verholfen hatte.

An der Schule, die Jennet in Harrowgate besucht hatte, durften Mädchen, die als intelligent galten, nicht das Fach Kunst belegen. Kluge Mädchen befassten sich mit Mathe und Latein, begriffsstutzige mit Zeichnen und Handarbeiten. Sie wurden von Frauen unterrichtet, die sich ihre eigene Ausbildung überwiegend gegen den Widerstand viktorianischer Vorurteile hatten erkämpfen müssen und die ihre Schülerinnen dementsprechend als einen stetigen Strom nachrückender Rekrutinnen für den fortdauernden Kampf an der Amazonenfront betrachteten. Jennet war schon als Kind offenkundig gescheit, aber nicht gefügig genug, um den Erwartungen ihrer Lehrerinnen zu entsprechen. Sie bot ohne ersichtliche Anstrengung hervorragende Leistungen. Sie zeichnete wie eine Besessene, bedeckte die Ränder ihrer Hefte und jeden nur greifbaren Zettel mit Gesichtern, Augen, Fischen, Spiralen, den schwarzen Silhouetten von Vögeln. Sie rannte so schnell wie ein fliehendes Reh, verweigerte sich jedoch jeglichem Mannschaftssport. Sie nahm Dinge wahr, die andere Kinder vermutlich nicht wahrgenommen hätten: die Schönheit eines Apfelkerns, die Farben von Busfahrscheinen, die gebeugte Gestalt einer alten Frau, die ihre Türstufe schrubbte. Doch sie behielt ihre Beobachtungen für sich. Sie war still, reserviert und wachsam, und wie ein kleines, angeblich gezähmtes wildes Tier machte sie die Furchtsamen nervös.

In ihrem letzten Schuljahr, als sie ihre intellektuellen Fähigkeiten unter Beweis gestellt hatte, indem sie ihre Prüfungen mit Auszeichnung bestanden und ein Stipendium am Somerville College in Oxford erhalten hatte, durfte Jennet schließlich einen Mal- und Zeichenkurs an einer nahe gelegenen Hochschule belegen. Er war in vielfacher Hinsicht eine Enttäuschung. Stunde um Stunde malte die Klasse bunte Herbstblätter in Aquarell oder zeichnete sorgfältig arrangierte Wildblumen ab. Doch immerhin gab es dort Farben und Bleistifte, und das reichte, um Jennets Verlangen zumindest ansatzweise zu stillen. Da sie nicht auf irgendwelche Prüfungen vorbereitet werden musste, überließ Miss Dundas, die Kursleiterin, Jennet sich selbst, und für eine Weile hatte sie die Zeit und den Raum, das zu tun, was sie immer hatte tun wollen.

Viele Jahre nach ihrer Pensionierung gab Miss Dundas der Yorkshire Post ein Interview, in dem sie von Jennets großer Begabung sprach. Eine herausragende Schülerin, sagte sie, mit einem früh entfalteten Sinn für Form und Farbe. Ich war stolz, sie unterweisen zu dürfen. Sie erzählte nicht, wie sie einmal in Jennets Abwesenheit in deren Skizzenbuch geblättert hatte und auf eine Reihe von Aktzeichnungen gestoßen war. Schamlos präsentierte dralle Brüste, unverhüllte Venushügel. Wo und wie abgezeichnet? hatte sich Miss Dundas gefragt. Aus der Erinnerung oder der Betrachtung? Und wenn nicht Jennets eigener Körper, wessen Körper dann? Miss Dundas hatte die beschämende Vision, wie Jennet den nackten Körper einer Mitschülerin studierte oder, was vielleicht noch schlimmer war, vor einem großen Spiegel stand, die eigene Brust in der gewölbten Hand. Sie konnte das Bild gar nicht mehr abschütteln.

Richard Mallow hatte seine jüngere Tochter nicht auf die Schule schicken wollen. Bei Barbara, der älteren, war die Entscheidung einfach gewesen. Sie war ein quengeliges kleines Ding, lernte nur langsam lesen und schreiben und glich vom Temperament her, wenn auch nicht vom Aussehen, ihrer Mutter. Im Gegensatz zur feingliedrigen, blassen Lorna war Barbara pummelig, und ihre Haut war seltsam fleckig, ein ins Weißliche zerfließendes Rosa, wie Erdbeeren, die zum Marmeladekochen in einem Leinentuch zerdrückt wurden. Rasch gelangweilt und ohne Eigeninitiative, brauchte Barbara Gesellschaft, und Richard nahm an, dass sie sich in einem Internat wohlfühlen würde. Aber Jennet war ganz anders, behände, flink und aufgeweckt. Sie in eine Anstalt zu geben wäre so, als sperrte man ein Glühwürmchen oder einen Mauersegler ein.

Richard Mallow war nie ein geselliger Mensch gewesen, und nach seiner Rückkehr aus dem Krieg war er es noch weniger. Er war nicht zum Pfarrer geboren. Die Mitglieder seiner Gemeinde akzeptierten ihn, suchten jedoch nicht seine Gesellschaft. Manchmal träumte ihm, er predige im Leichentuch von der Kanzel. Einst hatte er geglaubt, dass Lorna, trotz ihres eigenen Kummers so unschuldig und heiter, sein Flämmchen in der Dunkelheit sein würde. Er erinnerte sich noch daran, wie sie auf der Feier, auf der sie sich begegnet waren, zu ihm aufgeblickt hatte, ihr Mund so weich und schön. Doch nach all den Ehejahren war ihr Mund schmal vor Enttäuschung, und wenn Richard die Augen schloss, um ihn zu küssen, sah er die Münder sterbender Männer. Schlamm und Blut, Vergeudung und Mitleid. Ein Augapfel, in Stacheldraht gedrückt. Alles Fleisch ist Gras, sagte er sich und wünschte, es wäre wahr. Doch bei so vielen Menschen war das Fleisch aschgrau. In seinen geheimen Gedichten schrieb er über diese Schrecken.

In seinen Albträumen war Jennet sein Trost. Seine liebe, lebhafte, dunkeläugige Tochter, frisch wie der Saft junger Halme, rein wie klares, kaltes Wasser. Er wollte sie nicht gehen lassen. Er wollte nicht, dass ihre Frische verdorben wurde, dass sie heranwuchs und in der Schule Lacrosse spielte. Er redete sich ein, sie sei von der Diphtherie dauerhaft geschwächt, und bestand darauf, dass sie zu Hause blieb, wo er sie nachmittags in seinem Arbeitszimmer selbst unterrichtete. Für ein kleines Mädchen lernte sie seltsame Dinge: Geometrie, Griechisch nach dem Neuen Testament, das Französisch Racines.

Es war Lorna, die Jennet schließlich doch fortschickte. Als sie eines Morgens aus ihrem Schlafzimmer nach unten ging, hörte sie das Geplapper von Kinderstimmen und wollte nachsehen, wer denn da war. Doch es war nur Jennet, sie saß allein auf ihrem angestammten Platz, dem breiten Fensterbrett auf dem ersten Treppenabsatz, und redete mit sich selbst, das Gesicht fest gegen den schwarzen Bleistreifen zwischen den Scheiben gepresst. Womit spielt Gott, wenn die Sonne untergeht?, fragte sie. Du bist ein dummes Mädchen, und das ist eine dumme Frage. Als ihre Mutter ihren Namen rief, wandte sie den Kopf, und Lorna sah, dass das Kind seine dunklen Brauen schon wie sein Vater zu runzeln begann. Kinder können so unendlich einsam sein. Es schnürte Lorna das Herz zusammen, und ohne Richard zurate zu ziehen, wandte sie sich an Barbaras Schule in Harrogate. Als man ihr einen Platz für Jennet anbot, nahm Lorna ihn an und stellte Richard vor vollendete Tatsachen.

Einsamkeit. Inmitten der Kalkfelsen weiter hinten im Tal von Kirkdale, halb verdeckt von einem Dickicht aus Eschen und Vogelbeeren, liegt ein tiefer, runder, von einer unterirdischen Quelle gespeister kleiner Bergsee. Jennet hatte ihn auf einem der Streifzüge, die sie schon seit ihrer frühen Kindheit allein unternahm, entdeckt und ging dort schwimmen, wann immer sie konnte. Das Wasser war so eisig, dass es ihr den Atem verschlug und ihr Körper ganz taub wurde. Sie konnte sich vorstellen, in eine andere Welt gefallen zu sein, wo es nichts als den Ansturm des Wassers und den Wind gab. Diese intime Vereinigung mit dem Wasser, der Schock des ersten Moments, die Taufe ihrer nackten Haut brannten sich in Jennets Seele ein, und sie sollte ihr Leben lang voller Sehnsucht daran zurückdenken.

An der Schule litt Jennet nicht unter Einsamkeit, sondern vielmehr unter der ständigen Bedrängung durch andere Menschen, Stundenpläne, die unerbittliche Glocke. Doch entwickelte sie im Laufe ihrer fünf Schuljahre auch eine bleibende Freundschaft mit einem Mädchen namens Margaret Metcalf, las viele Gedichte, schrieb selbst einige und ergänzte das bei ihrem Vater Gelernte um eine etwas konventionellere Spielart von Bildung. Und dann begann, noch während Jennets Schulzeit, ein weiterer schrecklicher Krieg, der bei Lorna erneut die Trauer um ihren Bruder weckte, und sie dankte Gott, dass sie keine Söhne hatte.

Barbara Mallow, die 1939 siebzehn wurde, ging nach Doncaster, um Krankenschwester zu werden, und wechselte dann ans St. Thomas in London. Jennet hatte eigentlich in die Women's Royal Air Force eintreten wollen, sobald sie alt genug war, doch Richard widersetzte sich diesem Plan so entschieden, dass sie davon Abstand nehmen musste. Bei Richard rührte der neue Krieg halb verschüttete Erinnerungen auf, er hatte von seinem Refugium aus mit wachsender Fassungslosigkeit zugesehen, wie die Welt unbekümmert auf die nächste Konfrontation zusteuerte. Wie konnten dieselben Männer, die nur zwanzig Jahre zuvor ein solches Martyrium durchgemacht hatten, ihren Söhnen jetzt ähnliches Leid aufbürden? Richard Mallow war der Sohn eines Generals, sein Vater hatte zu jenen gehört, die das Todesurteil für Richards Freunde unterschrieben hatten. All diese Abrahams, die die Klinge für ihre Isaaks wetzten. Bis zum letzte Moment betete Richard Mallow, Gott möge ihnen Einhalt gebieten. Als er sah, dass das Unheil seinen Lauf nahm, war es um seinen immer schon wankenden Glauben endgültig geschehen. Doch er war inzwischen über fünfzig, und er fühlte sich vollkommen machtlos. Litton Kirkdale war sein einziger Zufluchtsort. Er wusste, dass er mit den Menschen in seiner Gemeinde, die Hoffnung und Aufmunterung und Hilfe beim Stricken von Wollsocken für die Soldaten brauchten, nicht über seine Zweifel sprechen konnte. Also legte er sich den Tarnmantel grimmiger Kampfeslust um und hielt den frisch Verwitweten und den vaterlos gewordenen Familien donnernde, leidenschaftliche Predigten über den gerechten Krieg und die gerechte Sache, über den Erzengel Michael mit seinem flammenden Schwert, den Kindermord zu Bethlehem, das Schlachten der Lämmer. Junge Männer, die auf der kalten, dunklen Erde starben, mit Gott als einzigem Zeugen. Doch nichts auf dieser Erde hätte Richard Mallow dazu bewegen können, seine geliebte Tochter, ein Kind des Waffenstillstands, den brennenden Scheiterhaufen zu überantworten.

Also trat Jennet Mallow im Oktober 1943 ihren Studienplatz für Altphilologie in Oxford an. Zu einer anderen Zeit wäre sie dort vielleicht glücklich gewesen, doch in jenen trostlosen Kriegsjahren, als alles Wichtige woanders stattfand, nicht an diesem Ort voll blasser, hungriger Mädchen, wo es nur alte oder untaugliche Männer und kleine Jungen gab, war Jennet ruhelos und unzufrieden. Später sollte sie die Details, die ihr aus jener Zeit in Erinnerung geblieben waren, als eine Reihe geometrischer Formen in trüben, erdigen Farben beschreiben. Gotische Backsteindreiecke in Siena, der rotbraune Block der Mauer rings um ihr College, der sich dunkel vom mattgrauen Himmel abhob, Kreise aus dickem weißem Porzellan, auf die braune Quadrate aus gehackten Schweineinnereien und zwei gräuliche Kartoffeln geklatscht wurden. Kalte Kabinen mit braunfleckigen Badewannen, die zu einem Viertel mit lauwarmem Wasser gefüllt waren. Lange dunkle Tische und lange Flure mit Linoleumboden, von Türreihen gesäumt. Käsige, in Tweed gekleidete Mädchen auf Fahrrädern – Schlangenlinien und rotierende Speichen –, durch den unablässigen Regen unterwegs zu anderen Fluren und anderen ruhigen Zimmern, wo in gepflegtem, manieriertem Ton über Lyrik gesprochen wurde, als ließe sich diese auf Sprach- und Formkomponenten reduzieren.

Nach einem Jahr hatte Jennet genug. Sie musste irgendetwas Nützliches tun. Griechisch und Latein zu studieren, erschien ihr in dieser Zeit wie purer Luxus. Außerdem sehnte sie sich unendlich nach dem weiten Himmel, nach dem Wind direkt vom Moor. Oxford im Winter kam ihr vor wie ein Verlies, ein dumpfiger Ort, wo kein Licht hindrang und das wahre Leben in Vergessenheit geriet. Dann kam ein Brief von Margaret Metcalf, der ihr eine Fluchtmöglichkeit eröffnete. Margaret arbeitete in Cornwall als Landarbeiterin im Kriegseinsatz und schrieb, dass sie Verstärkung brauchten. Jennet meldete sich freiwillig, gab ihren Studienplatz am Somerville College auf und wurde einem Bauernhof rund acht Kilometer von Truro entfernt zugewiesen.

Dort gab es keinen Wind vom Moor, aber den Salzhauch vom Meeresarm und den süßlich-fauligen Geruch von Kühen. Die prämierte Herde des freundlichen Mr Lawe, friesische Rinder mit ansprechender schwarz-weißer Zeichnung, ihr ganzes Gewicht, ihre Masse auf zierlichen Beinen balanciert, hin- und hergewiegt, die Schwänze in ständiger, unruhiger Bewegung. Es war Jennets Aufgabe, sie zu melken und ihre Ställe auszumisten: Harte Arbeit, und am Anfang schüchterten die Tiere mit ihren trotzig gesenkten Köpfen und eigensinnigen Hinterbeinen sie durchaus etwas ein. Der immer gleiche Tagesablauf: An nassen Wintermorgen hatte sie von den Zinkeimern Frostbeulen an den Fingern, der Hof voll Matsch und Morast, die Weiden zertrampelt. Bei Gasbeleuchtung melken, Heuladungen und schwere Milchkannen herumkarren. Doch es gab auch echte Freuden, wenn man sie erst einmal entdeckt hatte: die Nähe zwischen den Frauen beim Melken, das unter dem Druck der Finger fließende Weiß, die Festigkeit der Kuhflanken, den warmen, kräftigen Geruch der Tiere und ihre Großzügigkeit. Ja allein die Gegenwart dieser geduldigen Rinder, die einem auch an den kältesten Morgen bereitwillig die Wohltat ihrer Wärme, ihrer massigen Körper anboten, und abends, wenn sie in den Stall gesperrt wurden, ihre nicht infrage gestellte Sicherheit.

Und dann war da der Zauber der Landschaft, neu für sie, die sie nie gereist war, kaum weiter in den Westen gelangt war als bis nach Sherborne, wo sie langweilige Ferien bei ihrer Großtante und Großmutter verbracht hatte. Hier an der südwestlichen Küste waren die Felder sanft und grün, und im Dezember blühten die Veilchen, doch die Kliffe waren steil. Jennet sah zum ersten Mal die Krümmung des Horizonts und jene Linie aus Licht, die Himmel und Meer voneinander trennt. Sie war schon öfter am Meer gewesen, doch von dieser Felsküste aus nahm sie zum ersten Mal seine Weite wahr, sah mit den Augen einer Möwe.

Sonntags hatte Jennet frei, und sie machte ausgedehnte Spaziergänge, allein oder mit Margaret, erkletterte auf schmalen Pfaden Kliffe und felsige Landspitzen, ließ die Farben von Wasser und Erde auf sich wirken. Sie versuchte zunächst, sich diese Farben mithilfe von Worten einzuprägen, denn sie hatten etwas Poetisches, doch fand sie keine Worte, die präzise genug oder noch unverbraucht gewesen wären. Die Wellen, die heranrauschten wie sich entrollende Ballen changierender grauer Seide, am Himmel ein Wolkenmuster, das an Makrelengräten erinnerte? Nein, jeder, der aufs Meer hinausblickt und versucht, es zu beschreiben, bedient sich erst einmal aus demselben Fundus an Worten, die für Jennet jedoch zu abgegriffen waren. Seit ihrer frühen Kindheit hatte sie insgeheim die Überzeugung einer Entdeckerin in sich getragen: dass sie Neues finden werde. Also versuchte sie es mit Farben anstatt mit Worten. In Cornwall hatte sie wieder jenes früher so vertraute Gefühl, es gebe eine geheimnisvolle, vorsprachliche Kraft. Ihre Möglichkeiten waren sehr beschränkt: Papier wurde rationiert, und sie besaß nur einen Schüler-Wasserfarbkasten, ein paar Tuben Ölfarbe und rudimentäre Kenntnisse. Insofern strebte sie nicht Vollendung an, sondern Übung und Entwicklung. Allein begann sie sich die Grundlagen ihres Handwerks anzueignen.

Ultramarinblau dunkel, Byzantinischblau, Kobalt-Coelinblau. Mochte Jennet Mallow damals auch weder die Farben noch die Fähigkeiten besitzen, so wusste sie doch, dass sie beides würde erwerben können. Himmel und Wasser in ihrem ganzen Farbenreichtum exakt zu benennen – türkis, azurblau, saphirblau – war, wie eine neue Sprache zu lernen, und sie merkte, dass sie diese Sprache liebte. Bis zu dieser Zeit in Cornwall, die von körperlicher Erschöpfung und einsamem Nachdenken geprägt war, hatte Jennet nicht gewusst, was sie wirklich wollte. Sie hatte es nicht gewagt, die Kunst als einen möglichen Lebensweg zu betrachten. Doch jetzt wurde ihr plötzlich klar, dass es der einzige Weg war – der einzige Weg für sie, auszusprechen, was es wert war, ausgesprochen zu werden.

Im Laufe des Jahres, das sie auf der New Kea Farm verbrachte, stellte Jennet eine Auswahl von Zeichnungen zusammen, die sie im Juli 1945 an die Kensington School of Art schickte. Sie war die einzige Kunstakademie, von der sie wusste. Im August wurde sie zu einer Aufnahmeprüfung eingeladen. Ein bärtiger Mann fragte sie, warum sie so oft Kühe zeichne. Man gab ihr ein riesiges, leeres weißes Blatt – erschreckend leer, eine größere weiße Fläche, als Jennet sie je vor sich gehabt hatte – und forderte sie auf, eine Studie von einer älteren Frau anzufertigen, die als Aphrodite posierte. Neben Jennet zeichnete ein stiller Mann mit krummem Rücken mitten auf sein Blatt das Knie des Modells, sonst nichts. In der folgenden Woche erhielt Jennet einen Brief mit der Nachricht, ihr sei ein Stipendium zugesprochen worden. Sie verabschiedete sich von Mr Lawe und den Kühen und fuhr für ein paar Wochen heim nach Litton Kirkdale.

Daheim träumte Richard Mallow von Atompilzen und wandelnden Skeletten und wachte nachts schreiend auf. Beim Reden sammelte sich Speichel in seinen Mundwinkeln. Lorna war mager und missmutig. Der Sommer nach Kriegsende war glühend heiß, das Gras verdorrt und der kleine Fluss, der durch Litton Kirkdale floss, zu einem grünlichen Rinnsal geschrumpft. Auch Jennet hatte sich verändert: Sie war braun gebrannt von der Zeit im Freien, schmal, aber sehnig, stark und geschmeidig wie ein Weidenzweig. Ein Zigeunermädchen, klagte Lorna. Sie und Richard hatten Jennets Plan, Kunst zu studieren, nach erstaunlich geringem Protest akzeptiert, möglicherweise war ihr Potenzial an elterlicher Enttäuschung nach Jennets Entscheidung, Oxford zu verlassen, schlicht erschöpft. Und Richard steckte ohnehin zu tief im Labyrinth seiner Depression, um sich über den Lebensweg irgendeines anderen Menschen Gedanken zu machen. Lorna fand an dem Plan womöglich sogar Gefallen, obwohl sie das nicht zugegeben hätte. Auch sie, dachte sie bei sich, hätte gern gemalt. Ihrem Leben fehlte die Leidenschaft, das war der Punkt. Wenn es mehr Farbe in ihrem Leben gäbe, läge sie nachts vielleicht nicht so oft wach, die Hand zwischen die Beine gepresst. Dorffeste, Sonntagsschule, lange Yorkshire-Winter und einen Versager ohne jeden Ehrgeiz zum Mann – hätte Lorna das alles gegen eine einzige Stunde reinen Vergnügens eintauschen können, sie hätte nicht gezögert. Doch die Frauen ihrer Generation und zahlloser vorangegangener Generationen hatten, festgenagelt durch ihre Kinder und ohne eigenes Geld, keine großen Wahlmöglichkeiten. Ein bisschen beneidete sie Jennet. Doch sie hatte durchaus auch den Gedanken, dass sie etwas weniger an Litton Kirkdale gebunden sein würde, wenn beide Töchter in London lebten. Kensington? Eine vollkommen akzeptable Adresse.

Lorna dachte an die Schachtel Buntstifte zurück, die sie Jennet gekauft hatte, als diese in ihrer Kindheit krank gewesen war. Wie befriedigend, die Quelle der Inspiration gewesen zu sein. Sie fragte sich, ob Erinnerungen an Farben wohl vererbt werden konnten. Das Aufblitzen eines grünen Kolibriflügels, die gelbe Dschungelglocke.

Das Aufblitzen eines Flügels. Jennet war gerade dabei, mit einem angespitzten 4H-Bleistift die einzelnen Federfahnen des toten Vogels zu konturieren, als hinter ihr jemand sagte: Das nenne ich Zeitverschwendung.

David Heaton im grauen Soldatenmantel, sein Gesicht raubvogelartig, knochig, schmal, das schwarze Haar wie ein Flügel, schaute zu ihr herunter und lachte.

Warum verschwenden Sie Ihre Zeit mit so was?, fragte er. In diesem Kurs geht es ums Zeichnen nach dem lebenden Modell. Dieser Vogel ist tot.

Ach wirklich?, sagte Jennet. Das ist mir noch gar nicht aufgefallen.

Kommen Sie mit in den Black Prince. Da werden Sie deutlich mehr lernen.

David Heatons spöttischer Mund. Seine ausgestreckte Hand. Vergessen Sie diesen dämlichen Vogel, sagte er.

Warum eine Feder bis hin zu den Federästen abzeichnen? Weil Beschreibung auch eine Art von Offenbarung ist, und für Jennet Mallow war dies nach einem Jahr an der Kunstakademie der einzige Weg, sich der Wahrheit anzunähern. Sie hatte gehofft, dass die Offenbarung schnell kommen würde. Im vergangenen Jahr hatte sie viel über das Handwerk des Malens gelernt. Ölfarben und ihr Gebrauch, Leimfarbe, Gouache, Spachtel, Grundierfarbe, Lösungsmittel, Firnis, Harze. Die Namen verschiedener Pinsel wie Worte eines Gedichts. Kolinsky-Rotmarder, Tobolsky-Rotmarder, Fehhaar Petit Gris. Borste Katzenzunge, Borste Fächer. Rindsohrenhaar rund, Rindsohrenhaar flach. Jennet schwelgte in ihrer Freude an diesen Begriffen, der Konsistenz und dem zähen Fluss der Farbe, dem Geruch von Leinöl und Terpentin, den sie in unbeobachteten Momenten einsog wie eine heimliche Alchemistin, und sie las immer wieder die an Zauberformeln erinnernden Anweisungen und Rezepturen. *Sie benötigen Gum-*

miarabikum, destilliertes Wasser, Honig, Glyzerin, Ochsengalle und Pigment. Ochsengalle. Magie.

Doch die Magie wirkte nicht sofort. Jennet betrachtete die von ihr gemalten Schalen mit Äpfeln, die Tänzerinnen, ihre akkuraten Bleistiftzeichnungen und sah, dass etwas fehlte. Etwas Wesentliches und Unbenennbares. Ihre Begabung, Dinge naturgetreu abzubilden, mit einer Linie etwas Realistisches zu erschaffen, wurde jetzt durch Wissen und Übung ergänzt, und ihre Lehrer waren sehr zufrieden, doch Jennet wusste, dass es nicht reichte.

Daher die feinen Linien einer Feder. Jennet begriff, dass sie demütig sein musste, auch wenn Demut ihr nicht leichtfiel. Sie musste erst lernen, einen Schwan zu sehen, ehe sie sich um eine Analogie bemühte. Der Vogel muss zunächst ein Vogel sein, ein Vogel in seiner ganzen Wesenheit – weder Metapher noch Archetyp, sondern sein eigentliches Selbst, unauffällig, wunderbar und real.

Die Traumkraft des Höhlenmalers. Die Macht seiner in Lehm getunkten Finger, des Steins in seiner Hand. Die Linien, die er zieht, flackern und pulsieren noch lange in der Schwärze, warten auf neue Augen, die sie zum Leben erwecken. Augen, die im Stockfinstern groß und grün glitzern. Jäger kommen mit ihren Fackeln zu den Linien, mit Bullenhörnern und Blut. Ochsengalle. Honig. Dafür erhaschen die ausgemalten Linien die begehrten Tiere, fangen sie mit dem Lasso ein, Haut und Fleisch und Knochen. Im Dunkeln singen die hungrigen Linien: zum Fakt gewordene Vorstellung, aus dem Wunsch gezauberte Kunst.

Jennet konnte diese Macht erlangen, diese Weihekraft der Initiierten, das wusste sie. Träume konnten aus ihrem Kopf in ihre Finger fließen und auf der Leinwand bleibende Gestalt annehmen. Sie konnte diejenige sein, die auf das Gesicht eines Idols Augen malte und Stein in Fleisch und Blut verwandelte.

An zahllosen Tagen ihrer Kindheit hatte Jennet Selina Mallow auf dem Fensterbrett am ersten Treppenabsatz der Pfarrei in Litton

Kirkdale gesessen, auf die schmalen, von Trockenmauern gesäumten Felder hinausgeblickt und sich gefragt, ob es möglich sein würde, sie zum Ausdruck zu bringen. Sie hatte die Schönheit eines Apfelkerns gesehen und wollte sie verkünden. Doch das war sehr schwierig. Das immerhin lernte sie an der Kunstakademie, wo sie sich, mit Lob und Ermutigungen überhäuft, wie eine Betrügerin vorkam, eine Filmschauspielerin, die an der Staffelei scheinbar Fortschritte machte, während tatsächlich zwischen den einzelnen Takes eine geschicktere Hand das Bild ausmalte.

Vogel. Der Name, den David Heaton ihr gab.

Jennet – was ist denn das für ein Name? Ich dachte, ein *jennet* ist eine Eselin.

Einer der anderen Männer lacht. Nein. Das ist ein kleines Berberpferd.

Ah, gut. Dunkle Augen wie ein kleiner Araber. Aber Vogel ist besser. Schaut doch ihre zerzausten Federn an. So werde ich sie nennen. Vogel. Wildvogel, Nachtvogel, hübscher Vogel, Singvogel … wobei sie ja ziemlich still ist.

Der Black Prince ist so verräuchert, dass man meinen könnte, der Nebel, der heute über London hängt, hätte seinen Ursprung hier in diesem Pub. Wände und Decke sind gelblich verfärbt, und an den Stellen, wo Leisten die Verdunklungsrollos festgehalten haben, ist die Farbe der Fensterrahmen zerkratzt. Die Rollos werden schon seit über einem Jahr nicht mehr benötigt. Heute Abend dringt das Licht ungehindert in die winterliche Dunkelheit hinaus, nur durch den Fettfilm auf den beschlagenen Scheiben gedämpft, und jedes Mal, wenn die Tür aufgeht, wirbelt Rauch hinaus und trifft auf den Nebel: zwei Geisterregimenter im Kampf.

Die feuchte Wolle von Davids Khakimantel dampft ganz leicht und absorbiert den Geruch von Bier, Gebratenem und Zigaretten, um ihn dann in fortwährendem Austausch wieder abzugeben. David hat seinen Mantel nicht aufgeknöpft, und sein Oberschenkel presst sich durch den Mantelstoff gegen den von Jennet. Es sind noch andere Leute bei ihm: drei Männer, von denen Jennet einen aus dem Unterricht kennt, und eine Frau, deren glattes, goldblondes Haar regelrecht leuchtet. Sie ist schlank und hält sich gerade wie eine brennende Kerze, ihr Haar ist wie Flammenschein, ihre Augen sind stets auf David gerichtet. Sie spielt mit einem silbernen Zigarettenetui, lässt es auf- und zuschnappen, während sie ihm zuhört. Ihr Mund ist rot geschminkt, mit exakten, vollkommenen Konturen. Sie führt ihre Zigarette an die Lippen, wie um sie zu küssen.

Jennet beobachtet, wie Davids tanzende Finger seine Worte untermalen. Es sind viele Worte, er spricht schnell und laut, die Worte sprudeln wie das Wasser eines Wildbachs. Wenn er lacht, lachen die anderen auch. Wenn ihm die Haare in die Stirn fallen, wirft er sie mit einer ruckartigen Kopfbewegung zurück. Seine Nägel sind abgekaut und sehr schmutzig. Jennet war noch nie in einem so vollen Pub, hat noch nie Bein an Bein mit einem Fremden gesessen, aber das lässt sie die anderen nicht wissen.

David Heaton und seine Freunde im Black Prince trinken ein Glas Bier nach dem anderen, während Jennet Davids regen Fingern zusieht und den heißen Druck seines Körpers spürt. Na, Vogel, neckt er sie, wie hat es dich denn auf diesen Ast verschlagen? Sie muss nicht antworten. Die anderen machen mehr als genug Lärm, und die Blondine, die Corinne heißt, fasst David ständig an, berührt flüchtig seine Wange, seinen Arm, legt ihm die Hand auf die Khakischulter. Sie leiht sich von einem anderen die Tweedmütze aus, setzt sie erst David und dann sich auf, sodass der Glanz ihres Haars erlischt. Und, wie steht sie mir?, fragt sie David, und wie Jennet sieht, steht sie ihr gut.

Der Gin in Jennets Glas ist leicht blaustichig und ölig, und es fasziniert sie, wie er das Licht reflektiert, wenn sie das Glas schwenkt oder kippt. Es geht gerade um Musik, Namen fallen, die Jennet nichts sagen. Thelonious Monk, Dizzy Gillespie. Ich hätte Trompeter werden sollen, sagt David. Oder Bergmann. Dann hätte ich vielleicht ein bisschen Geld verdient. Dabei hat er mit seinen Bildern bereits Geld verdient, und an zwei Tagen in der Woche unterrichtet er an der Kunstakademie in Stockwell. David Heaton nagt keineswegs am Hungertuch. Wie kann ich Sie zum Singen zu bringen?, fragt er Jennet. Weiteres Bier, dessen heftiger, säuerlicher Geruch. Die Geräusche und der Rauch umwirbeln Jennet, bis sie sich bei David anlehnen muss.

Zur Sperrstunde verlassen alle zusammen den Pub, treten aus dem warmen Mief in eisige Kälte und einen Nebel, der so dicht ist, dass sie kaum atmen, kaum die Hand vor Augen sehen können. Der Schein einer Straßenlaterne wie ein gelber Daumenabdruck am Himmel. David nimmt Jennets Hand und hält sie fest, und so stolpern sie vorwärts, ertasten sich den Weg zu dem Haus, in dem Corinne wohnt, denn sie hat Suppe in Aussicht gestellt. Ein hohes, schmales Haus in der Nähe des Portman Square, es gehört ihrem Mann, doch aus Gründen, die Jennet keiner erläutert hat, wohnt sie allein darin.

Corinne schließt die schwarze Eingangstür auf, nackte Dielen und kahle Wände, das Haus scheint fast leer zu sein. Sie folgen ihr nach unten in eine Kellerküche, wo ihrer aller biergeschwängerter Atem in der ungeheizten Luft Wölkchen bildet, und Jennet lehnt sich an einen ausrangierten Herd und beobachtet Corinnes Bewegungen, die so sicher und stolz und bewusst sind wie die einer Tänzerin. Corinne findet drei Suppenkonserven von Crosse and Blackwell's, einmal Champignoncreme, zweimal Ochsenschwanz, und kippt sie zusammen in einen angeschlagenen Emailletopf, den sie auf einen der Gasringe stellt. Die fertige Suppe ist zähflüssig, maulwurfbraun und klumpig, gleichwohl, sie trinken sie aus Teetassen, und danach essen sie Sardinen und Kräcker, ebenfalls aus der Dose.

Ich sollte gehen, sagt Jennet. Es ist schon sehr spät. Sie denkt an ihr Wohnheimzimmer in Maida Vale, an die nutzlose Gasheizung.

Geh nicht, Vogel, sagt David. Corinne hat genug Betten. Komm, ich zeig es dir.

Eine läuferlose Treppe hinauf, an kaum möblierten Zimmern vorbei, in die sie durch halb offene Türen einen Blick erhascht. Im dritten Stock stößt David die Tür zu einem Raum auf, in dem nur ein Bett steht, die Matratze mit gestreiftem Drellbezug, darauf ein unordentlicher Haufen Decken. Es gibt keine Beleuchtung, nur das trübe Licht vom Flur, zwar hängt ein Kabel von der Decke, doch ohne Glühbirne. Als David die Tür hinter ihnen zumacht, ist es sehr dunkel im Raum. Jennet hört von unten Stimmen, Corinnes schrilles, ärgerliches Lachen.

Vogel, sagt David leise. Vogel. Erkälte dich nicht. Es ist ja eisig hier drin. Er zieht sie sanft an sich, die Hände um ihre Taille gelegt, beugt den Kopf zu ihrem hinunter. *The north wind shall blow, and we shall have snow, and what will poor Robin do then*, flüstert Jennet, doch David hört ihr nicht zu, sondern küsst sie. In ihrem Innern bewegt sich etwas, ruckartig, so als wäre es dort plötzlich zu eng, als hätte eine innere Melodie jäh die Tonart gewechselt. Davids Hand gleitet unter ihre Kleidung, unter Pullover, Bluse, Unterhemd, sie spürt seine kalten Finger auf ihrer Brust. So schiebt er sie zum Bett, und sie lassen sich darauf sinken, Mund an Mund, seine freie Hand nestelt an seinen Kleidern, das leise Rascheln beim Öffnen der Knöpfe, ihre Baumwollstrümpfe reißen, und dann sein blindes, stumpfes Eindringen und ein kurzer Schmerz, der auch Antwort oder Einladung ist. Doch David folgt der Einladung nicht, er stößt nur ein-, zweimal und schreit auf, als wäre sie es, die ihm wehgetan hätte. Dann ist er reglos, schwer, ein totes Gewicht auf ihr, und einen Augenblick später sagt er: Tut mir leid. Es liegt daran, dass du so hübsch bist. Im nächsten Moment ist er eingeschlafen, und sie muss sich befreien, unter der Schranke seines ausgestreckten Arms hindurchkriechen, um ihr dringendes Bedürfnis nach Licht und Wasser zu stillen. Im Dunkeln findet sie die Türklinke nicht, nur der Lichtstreifen unter der Tür leitet sie, und sie muss sich zentimeterweise vorwärtstasten, bis sie flüchten kann.

Gegenüber befinden sich eine Toilette und daneben ein Bad mit funktionierendem Licht und einem Spiegel, doch es gibt keine Handtücher, kein Papier, nichts, womit sie sich die Nässe und das Blut hätte abwischen können. Jennet steht lange vor dem Badezimmerspiegel und sucht in ihren Augen nach Anzeichen von Fraulichkeit, von Reife, doch sie entdeckt nichts Neues, nur ihr bleiches Gesicht im grellen Lampenschein – die Augen dunkel, die Lippen verschmiert, die Haare strähnig – wie ein Porträt, das man im Regen hat stehen lassen.

Später, im Morgengrauen, als sie schlaflos auf dem schmalen Stück Bett liegt, das David frei gelassen hat, beobachtet sie, wie sich die Tür, die sie wegen des beruhigenden Lichts einen Spaltbreit offen gelassen hat, ganz langsam öffnet und eine Gestalt hereinschlüpft, verstohlen wie ein Dieb. Jennet schließt die Augen, um nicht mit ansehen zu müssen, wie Corinne im Dämmerlicht brütend sie beide anstarrt, während David schläft.

Spiegel. Fenster und Glas. Jennet Mallows frühe Gemälde, und ihre letzten. Das Selbstporträt im Spiegel malte sie später im selben Jahr, 1947, und es ist bis heute das bekannteste Porträt, das es von ihr gibt. Dieser verhaltene Blick, das trotzig hochgereckte Kinn, das wirre, verklebte Haar. Ikonisch, ein Zigeunermädchen. Im selben Jahr malte sie ein außergewöhnliches Bild – ein Rechteck von unirdischem, bläulichem Weiß, eigenartig strahlend, ein Eisbergweiß, durch das der Umriss eines stilisierten Glases zu erkennen ist. Es ist anders als alles, was sie je zuvor gemalt hatte, und anders als die Arbeiten derer, die mit ihr studierten. Sie wurde dafür mit dem Whistler-Preis ausgezeichnet.

Sobald es hell genug war, schlüpfte Jennet aus dem Bett, auf dem David immer noch geräuschvoll schlief, und schlich die Treppe hinunter in der Hoffnung, das Haus ungesehen verlassen zu können. Der Messingriegel an der Haustür quietschte. Vom Bürgersteig aus schaute sie hoch und meinte zu sehen, wie sich ein Vorhang leicht bewegte, doch kein Gesicht erschien am Fenster. Der Nebel hatte sich verzogen, stattdessen fiel nun Eisregen, brannte, schmerzhaft wie Reue, auf ihrem von Bartstoppeln wundgekratzten Kinn. Auf den glatten, nassen Straßen Londons war kaum jemand unterwegs, nur ein, zwei Lieferanten und ein paar frühe Bürogänger. Ein Milchmann mit Pferdekarren. Jennet, noch in der Kleidung vom Vortag, einsam wie eine streunende Katze, zitterte in der Kälte und wusste nicht, ob sie Glück oder Scham empfinden sollte.

Im Wohnheim regte sich noch nichts. Jennet schloss leise auf und hoffte, dass die Aufseherin, die meist schon beim geringsten Schlüsselklirren aus ihrer Tür spähte, es diesmal nicht tun würde, dann ließ sie sich unter Missachtung der Badeliste (es waren nicht mehr als zwei Bäder pro Woche erlaubt) ein paar Zentimeter lauwarmes Wasser ein, um sich die Klebrigkeit und den ungewohnten Geruch abzuwaschen. Sie berührte ihren Mund, ihre Brüste und die Stelle zwischen ihren Beinen, die jetzt irgendwie weniger privat war, weniger ihr zu gehören schien. In dieser uralten, rostfleckigen Badewanne überlegte Jennet Mallow, ob sie in David verliebt sei, und kam zu dem Schluss, nach der vergangenen Nacht müsse sie es wohl sein, doch, sie war wohl verliebt.

Die Brüste des Modells im Aktzeichenkurs sind dreieckige, baumelnde Hautlappen, und am ganzen Körper scheint sich die Haut vom Gerippe zu lösen. Jennet kann die Struktur des Brustkorbs erkennen, das Fleisch hängt in schlaffer Rundung an den dünnen Armknochen der Frau, der Bauch hängt in überlappenden Falten herab. Ein Büschel graues Schamhaar, zu spärlich, um ihre Spalte noch zu verdecken, rote Flecken auf Schienbeinen, Knien und Ellbogen, als würde sie sich auf allen vieren fortbewegen. Ihr Hintern ist ebenfalls rotfleckig und flach, und da sie keine klar definierte Taille hat, sieht sie von hinten eher aus wie ein spilleriges Kind als wie eine Frau.

Jennet zeichnet die heikle Stelle zwischen den Schenkeln der Frau und fragt sich, ob je die Hand eines Liebhabers dort gelegen hat, ob je Kinder ihren Leib in Beschlag genommen haben. Die Haltung der alten Frau strahlt Einsamkeit aus, diese hängenden Schultern, dieser dumpfe Geruch, und lässt es unwahrscheinlich erscheinen, dass sie angefasst, geküsst, gestreichelt wird. Wie lange wird es dauern, bis ich aussehe wie sie?, fragt sich Jennet, und zum tausendsten Mal kehren ihre Gedanken zu David zurück. Es ist jetzt drei Wochen her, und sie hat immer noch nichts von ihm gehört. Sein Freund Dermot – der, den sie schon kannte – besucht dieselben Kurse wie sie und grüßt sie jedes Mal, aber sie kann ihn nicht nach David fragen. Wenn Dermot, wenn die anderen nicht wüssten, dass sie die Nacht mit David verbracht hat, wäre es so einfach. Sie könnte seinen Namen in eine Unterhaltung einflechten, könnte nach seiner Lehrtätigkeit fragen, den Stil an der Akademie von Stockwell zur Sprache bringen, was auch immer. Aber Dermot weiß Bescheid, ja schlimmer noch, er kennt womöglich die Einzelheiten, und das ist erniedrigend genug, ohne dass sie auch noch zugeben muss, dass sie nichts von David gehört hat. Es sich aber sehnlich wünscht.

Stattdessen sagt sie wie üblich gar nichts. Als Jennet an der Kunstakademie anfing, gab es nicht viele Studenten, doch jetzt füllen sich die Kurse rasch mit Frauen und ehemaligen Soldaten. Zumeist älter als Jennet, größer und viel lauter, drängen sie in die Zeichensäle, reden und lachen und rempeln sich an. Wo anfangs die Atmosphäre eines Skriptoriums herrschte – ruhig, konzentriert, andächtig, tanzende Staubkörnchen in einem einzelnen Lichtstrahl –, geht es jetzt eher zu wie in einem vollen, verräucherten Pub, laut und fröhlich. Diese Neuankömmlinge haben unsagbar Belastendes ertragen, haben tatsächlich erlebt, was andere, die mehr Glück hatten, nur in ihren Träumen erleben. Die wandelnden Skelette von Bergen-Belsen. Einer der Männer schwingt sich auf Krücken herum, ein anderer hat ein verbranntes, vernarbtes Gesicht. Dermot ist wie David Heaton in Kriegsgefangenschaft gewesen. Nach Jahren erzwungener Reife in eine aufgeschobene Adoleszenz entlassen, sind diese Männer zügellos und überschäumend, wie geschüttelte und dann entkorkte Sektflaschen. In überfüllten Unterrichtsräumen zwischen ihnen eingezwängt, bleibt Jennet für sich und zeichnet still weiter.

Andere Arten von Stille in der Pfarrei in Litton Kirkdale. Die Stille leerer Räume, die Stille in Richard Mallows Studierzimmer, wenn er arbeitete. Seine Stille war von der schweren, erstickenden Art, der Klang ausgesperrten Lärms, der Klang des Zorns, hatte Jennet als kleines Kind oft gedacht. All diese Worte in den dicken Büchern ihres Vaters: Verdammnis, Qual, Herrlichkeit. Wie Fliegen, die hinter einer dicken Glasscheibe wütend, aber unhörbar summen. Schlüge man diese Bücher auf, dachte Jennet, dann würden die unterdrückten Worte hinausschwirren und erbost zustechen, spitze, tintige Flügel und Beine.

Jennets Mutter war von einer anderen Stille umgeben, einer, die einen Beiklang hatte, einen schrillen klagenden Ton, den Erwachsene nicht hörten. Lorna Mallow war eine straff gespannte, gezupfte Saite, die lautlos vibrierte, doch mit einer Lautlosigkeit, die nicht weit von einem Schrei entfernt war. Als Kind wusste Jennet nicht, was der Grund dafür war.

All diese verschiedenen Arten von Stille, die wie Spinnweben im Haus hingen. Jennet berührte sie mit den Fingerkuppen, kostete sie mit der Zungenspitze, legte sie sich nachts um, staubig wie alte Spitzengardinen, vertraut, nicht unfreundlich. Wie jeder Schleier, jeder Vorhang waren sie leicht zu durchbrechen. Schon das Öffnen einer Tür oder eines Fensters riss Löcher hinein, denn es ließ Geräusche von außen eindringen. Das Pfeifen des Windes vom Moor, das Knarren der Äste und in der entsprechenden Jahreszeit der liebliche Gesang der Drosseln, der beharrliche Ruf der Ringeltaube.

Margaret Metcalf, Jennets Freundin aus der Schule und ihrer Zeit in Cornwall, war nach ihrem Landeinsatz ebenfalls nach London gezogen und arbeitete jetzt als Produktionsassistentin bei der BBC. Sie lebte unverheiratet mit einem Physiker zusammen, Richard Benjamin, der in den Dreißigerjahren als Flüchtling aus Deutschland gekommen war. Margaret und Richard waren beide aktive Mitglieder der kommunistischen Partei, und Jennet begleitete sie manchmal aus reiner Freundschaft zu öffentlichen Versammlungen. Diese fanden in einem Zimmer über einem Pub in Highgate statt, und meistens ging es um Kampagnen zur Anwerbung neuer Mitglieder und die Verkaufszahlen des *Daily Worker*, doch gelegentlich traten auch Gastredner auf. Zwei von ihnen blieben Jennet mit ihren Zeugenberichten besonders in Erinnerung. Einer war Bomberpilot gewesen, und aus seinem Flugzeug waren einige der viereinhalbtausend Tonnen hochexplosiven Sprengstoffs abgeworfen worden, die am Abend des Valentinstags 1945 über Dresden niedergingen. Rund fünfundzwanzigtausend Menschen, in die Luft gesprengt, erstickt, bei lebendigem Leib verbrannt. Die andere war eine italienische Jüdin, die Birkenau nur knapp überlebt hatte. Sie erzählte von den Flammen, die aus den Schornsteinen aufgestiegen waren, von Kinderzähnen wie kleinen Perlen. Vierjährige ohne Mütter, die darum bettelten, bleiben zu dürfen. Auf jedem der nackten Bretter, die als Schlafstelle dienten, schliefen neun Frauen. Elf Pfund Phenol für Injektionen, Karbolsäure, genug, um tausend Herzen zum Stillstand zu bringen.

Die beiden waren natürlich nicht die Ersten gewesen, die von den Gräueln des Krieges berichtet hatten. Wie alle anderen hatte auch Jennet schon Augenzeugenberichte gelesen. Doch diese beiden Redner auf den Parteiversammlungen, der Mann mit seinem ausgeprägten, angenehm vertrauten Yorkshire-Akzent, die Frau mit ihrem holperigen Englisch, waren keine Armeslänge von ihr entfernt, tranken denselben dünnen Tee, atmeten dieselbe rauchgeschwängerte Luft. Die Italienerin zeigte ihnen ihre eintätowierte Nummer, Jennet hätte sie berühren können, so wie Thomas die Wunden Christi berührt hatte. Diese Frau hatte mit ihren eigenen Augen, diesen schönen, dunklen, mandelförmigen Augen, sehen müssen, was niemals hätte geschehen dürfen, ob sichtbar oder nicht.

Was hätten wir tun sollen?, wollte Jennet von Richard Benjamin wissen, der ebenfalls ein Überlebender war. Seine Eltern und ein Bruder gehörten zu den Millionen, die in den Lagern umgekommen waren. Und was sollten wir jetzt tun?

Die Fähigkeiten nutzen, die wir haben, sagte er streng. Jedes Quäntchen Energie darauf verwenden, dafür zu sorgen, dass so etwas nie wieder geschieht, nirgends und niemandem. Uns Tag und Nacht für den Frieden einsetzen. Uns an der sozialistischen Union orientieren. Die Sowjetunion ist unsere Hoffnung.

Wäre sie selbstbewusster gewesen, hätte sie Benjamins Schlussfolgerung infrage gestellt, doch damals war sie es nicht. Allerdings fragte sie sich sehr wohl, welchen Nutzen ihre Aktzeichnungen, ihre Darstellungen toter Vögel hatten oder je würden haben können. Was war dieser einsame Impuls zu malen? Notwendigkeit oder Luxus? Ihr Vater wachte immer noch schweißnass aus Albträumen über den Krieg auf. Es gab Tausende Männer wie ihn, Frauen und Kinder, die wussten, dass sie sich glücklich schätzen konnten, überlebt zu haben, deren Leben jedoch irreparabel beschädigt war. Wie viel gäben diese Überlebenden für ein Bild und wie viel weniger jene, die nicht überlebt hatten? Es gab kein Bild auf dieser Welt, das ein Leben wert gewesen wäre. Brot, Feuer und Wasser, das waren die wesentlichen Dinge, nicht aber Linie, Form und Farbe. Jennet wusste, dass ihre Schwester Barbara mit ihren Antiseptika und ihren Impfungen mehr Gutes tat, als sie es mit einem Pinsel je würde tun können. Und dennoch. Die Wahrheit von Wolken, die Wahrheit von

Wasser. Keine einfachen Fragen. Sie musste selbst herausfinden, wie viel Wahrheit und wie viel Schmerz sich in Farbe und Licht ausdrücken ließen.

In den Kursen hört sie die Unterhaltungen anderer mit. Der Klang von David Heatons Namen – *David Heaton* – hebt sich ab wie ein Relief, wie eine klare Melodie über undeutlichem Gemurmel. David Heatons Ausstellung in der Redleaf Gallery, fabelhafte Bilder – kennst du ihn wirklich, Dermot? –, Vernissage, ungewöhnlich, so früh schon eine eigene Ausstellung, gilt als eines der größten Talente unserer Generation. Jennet spitzt die Ohren und erfährt, dass die Ausstellung am Tag zuvor eröffnet worden ist. Heute Nachmittag sollte sie problemlos hingehen können.

Doch in der Redleaf Gallery lehnt gleich hinter dem Eingang Corinne an einem Tisch. Von der Straße aus war sie nicht zu sehen. Als Jennet sie entdeckt, ist sie selbst bereits gesehen worden, und es ist zu spät, um sich noch zurückzuziehen. Sie begrüßen einander kühl. Bist du hier, um dir Davids Bilder anzuschauen?, fragt Corinne überflüssigerweise. Sie reicht Jennet eine gedruckte Preisliste. Es sind noch zwei andere Leute in der Galerie – eine Frau mittleren Alters und ein Mann im blauen Anzug –, und Jennet geht wie sie im Uhrzeigersinn die Bilder ab. Davids Bilder. Hauptsächlich Ölgemälde: auf die Leinwand geklatschte phosphoreszierende Farben, gespenstische Grün-, Braun- und Blautöne. Mit kräftigem, ausholendem Strich dick aufgetragen, manchmal sieht es aus, als hätte er den Pinsel weggeworfen und stattdessen die Finger verwendet, sie wie Klauen durch die Farbe gezogen. Landschaften: verkrüppelte Baumstümpfe auf dürrer Heide, Mondlicht, kalt wie der Tod, über einem gepflügten Feld, ein Hügel mit drei Bäumen, die an Galgen erinnern. Ein Wald mit krummem Astgewirr, eine ockerfarbene Ebene, von tausend gebeugten schwarzen Kreuzen bedeckt. Lazarus, der von den Toten aufersteht: eine undeutliche Gestalt, von hinten gesehen, in der Mitte des Bildes ein zersplitterter Sargdeckel, aufgestellt am Ende eines Grabs, auf das ein Mann in khakifarbener Uniform zukriecht. David hat diesen Mann äußerst detailliert gemalt. Sein Fleisch ist ganz offensichtlich am Verwesen, es hat den bläulichen Schimmer gut abgehangenen Schlachtfleischs, und durch ein Loch oder eine Wunde in seiner rechten Wange sind seine Zähne zu sehen.

Es gibt auch ein paar Kohlezeichnungen: abgezehrte Gestalten mit ausgestreckten Gliedmaßen, und eine Serie von aus Trümmern sich erhebenden Turmruinen, sieben an der Zahl, unter denen jeweils ein einziges Wort steht. *Wo. Tote. Männer. Ihre. Knochen. Verloren. Haben.*

Jennet betrachtet diese Zeichnungen lange und fragt sich, was ein Käufer, der nur eine davon nähme, wohl mit dem Wort *Ihre* anfinge. Die mit *Knochen* betitelte Zeichnung und das Lazarus-Gemälde sind bereits verkauft, und auch unter einigen der Landschaftsbilder sind rote Punkte angebracht. Sie ist völlig in die Betrachtung von Davids Linien versunken, den wilden, dicken und den feineren, eher zögerlichen, sich verlierenden, als er fragt: Und, wie findest du sie? Jennet wirbelt herum, entsetzt, von ihm ertappt zu werden, ertappt bei dem intimen Akt, seine Bilder zu betrachten, und zugleich springt ihr Herz vor Glück, ihn wieder leibhaftig vor sich zu haben. Sein schwarzblaues Haar, seine knochigen Hände, der hohe Nasenrücken.

Sie sind außergewöhnlich, wispert sie. Ich weiß gar nicht, was ich sagen soll.

Gut, sagt er. Gut. Er tritt näher, blickt auf sie hinunter, ernst wie ein Arzt, legt ihr einen Finger ganz leicht auf den Mund und umfährt ihn sanft, seine Fingerspitze so weich wie der weichste Zobelhaarpinsel. Ihre Lippen öffnen sich, und sie erschauert. Seine Augen sind die ganze Zeit unverwandt auf sie gerichtet. Unendliches Dunkel, in dem sich etwas regt. Ich sollte dich malen, Vogel, sagt er. Weil du so hübsch bist. Komm heute Abend mit zu mir, lass dich von mir malen. Komm zurück und rette mein Leben.

Hinter ihnen schließt Corinne metallene Schubladen, knallt eine nach der anderen mit einem Geräusch wie vom Mechanismus einer Schusswaffe zu, klappert mit einem Schlüsselbund. Ich schließe jetzt ab, Schatz, gellt sie zu David herüber. Es kommt garantiert niemand mehr, und mir ist langweilig.

In Ordnung, sagt er, den Blick immer noch auf Jennet gerichtet. Vogel und ich wollten eh gehen, stimmt's, Vogel? Er nimmt sie an der Hand und führt sie aus der Galerie, an Corinne vorbei, die er im Vorübergehen flüchtig auf den Mund küsst.

Nun gab es neue Freuden zu entdecken, auch in den folgenden Nächten und an den folgenden Morgen. Die beglückende Geborgenheit in der Umarmung des Geliebten, die Mulde unter seinem Schlüsselbein, wie geschaffen für den Kopf einer Frau. Ein Finger genau auf der Stelle, wo sich die Empfindung aufbaut, konzentriert und jäh intensiviert, wie wenn aus zwei Feuersteinen Funken geschlagen werden. Eine Zungenspitze auf einer Brustwarze, der Mund eines Mannes beim Küssen, ihr rückhaltloses Ja zu seinen Küssen. Seine Zunge wie unter Strom, ihre der gesuchte Kontakt, zwei verschlungene, miteinander verschmelzende Körper, vorübergehend eins geworden. Und danach, nach dem Kitzel seiner Kapitulation – ein Kitzel, weil es in ihrer Macht liegt, sie herbeizuführen, es ist ihr gegeben – seine Zahmheit, sein dankbares Hinübergleiten in friedliche Entspannung. Dieses wilde Ding, hart und ungestüm in seinem Wollen, seiner Erregung, nun besänftigt durch das, was sie zu geben vermag.

Wenn David schläft oder döst, studiert Jennet das Verhältnis ihrer Körper zueinander, die Rundung ihres Rückens, wenn sie sich an ihn schmiegt, seine leicht angewinkelten Beine unter ihr, das Gewicht seines Arms auf ihrem Brustkorb, seine Hand, die auf ihrer Brust liegt. So schön, die langen Linien eines männlichen Unterarms, die Mulden an Hals und Schultern, die schmaler werdende, leicht geneigte Fläche zwischen Hüftknochen und Leiste. Und die dunkle Behaarung unter dem Nabel, die sich nach unten hin verjüngt, ein Pfeil, der die Richtung weist, das Auf und Ab von Rippen und Sehnen, wenn ihre Hand seinen Körper erwandert, die parallelen länglichen Wölbungen rechts und links seiner Wirbelsäule. Sein nach Gras riechendes Sperma an ihren Händen.

Jennets Finger waren mit der kleinen Erhebung und den Hautfalten an ihrem eigenen Körper durchaus vertraut. Heimliche Tröstung, sie weiß darum, sie hat schon herausgefunden, dass ihr Körper zu seinem Vergnügen kommen kann. Sie weiß, dass sie vom Liebesakt mit David mehr erwarten könnte als die anfängliche Entflammung, heftig, aber unerfüllt, und die Freuden des Gebens. Aber David, wenn nüchtern, geht zielstrebig zur Sache, rasch und konzentriert. Sobald er sein Ziel erreicht hat, löst er sich von ihr, zieht sich wieder in sein Fürsichsein zurück.

Damals störte Jennet das nicht. Es störte sie nicht einmal, dass Davids ungewaschene Bettwäsche nach Wildkatze stank. In den ersten paar Wochen mit ihm brannte sie vor Glück, und jedes Mal wenn er in sie eindrang, zog sich ihr Schoß zusammen, wie um ihn noch tiefer in sich hereinzuholen, und sie empfand eine so köstliche, schmerzende Zärtlichkeit, dass sie hätte weinen können. Mit David zu schlafen, Davids Körper zu entdecken, sich in David zu verlieben erinnerte sie an naturgegebene, vollkommene Dinge: vom Wasser glatt geschliffene Steine, das gewundene Innere von Muscheln, das leise Rauschen des Bluts, das durch die Herzkammern strömt.

Wollen wir heiraten, Vogel?, fragte er, doch sie wusste, aus ihm sprach nur der Feuerschein, der durch ein bernsteinfarbenes Glas fiel, und sie wagte nicht, zu antworten oder zu hoffen. David war quecksilbrig, verschlossen, er verschwand manchmal tagelang, und sie konnte ihn genauso wenig festhalten, wie sie den Wind hätte einfangen können. Er hielt immer eine gewisse Distanz. Ab und zu spätabends, wenn die Pubs und Ausschänke in Soho zugemacht hatten und die letzten Nachtschwärmer nach Hause gegangen waren, wurde er sanft und sagte liebevolle Dinge zu ihr, etwa, dass er es schön fand, sie bei sich im Bett zu haben. Doch schon in der Anfangszeit teilte Jennet dieses Bett mit Dämonen und flaschenweise billigem Whisky. Oft schlief David ein, während er noch in ihr war, und seine Bewegungen erlahmten, wie wenn ein Kreisel ausläuft. Selbst wenn er wach war, wirkte er seltsam fern. Und so wusste sie, dass er im selben Geiste vom Heiraten sprach, wie er davon redete, nach Amerika zu gehen oder ein Boot zu kaufen oder der Malerei zu entsagen und sie durch die Stille auf dem Berg Athos zu ersetzen. David wirkte kunstvolle Phantasien aus glitzerndem Goldfaden. Jennet glaubte nicht, dass er sie heiraten würde. Sie nahm an, sie würde für immer allein leben, in der Ecke eines geräumigen weißen Ateliers, und ihre Nächte mit David verbringen, wenn ihm der Sinn danach stand.

Unterdessen malte David Jennet: die schlafende Jennet, die lesende Jennet, Jennet am Fenster, Jennet als Maria Magdalena, eine Frau, zu deren Füßen der tote Jesus liegt. Er fertigte Dutzende Aktzeichnungen von Jennet an. Diese frühen Akte waren nicht sehr eindeutig, Jennets Gesichtszüge waren nur grob skizziert, sodass die Darstellung eher sinnbildlich als realistisch war. Bei den späteren war das anders. Aber sie sollten erst Jahre später entstehen, und fürs Erste war Jennet es zufrieden, als Davids Muse zu fungieren. Allerdings nahm das viel Zeit in Anspruch, denn David bestand darauf, dass sie ihm während des gesamten Mal- oder Zeichenprozesses saß. Er behauptete, die Bilder würden dadurch naturgetreuer werden. Tatsächlich war er einfach nur ungern allein.

Angesichts von David Heatons hohem künstlerischem Anspruch ist es seltsam, dass Jennet auf einigen der Bilder halb tot wirkt. Seine Studie der schlafenden Jennet etwa zeigt eine Frau von bläulicher Blässe, die auf einem zerwühlten Laken liegt, ihr Mund leicht geöffnet, ihr wirres Haar ausgebreitet. Sie ist so bleich, dass kein Blut mehr durch ihre Adern zu fließen scheint, das Laken unter ihr könnte ein Leichentuch sein.

Zu diesem Zeitpunkt in ihrem Leben ist Jennets Geschichte eine wie tausend andere. Es könnte auch Ihre Geschichte sein oder die Ihrer Mutter oder Tochter. Sich hinterher in Schuldzuweisungen zu ergehen oder sich zu fragen, wie eine kluge Frau bloß so leichtsinnig sein konnte, ist fruchtlos. David wusste vielleicht nicht, dass Jennet noch Jungfrau war, als sie ihn kennenlernte. Jedenfalls fragte er gewiss nicht danach. Und Jennet verhehlte ihm ihre Unschuld, als wäre sie etwas Beschämendes, sodass weder sie noch David die Worte fanden, um die notwendigen Fragen zu stellen.

Corinne weiß sicher, was du tun musst, sagte David, als er sah, wie Jennet sich über die Klosettschüssel beugte, und sie ihm von ihrer Befürchtung erzählte. Ihre Brüste waren angeschwollen, und sie erbrach sich jeden Tag auf nüchternen Magen. Das wird schon, Vogel. Corinne kennt sicher jemanden, der das machen kann.

Oje, sagte Margaret Metcalf und erzählte Geschichten von Stricknadeln und Frauen, die allein unter Qualen an Blutvergiftung gestorben waren. Warum hast du dir denn kein Pessar besorgt?

Da ihr niemand anderes einfiel, wandte sich Jennet schließlich an ihre Schwester. Sie hatten sich nie nahegestanden, trafen sich jedoch ab und zu, und Jennet hoffte, dass Barbara als Krankenschwester eine Lösung parat haben würde. Sie wollte unbedingt vermeiden, sich Corinne anvertrauen zu müssen. Sie hatte Angst, fühlte sich einsam, und sowohl Davids selbstverständliche Annahmen als auch ihre eigenen widersprüchlichen Gefühle verwirrten sie. Sie hatte ein Buch mit Reproduktionen italienischer Gemälde, von denen sie eines besonders liebte, einen Mantegna: die Jungfrau mit ihrem schlafenden Kind. Das Kind war fest in ein Tuch gewickelt wie in ein Totengewand. Jetzt konnte sie dieses Bild nicht mehr anschauen, ohne dass ihr die Tränen in die Augen stiegen.

Barbara in einer Teestube, pummelig und proper, eine Taube, die sich wichtigtuerisch aufplustert, das gestärkte weiße Schwesternhäubchen noch auf dem Kopf, obwohl ihre Schicht zu Ende ist. Tja, etwas anderes war von dir ja wohl nicht zu erwarten, ist ihr rätselhafter Kommentar, nachdem sie sich Jennets Geschichte angehört hat. Aber sie sagt, sie werde eine Freundin fragen oder besser gesagt, eine Bekannte, jemanden mit ähnlich lockerer Moral. Tatsächlich schreibt sie jedoch, entgegen dem erbetenen und gegebenen Versprechen, umgehend an die Pfarrei in Litton Kirkdale. Und drei Tage später erwartet die schmallippige, eisig dreinblickende Lorna Mallow Jennet im Büro der Wohnheimaufseherin. Du dummes Ding, zischt sie. Jetzt wirst du genauso wie ich dein Leben vergeuden.

Hätte Jennet einwenden sollen, sie sei kein Kind mehr und ihren Eltern schließlich auch nicht untertan? Jahre später sollte sie sich fragen, warum sie zugelassen hatte, dass ihre Mutter derart resolut das Heft in die Hand nahm, doch schon allein in der Frage schwang ein Hauch von Verrat mit, denn hätte sie andernfalls gewollt, dass ihr Kind nicht geboren wurde? Wenn Jennet an jenen kalten grauen Raum zurückdachte, an die nebeneinanderstehenden Stühle mit den aufrechten Lehnen, erinnerte sie sich in erster Linie daran, wie müde sie gewesen war. Sie träumte damals oft von Schneewehen, Wolken, weißen Weiten, in die sie sich einfach mit geschlossenen Augen sinken lassen konnte. Sie fühlte sich von der Übelkeit wie ausgehöhlt und zu schwach, um sich zu widersetzen, als Lorna mit ihr zum Rektor der Kunstakademie marschierte und sie zwang, ihm zu sagen, dass sie aufhören würde.

Der Rektor, ein liebenswürdiger Mann und anerkannter Maler religiöser Motive, für den die Empfängnis das Werk von Engeln war, faltete mit traurigem Blick seine weißen Hände. Ich bin noch selten einer so vielversprechenden Künstlerin begegnet, sagte er zu Jennet. Ich hoffe, Sie werden weitermalen.

Jennets Koffer war gepackt, derselbe, den sie auch in ihrer Schulzeit benutzt hatte. Ihre Mutter überprüfte, ob der Kleiderschrank leer war und nichts unter dem Bett lag. Zu zweit falteten sie die Decken zusammen, und Lorna schüttelte ihr Ende der Decke so verärgert, dass Staubkörnchen wie transparente Insekten durch die Luft flogen. Sie richtete die zusammengefalteten Decken parallel zum Fußende des eisernen Bettgestells aus und strich das Kissen am Kopfende glatt. Als wäre die Bewohnerin dieses Zimmers gestorben, dachte Jennet, als sie einen letzten Blick durch die Tür warf, ehe sie gingen. Ein einzelnes, nicht bezogenes Bett – es hätte das eines Soldaten, das eines Irren, das einer Nonne sein können.

Sonnenlicht auf der steinernen Figur eines Ritters im Altarraum und die Stimme ihres Vaters, der Gottes Segen auf sie herabfleht. Richard Mallow hatte auf seine sündige Tochter nicht so unbarmherzig reagiert wie seine Frau, doch er hatte sich überzeugen lassen, dass Jennet David heiraten müsse. Sofort, sagte Lorna. So bald wie möglich. Dann können wir das Baby als Frühgeburt ausgeben. Doch sie wusste, dass im Dorf getratscht werden würde: Die hochnäsige Mrs Mallow und ihre Tochter – wie schön sind die Helden gefallen! Lorna taugte nicht zur Pfarrersfrau, ihr fehlte die nötige menschliche Wärme, und sie hatte es schon schwer genug gehabt, bevor diese Schande über ihren Haushalt gekommen war. Doch auch jetzt würde sie sich nicht geschlagen geben, sie würde den Kopf hochtragen und dafür sorgen, dass Jennet heiratete, wie es sich gehörte, in Weiß und mit Schleier, mochten die Leute auch feixen.

Jennet im gekürzten Kleid ihrer Mutter und einem Gewirk aus leicht vergilbter Spitze, David, zwischen Ungeduld und Belustigung schwankend: Wenn wir wollen, können wir uns ja jederzeit wieder scheiden lassen, Vogel. Außerdem Davids Eltern, Malcolm und Heather, seine Schwestern sowie als Trauzeugin Peggy, die Haushälterin der Pfarrei. Malcolm Heaton entpuppte sich zu Jennets Überraschung als in Wolverhampton ansässiger Hersteller von Sicherheitsnadeln. Bei ihr war der Eindruck entstanden, er habe es nicht nötig zu arbeiten. Malcolm und Heather schienen etwas irritiert über ihren Sohn.

Lorna hatte alles organisiert: Jennets Umzug zurück nach Litton Kirkdale, Richards Reise nach London, wo er ein Gespräch mit David führte, die Hochzeit und das Frühstück, das sie, die Heatons und die Mallows, im Esszimmer der Pfarrei einnahmen, abgeschirmt von der Sommersonne. Schweinepastete, kalter Schinken und Rote Bete, Teekuchen. Die Teller verschmiert mit sich beißenden Farben. Die Hochzeitsreise war eine Woche in Westmoreland, für die Zeit danach wurde Jennet wieder nach Hause beordert, wo sie bleiben sollte, bis David eine angemessene Unterkunft gefunden hatte.

Insgeheim war Jennet froh über diese Direktive, auch wenn sie es gegenüber ihrer Mutter nicht zugab. In ihrem Zustand empfand sie es als wohltuend, in ihre Kindheit zurückzukehren. Sie wäre gern bei David gewesen und vermisste ihn, doch zugleich war sie froh über ihr altes Bett und die sauberen Baumwolllaken. Während dieser paar Sommer- und Herbstmonate lebte sie wie in einem Kokon der Muße und Ruhe, und sie wurde runder, kräftiger, ihr Bauch umschloss seine Frucht wie der Kelch die Rosenblüte. Als es auf den September zuging, spürte Jennet, wie sich das Kind zu regen begann, zunächst nur ganz leichte Bewegungen, wie kleine Wellen, die bald jedoch entschlossener wurden, bis Jennet die Form kleiner Ellbogen, Füße ausmachen konnte, die durch die Bauchdecke hinauszugelangen versuchten.

Die langen warmen Tage und das Heranreifen ihres Kindes verliehen Jennet eine innere Ruhe, die sie bis dahin nicht gekannt hatte – eine friedliche, glückliche Trägheit. Sie hatte keine Verpflichtungen, und auch wenn sie mit Bedauern an die reiche Auswahl an Farben und Leinwänden dachte, die sie in Kensington gehabt hätte, machte sie das Beste aus dem, was da war, und malte. Das Fenster mit dem steinernen Mittelpfosten auf dem ersten Treppenabsatz der Pfarrei, durch das schräg das Sonnenlicht hereinfiel. Das Spiegelbild eines beschlagenen Fensters im Wasser einer Badewanne, mit einem stecknadelkopfgroßen goldenen Lichtpunkt und einem dünnen, in allen Regenbogenfarben schillernden Ölfilm auf der Wasseroberfläche. Landschaftsbilder mit langen, von den uralten Mauern in vertikale Streifen unterteilten Feldern. Die sanften Grüntöne, das nuancenreiche Grau des Steins.

In jenem Sommer, dem Sommer des Jahres 1947, spürte Jennet, wie parallel zu dem ungeborenen Kind, das sich in ihr zu regen begann, ihre künstlerische Vision allmählich Gestalt annahm. Da war etwas, eine atavistische Gewalt über Form und Farbe, das die Freiräume in ihrem Innern auszufüllen begann. Sie fing an, mit neuen Techniken zu experimentieren, suchte nach dem geeigneten Medium, um die Intensität von Licht auf Wasser oder auf Glas, die Farbnuancen von Dunst erfassen zu können, und fand so zur Temperamalerei: Farbpigmente in Emulsion. Um Temperafarben herzustellen, brauchte man Eigelb. Nur das Eigelb, nicht das Eiweiß, das sie zwischen den Fingern hindurchrinnen ließ, in der Hand die warme, reingelbe Kugel, deren Potenzial für neues Leben hier der Alchemie der Farben geopfert wurde.

David teilte sich eine Wohnung mit anderen Männern, was seinen Bedürfnissen entsprach. Er wollte eigentlich nicht umziehen. Doch Lorna Mallows Strenge und die von Malcolm Heaton in Aussicht gestellte finanzielle Unterstützung waren zusammengenommen dann doch ein ausreichender Ansporn, und so mietete er ein kleines Häuschen in Hammersmith. Er sagte, es werde rechtzeitig zu Jennets Rückkehr nach London im Oktober fertig sein, doch als er sie dann vom Bahnhof abholte und zu dem Haus brachte, musste sie feststellen, dass es nur spärlich möbliert und ungeputzt war. Sie öffnete die Eingangstür und sah einen schmalen Flur, schmutzverkrustete unglasierte Steinplatten, von den feuchten Wänden abblätternde Tapete. Die streichen wir noch, Vogel, versprach er. Wir werden in jedem Zimmer Blumen, Bäume und Paradiesvögel an die Wand malen. Es gab je zwei Zimmer unten und oben sowie einen Anbau mit einem Waschraum. Durch die Wand zum Nachbarhaus hörte man, wie eine Frau schrie: Schluss jetzt!, woraufhin ein Kind zu plärren begann.

Benedict kam am 25. Januar 1948 im St. Mary's Hospital zur Welt. David war gerade in Paris, dort sollten in einer Ausstellung zwei seiner Gemälde gezeigt werden, und er wollte bei der Eröffnung dabei sein. Kurz zuvor hatte er, zusätzlich zu den zwei Tagen in Stockwell, eine Teilzeitstelle als Dozent am Royal College of Art angetreten. Er machte sich als Künstler langsam einen Namen.

Kann man einsamer sein als eine Frau in der letzten Phase der Geburt? Wenn Jennet daran zurückdachte, sah sie Eisberge, Inseln, Riffe des Schmerzes. Doch dann war Benedict da, im Vollbesitz seiner perfekten Gliedmaßen, und stellte die Kraft seiner Lungen unter Beweis. Als David im Krankenhaus erschien, inspizierte er seinen Sohn voller Stolz. Gut gemacht, Vogel, sagte er. Ein kleiner Jungvogel. Ob er wohl mal so viel zu bieten haben wird wie ich?

Es tat gut, auf der Entbindungsstation zu sein. Die saugenden Babys, der Geruch der Milch, der gemächliche Schritt von Frauen, die es nicht eilig hatten, und die schweren nackten Brüste erinnerten Jennet an die Kühe in Cornwall und deren anspruchslose Wärme. Sie hatte keine anderen Pflichten als zu essen, zu schlafen und ihren begierigen Sohn zu stillen, verbrachte die vorgeschriebenen zehn Tage in einer schläfrigen Benommenheit und hätte auf die Besucher, die zu den angewiesenen Zeiten erschienen, durchaus verzichten können. Margaret Metcalf, die selbst ein Kind erwartete und unbedingt eine minutiöse Schilderung der Geburt hören wollte. Barbara, vor Selbstgerechtigkeit strotzend, da ohne sie dieses entzückende

Kind schließlich nie auf die Welt gekommen wäre. Dermot und ein anderer Freund von der Kunsthochschule. Ihre Männlichkeit und ihre Stimmen, der Stadtgeruch an ihren Wintermänteln wirkten verkehrt in dieser Welt der Frauen. Und Corinne nicht weniger verkehrt mit ihrem knallengen Rock, ihrem roten Mund und dem raffinierten Hut. Sie brachte einen Strauß Treibhausrosen mit, rauchte eine Zigarette und warf nur einen einzigen kurzen Blick auf das Baby. Jennet in ihrem mit Milch bekleckerten gehäkelten Bettjäckchen, die Lippen ausgetrocknet und blass, fühlte sich neben Corinne wie ein verwischter Umriss, eine missglückte Pastellzeichnung.

Im Krankenhaus war Benedict musterhaft, der Neid aller Mütter. Er schlief und trank in regelmäßigen Abständen, als hätte er die einschlägigen Handbücher gelesen, und schrie nur selten. Jennet dachte, das Leben mit ihm würde idyllisch sein. Er würde lächeln und gurren und ein bisschen strampeln, während sie ganz gelassen malte. Doch kaum war er zu Hause in der Cardross Street, war er wie ausgewechselt. Er schien den ganzen Tag Hunger zu haben, wollte jedoch nicht trinken, oder aber er trank und erbrach dann alles. In seiner Not zog er die Beine an, riss seinen rosigen Mund auf und brüllte. Er brüllte auch die ganze Nacht hindurch, und Jennet kämpfte sich aus ihrem kurzen, tiefen Schlaf hoch wie jemand, der sich am Grund eines Brunnens befindet und kaum die Kraft aufbringt, nach oben ans Licht zu schwimmen, stolperte aus dem Bett zu ihm und versuchte ihn an ihrer Brust zu beruhigen, während David sich fluchend im Bett herumwälzte und dann weiterschlief. Morgens waren sie alle bleich und abgespannt, Benedicts Augenlider waren blau geädert und Jennets Brustwarzen so wund und geschwollen, dass es märtyrerhafter Überwindung bedurfte, ihm eine in den gierigen, zahnlosen Mund zu stecken.

Die Fliesen um den Kamin in der Cardross Street waren rosa und hatten einen eigenartigen goldenen Glanz, wie die Schuppen am

Bauch einer Meerbarbe. Der Treppenläufer war abgetreten, und im Wohnzimmer lag ein schmutziger dunkelbrauner Teppich mit cremefarbenem Schnörkelmuster. Nach Benedicts Geburt erfüllten der beißende Ammoniakgeruch der in Eimern einweichenden Windeln und die Feuchtigkeit, die sie abgaben, wenn sie auf dem Wäschegestell vor dem Ofen trockneten, das ganze Haus. Dieser Ofen war ihre einzige Wärmequelle, und er war ständig mit nassem Stoff zugehängt, der in regnerischen Zeiten tagelang brauchte, um zu trocknen. Der Winter in diesem Jahr war hart, und in Bens ungeheiztem Zimmer war es zu kalt, als dass er dort hätte schlafen können. Jennet holte ihn zu sich und David ins Bett, und sie tat es gern, der Haferbreigeruch ihres kleinen schniefenden Sohns vermischte sich mit der Whisky- und Bierfahne seines Vaters.

Jennet lauschte auf den Atem der beiden, döste und wachte abwechselnd, während das Baby schlief, und die Nächte erschienen ihr wie dunkle Wasserläufe, die zu breit waren, um sie allein zu überqueren. Ihr war, als hätten sich die Wände der Cardross Street 77 verschworen, jede Nacht ein paar Zentimeter näher zu rücken, bis sie eines Nachts erwachen und feststellen würde, dass sie eingemauert war. Sie träumte von sich verengenden Tunneln und unterirdischen Verbindungsgängen. Ringsum in den Straßen Londons stieß man immer wieder auf eingestürzte Mauern, in ausgebombten Häusern konnte man Teppichreste sehen, die Muster von Tapeten, stehen gebliebene Treppen. Diese Häuser waren wie die Puppenhäuser der Kindheit, ihre Zimmer offen einsehbar, als wären die Hausfassaden weggeklappt worden. Es gab Gegenstände darin, zerbrochene Waschbecken, Kamine, Holzstäbe. In Albträumen sah Jennet, wie die Hand eines Riesen die Front auch ihres Hauses ablöste, während sie, Ben und David sich drinnen aneinanderdrängten.

Wenn Jennet aufwachte, was bei Bens kleinstem Seufzer geschah oder wenn David schnarchte, musste sie manchmal gegen Panik ankämpfen, gegen das Gefühl, von einem enormen Gewicht niedergedrückt zu werden, gelähmt zu sein, zu ertrinken. Musste sich sagen, dass sie atmen konnte, dass sie im Moment atmete. Sie tastete in den verhedderten Laken hektisch nach Ben, um ihn an sich zu ziehen, sich zu vergewissern, dass er noch lebte und nicht im Dunkeln erstickt war.

Morgens war es besser, und schließlich kam der Frühling, der Sommer. Ben zog in sein Kinderbettchen um. Hinter dem Haus gab es einen winzigen Garten, und während Ben auf einer Decke auf dem Rasen spielte, schliff Jennet die Politur von Möbeln ab, die sie erbettelt oder ausgeliehen hatte, einem Tisch, angeschlagenen Stühlen, einfachen Kommoden. Sie malte sie in kräftigen Farben an: Die Stühle wurden zinnoberrot, die Leisten mit einem Hauch von Gold überzogen. Auf einem Kinderzimmerschrank machte sich ein ganzer Bauernhof breit: Enten, Lämmer und Jennets geliebte friesische Rinder. Sie halfen, die näher rückenden Wände in Schach zu halten und die staubigen Straßen, die langen Bürgersteige, die Phalanx aus Backstein und Dachziegeln draußen zu lassen.

Aus den anderthalb Jahren, die Jennet Mallow in der Cardross Street verbrachte, liegen nicht mehr als eine Handvoll Bleistiftzeichnungen vor. Andere Arbeiten fertigte sie nicht an. Abgesehen von ihrer Zeitnot – und wie groß diese sein würde, hatte sie vor Bens Geburt zweifellos nicht geahnt – hatte sie einfach nicht genug Platz. Die vier Zimmer im Haus waren eng und dunkel, und da die Küche immer voller Wäsche hing, blieb für Freunde nur das Wohnzimmer. Und Freunde kamen zuhauf, Davids Freunde, sie pilgerten nach Hammersmith, zwängten sich im Flur an Bens Kinderwagen vorbei, drängten sich nach einem Abend im Pub bei ihnen, immer mit zu vielen Flaschen. Schliefen, wo sie hinsanken, auf dem Boden oder dem Sofa. Maler und ihre Modelle, Möchtegerndichter, ein Mann, der in Cornwall in einem Zigeunerwagen wohnte, zwei wilde Schotten, die beide Robert hießen und ineinander verliebt waren, ein Inder mit dem Wesen eines Präfekten, der versucht, seine Hemmungen abzulegen, junge Männer, die vorhatten, Galerien oder Buchläden zu eröffnen, Kunstdozenten und -studenten, denen ihre – hübschen und kinderlosen – Freundinnen um den Hals hingen. Und Corinne.

In dieser lärmenden Gesellschaft ging es Jennet wieder wie zu der Zeit, als all die älteren, lauteren Männer und Frauen die Kunstakademie überschwemmt hatten: Sie wurde zurückhaltend und wachsam. Von der Ausstrahlung und dem Selbstvertrauen, die sie als Davids Geliebte für kurze Zeit gehabt hatte, war der Ehefrau nicht viel geblieben. Die anderen Frauen stellten ihr gut gemeinte Fragen über das Baby, warteten die Antwort jedoch nicht ab, und Jennet wusste, dass ihr Alltag im Vergleich zu dem Leben dieser Frauen langweilig war. David hingegen langweilte die anderen nie. Er brauchte ihren Beifall und bekam ihn. Allein konnte er mürrisch sein, doch in Gesellschaft sprühte er, hielt voller Witz und Esprit das Gespräch in Bewegung wie ein Jongleur seine Bälle, war gescheit, schön, humorvoll. Kein Wunder, dass ihn alle lieben, dachte Jennet.

An manchen Abenden, wenn es schon spät und ein Ende der Party nicht abzusehen war, schlüpfte Jennet unbemerkt aus dem Zimmer und ging zu Bett. Dort lag sie dann im Halbschlaf und lauschte der Londoner Geräuschkulisse, jenem städtischen Klang permanenter Ruhelosigkeit, die fernen Züge, das an- und abschwellende Gelächter von unten, auch Musik, bis zornige Nachbarn an die Wand hämmerten. Sie dachte in Bildern, sah sie vor ihrem inneren Auge, spürte, wie sie unter ihren Händen Gestalt annahmen, fühlte, wie ihre Finger sich nach Pinsel und Farbe sehnten, nach einer Gelegenheit, diese Bilder für andere sichtbar zu machen. Das Bedürfnis zu malen wurde zu einem schmerzlichen Verlangen, so wie ihr Bedürfnis nach Liebe.

Oft graute der Morgen schon, wenn David heraufkam und sie weckte. Sein Gesicht war vom Trinken gerötet und seine Zunge schwer, doch er war bester Laune. Manchmal schlief er so plötzlich ein wie ein kleines Kind, doch es gab auch Nächte, in denen er ihre

Hand nahm und auf seinen Schwanz legte, oder er schob seine Hand zwischen ihre Beine und bahnte sich den Weg. Irgendwann begann er, Anweisungen zu murmeln, die Jennet befolgte, wenn sie glaubte, es tun zu müssen. Krall deine Fingernägel in mich. Fester. Tu mir mit deinen Fingern weh. Mehr. Tu mir weh.

Morgens sagte er so etwas allerdings nie. Da liebte er sie sanft, lächelte sie an und kitzelte Ben, und oft schien morgens auch die Sonne, und Jennet erinnerte sich daran, dass sie glücklich war.

Doch dann wieder ein Winter. Selbst in der Großstadt liegt im Herbst manchmal ein leichter Dunst über allem, eine flüchtige Anmutung von Salzwasser, Holzfeuer, und mag es auch nicht der Geruch der Heimat sein, so ist es doch der des Heimwehs. Vielleicht ist es dieser Geruch, der die Graugans wieder herbeiruft und umgekehrt die Schwalbe zum Aufbruch drängt. Heben die Wildpferde auf dem schwindenden Moorland jedes Jahr beim Grasen den Kopf, um diesen Hauch mit ihren Nüstern einzufangen, von endlosen Steppen träumend? Wenn sie im Oktober mit ihrem Kind am Fluss entlangspazierte, roch auch Jennet diese Nostalgie, die aus dem Wasser aufstieg, vom fernen Moor nach London hereinwehte, und wollte woanders sein, irgendwo, nur nicht hier. Sie wusste nicht, ob es Yorkshire sein müsste. Sie dachte oft an das West Riding und die klare Luft ihrer Kindheit zurück, doch mischte sich Melancholie in diese Erinnerungen: Richard, der in seinem Arbeitszimmer ohne Zuhörer seine Predigten vor sich hin murmelte, die enttäuschte Lorna, deren Lippen täglich schmaler wurden. Wenn es also nicht Litton Kirkdale war, wonach sie sich sehnte, was war es dann? Sie wusste es nicht, aber sie war von einem vagen Verlangen erfüllt, an einem anderen Ort zu Hause zu sein, an einen Ort zurückzukehren, an dem sie noch nie gewesen war.

Die betörende Herbstluft wich bald dem Nebel und Regen des Londoner Winters, doch Jennets Sehnsucht wuchs. November, Dezember, unablässiger Regen, Bens warmer Atem in der Kälte des Hauses sichtbar, und jede Nacht sein Husten. Schreckliche Kruppanfälle, bei denen er keuchend um Luft rang und sie einen Kessel Wasser nach dem anderen aufsetzte, um die ohnehin von Feuchtigkeit geschwängerte Luft mit Dampf zu erfüllen. Ein neuer Geruch im Haus, der Geruch von Friar's Balsam. Die von Angst verdunkelten Augen des Kindes, die mühsame Bewegung seines Brustkorbs.

Genug, schrie sie David am Neujahrsmorgen an: 1950. Ein neues Jahrzehnt. Ich habe genug. Genug von Hammersmith, den schäbigen Straßen, dem Smog, den eingeweichten Windeln, dem grauen Schimmel, der die Küchenwand hinaufkriecht. Genug von den müden Frauen, die in der Arztpraxis oder beim Metzger Schlange stehen, von der Rationierung, dem Leben als einem Abzählen von Lebensmittelkarten. Genug von Kohl und Steckrüben und dem penetranten Geruch nach Bratfett. Von dem dicken, klebrigen Orangensaft, der an die Säuglinge verteilt wird und den einige Mütter mit Gin vermischen. Genug von all dem Gin. All den leeren Flaschen, die sich auf dem Küchentisch ansammeln, von überquellenden Aschenbechern, betrunkenen Unterhaltungen und Davids schönen langen Fingern, die zitternd die erste Zigarette des Tages anzünden.

Genug von all dem Backstein. Genug von dem Regen. Genug von Corinne. Genug von dem trägen Fluss und seiner Fracht armseliger Lastkähne, genug von den traurigen Hinterlassenschaften im Watt bei Ebbe.

Na gut, sagte David gleichmütig. Wir gehen nach Spanien.

Spanien. Ein Land, das in Davids Vorstellung gelb war im gleißenden Licht der Sonne, rot vom Blut der leidenschaftlichen jungen Männer, die in den Internationalen Brigaden für die Freiheit ihr Leben gelassen hatten, schwarz von den Schleiern der Witwen und den Häuten der geschlachteten Bullen. Er war nie dort gewesen und beherrschte die Sprache nicht, doch das Land regte seine Phantasie an.

Der Eindruck von Unnahbarkeit, der Spanien in seiner Nachkriegsisolation anhaftete, begeisterte ihn. Außerdem machte ihm immer noch ein Artikel zu schaffen, der im Oktober 1949 im *New Statesman* über ihn erschienen war. Ein Kritiker hatte sich, nachdem er Davids handwerkliche Fähigkeiten gelobt hatte, vernichtend über seinen, wie er meinte, zu starken Rückbezug auf die Tradition geäußert. Mr Heatons Werk lässt sich einer spezifisch englischen Ausprägung der Hochromantik zuordnen, hatte er geschrieben. Altmodisch. Enge Anlehnung an den Pseudo-Mystizismus William Blakes und die visionären Landschaften Samuel Palmers. Dieses bombastische Chiaroscuro, die verzerrten Formen …

David betrachtete sich nicht als primär englischen Maler, denn englisch war damals gleichbedeutend mit provinziell – er wollte als Kosmopolit gelten und hatte daher ein ganz eigenes Interesse an einer Veränderung. Insofern traf es sich gut, dass gerade wieder das Sickert-Stipendium des Royal College ausgeschrieben worden war, das unter anderem einen bestimmten Geldbetrag für eine Reise beinhaltete. David bewarb sich um das Stipendium und bekam es.

Und was ist mit Franco?, fragten all ihre Freunde empört. Besonders Margaret Metcalf und Richard Benjamin waren schockiert, denn die Erinnerung an den Spanischen Bürgerkrieg war noch lebendig. Einige ihrer Parteigenossen hatten den Kampf überlebt, und jeder wusste von anderen, denen dieses Glück nicht beschieden gewesen war. Und nach all dem Leid und der bitteren Niederlage dann der jahrelange Widerstand gegen die Faschisten – die David und Jennet jetzt jedoch plötzlich stillschweigend zu billigen schienen. Seht ihr denn nicht, fragte Richard, dass ihr dieses Regime legitimiert, wenn ihr dort lebt?

Tun wir nicht, sagte David leichthin. Wir werden Schulter an Schulter mit den Armen leben. Wir werden ihre Fürsprecher sein. Durch unsere Malerei werden wir sie vor der Unterdrückung bewahren. Sagst du nicht immer, dass genau das Ziel und Zweck der

Kunst sein sollte, Benjamin? Eine moralische Intention. Soziale Verantwortung. Unsere schöne neue Welt.

Doch tatsächlich: warum eigentlich? Warum gerade Spanien? Jennet war es in gewisser Weise egal, wo sie hinfuhren – was sie brauchte, war eine Atempause, Sonne, Veränderung. Bei David war das anders. Er hatte im vergangenen Jahr gespürt, dass er zu Großem berufen war. Er redete nicht darüber, nicht einmal nach einer Flasche Whisky, vertraute es nur dem Tagebuch an, das er damals sporadisch führte, doch er war fest davon überzeugt. Und er wusste, dass er, um sein Ziel zu erreichen, seinen Horizont erweitern und sich einen größeren Markt erschließen musste. Der Artikel im *New Statesman* hatte ihn getroffen. David war klar, dass in der Nachkriegswelt mit ihren neuen Grenzen und neuen Anforderungen kleine Engländer schnell in Vergessenheit gerieten. Schon wurde von den revolutionären Malern New Yorks geredet. David hatte erwogen, sich ihnen anzuschließen, war dann aber zu der Erkenntnis gekommen, dass seine Zukunft in Europa lag. Er gedachte, der berühmteste Künstler des zwanzigsten Jahrhunderts zu werden, die Speerspitze einer neuen Bewegung in der europäischen Malerei. Ein naheliegender erster Schritt wäre gewesen, nach Paris zu gehen. Doch das hatten andere Maler vor ihm schon getan, oder sie waren gar dort geboren, und David wollte keine Vergleiche herausfordern. Ihm konnte nicht daran gelegen sein, im Schatten von Picasso oder Matisse zu stehen. Andererseits wollte auch er, worauf sie ein Geburtsrecht hatten: Neapelgelb, Viridiangrün, Kadmiumrot, Ultramarinblau hell. Eine neue Palette, mit anderen Worten, nicht die nördliche mit ihren Grün-, Grau- und Erdtönen. Er hätte sie auch in Italien oder Griechenland finden können. Aber Spanien rührte etwas tief in Davids Innerem an, verführte ihn mit der Herbheit seiner Geschichte, seines Himmels, mit dem Karminrot vergossenen Bluts.

David und Jennet kündigten ihren Mietvertrag in der Cardross Street und bereiteten sich darauf vor, im Juni umzuziehen. Lorna kam nach London, um sich zu verabschieden. Sie schaute sich um, sah den Schimmel, die Schäbigkeit des kleinen Hauses und sagte: Das Gehalt deines Vaters ist sehr niedrig. Ich hoffe, du erwartest kein Geld von uns. Wie kann man nur derart seine Intelligenz und seine Ausbildung vergeuden. Das ist alles deine Schuld. Du hättest es viel weiter bringen können. Doch als dann am Abend David in Begleitung seiner Freunde, darunter auch Corinne, aus seinem Atelier in Baron's Court kam, besserte sich ihre Laune. Eine Party!, sagte Lorna. Ihre Stimme war plötzlich von geheimnisvoller Rauheit und ihr Lachen hinreißend tief. Eine Zigarette senkrecht zwischen die apart abgewinkelten Finger geklemmt, schmiegte sie sich mit leicht gesenkten Augenlidern in eine Sofaecke und widmete sich der Unterhaltung der Gäste.

Das Leben in Litton Kirkdale, das sich nicht eben durch ein Übermaß an Komik ausgezeichnet hatte, wurde bei Lorna zu einer Folge perlender, von Einfaltspinseln und Bauerntölpeln bevölkerter Anekdoten. Jennet überkam eine Anwandlung schuldbewusster Liebe, als sie ihrer Mutter zuhörte. Lorna, mittlerweile einundfünfzig und an diesem Abend in der Cardross Street von den Jungen und Selbstbewussten umgeben, war in ihren aufgearbeiteten Vorkriegskleidern und mit ihrem schreiend rubinroten Lippenstift bemitleidenswert und tapfer zugleich. Gebeugt, aber nicht verzagt. Enttäuscht und doch nicht ohne einen Rest von Hoffnung. Sie blies den jungen Männern mit geschürzten Lippen Rauchkringel ins Gesicht. Möchtest du mich malen, David?, fragte sie gerade. Ich würde dir freiwillig Modell sitzen. Neben ihr lachte Corinne, die bei David saß. Das wäre doch eine prima Geschichte für die Mothers' Union, Mrs Mallow. Der Tag, an dem ich mich auszog – nur für die Kunst.

Eine Ansammlung verfallender Häuser, dazwischen enge, von primitiven Steinbögen überspannte Gässchen, die in Streifen aus Kies und grauem Sand ausliefen. Außer einer Bar, einer Bäckerei, einem gepflasterten Marktplatz und einer ockerfarben gestrichenen Kirche hatte Santiago de las Altas Torres kaum etwas zu bieten. Im Westen die Ruine einer maurischen Festung, dahinter, in dem versandeten Mündungsgebiet, raschelnde Zuckerrohrfelder, ganz in der Ferne die Sierra. Ihre Gipfel waren schneebedeckt, sogar im Sommer.

Es war schwer, an den Schnee zu glauben, fand Jennet. Sie, die England nie zuvor verlassen hatte, war noch nie einer solchen Hitze ausgesetzt gewesen, wie sie im August in Andalusien herrschte. Sie wurde davon verwandelt, wurde gelöster, schwamm darin wie ein Fisch im Wasser, tauchte zu Beginn jedes Tages in die Hitze ein, die erst in den frühen Morgenstunden wieder zurückwich, wenn eine leichte, salzige Brise aufkam.

Es war eine lange Reise für Jennet, David und das Kind gewesen: Mit dem Schiff bis Santander, dann weiter mit dem Zug und verschiedenen langsamen Bussen. Sie hielten sich eine Weile in Sevilla auf, dann in Córdoba, wo David, völlig hingerissen von den Kreuzgängen und Brunnen, bleiben wollte, bis Jennet ihn daran erinnerte, dass sie sich auf das Meer als ein absolutes Muss geeinigt hatten. Ein ferner Cousin von Davids gutem Freund Dermot hatte Beziehungen nach Salobreña, einer Stadt östlich von Málaga, und durch ihn fanden die Heatons in Santiago ein Häuschen, das sie mieten konnten. Es war mehr als schlicht – drei quadratische Zimmer und eine steile steinerne Treppe –, doch es war frisch getüncht, hatte schöne alte Bodenfliesen, und aus einem der Fenster im oberen Stockwerk blickte man auf das Meer.

Wie seltsam muss dieses fremde Paar auf die Fischer des Dorfs und ihre Familien gewirkt haben. Santiago war damals von der Außenwelt nahezu abgeschnitten, litt immer noch unter den Nachwirkungen des sechzehn Jahre zuvor erlittenen Schlags, als sein kurzer, vielversprechender Aufstieg durch die Panzer der Falangisten und das Granatfeuer von Kriegsschiffen zunichtegemacht worden war.

Zwischen dem Abzug der Mauren und den Schrecken des Bürgerkriegs war in Santiago kaum etwas geschehen und seither auch nicht. Die Menschen lebten, wie sie immer gelebt hatten: von der Hand in den Mund, ernährten sich mehr schlecht als recht von dem, was der karge Boden und die unberechenbare See hergaben. Zu jener Zeit entdeckten die Touristen gerade die spanischen Küsten, doch bis nach Santiago war noch keiner gelangt. Es hatte nichts Verlockendes zu bieten.

Die Dorfbewohner waren zunächst zurückhaltend, ja feindselig. Hinter den Fensterläden versteckt, spähten sie Jennet hinterher, wenn sie Brot besorgte oder am Markttag Gemüse und Fleisch kaufen ging, und wo immer David hinkam, standen die jungen Männer in Grüppchen zusammen und starrten ihn wie nervöse Jungstiere mit gesenkten Brauen an. Es war Benedict, der schließlich das Herz der Einheimischen eroberte. Mit seinen zwei Jahren war er unwiderstehlich: furchtlos, vertrauensvoll und mit dem goldblonden Lockenschopf in dieser Welt dunkelhaariger Kinder so exotisch wie ein Löwenäffchen inmitten eines Wurfs von Katzenjungen. Bald konkurrierten die kleinen Mädchen miteinander, wenn sie ihn am Strand trafen, lockten ihn mit Muscheln und getrockneten Seesternen, schlangen die Arme um sein rundes Bäuchlein, hoben ihn hoch und stolperten mit ihrer lachenden, lebendigen Fracht über den Sand. Als Nächstes erlaubten sich ihre Großmütter, der Versuchung seiner Locken nachzugeben, berührten sie, um zu schauen, ob sie wirklich echt waren, und jüngere Frauen schenkten ihm ein vorsichtiges Lächeln. Nun dauerte es nicht mehr lange, bis David in der Bar einen Stammplatz hatte, und als der Sommer zu Ende ging, war das Misstrauen gegenüber den Heatons geschwunden.

In jenem Sommer war es, als wäre die Zeit stehen geblieben oder als hätte sie sich in eine transparente Membran verwandelt, in der Sonne, Weite und Wasser, Helligkeit, Weiß- und Blautöne schimmerten und gebrochen wurden, sodass die andere Welt – die Welt Londons und Litton Kirkdales, die Welt von Angst und Frustration – dagegen schattenhaft und unwirklich schien. Es kam niemand aus England zu Besuch, sie waren für sich, die drei, Vater, Mutter, Kind, in einer neuen, durch Schlichtheit und Ruhe geprägten Umgebung. Kurz bevor sie nach Spanien aufgebrochen waren, hatte Richard Mallow ihnen einen Scheck über fünfhundert Pfund geschickt, und David hatte ein Bild an Peggy Guggenheim verkauft. Bei ihrem anspruchslosen Leben hatten sie mit diesem Geld und dem Stipendium ihr Auskommen.

Jennet genoss die Beschränkung auf das Notwendigste. Morgens ein noch warmer, runder Laib groben Brots, Tomaten, der strenge Geschmack von Schafskäse, bittere Oliven, Eier. Vino del terreno direkt aus großen Eichenfässern und der intensive, kräftige Geruch von schwarzem Zigarettentabak. Der goldblonde, braun gebrannte, nackte Ben am Strand, sie selbst barfuß auf den kühlen, blau gemusterten Fliesen, Davids heißer, harter Körper unter einem Baumwolllaken. Abends, wenn Ben im Bett war, saßen sie zusammen auf den Stufen vor der Haustür und lauschten den Geräuschen aus dem Dorf, dem Rollen und Rauschen auf dem Kiesstrand.

Für Jennet hatte dieser Lebensstil etwas sehr Stimmiges. Sie hatten nichts im Haus, was sie nicht wirklich brauchten, keine überzähligen Messer und Gabeln oder Kleider oder Möbel, nur die Bücher, die sie wirklich wollten, Bauklötze für Ben, Papier, Leinwand, Farbe. Bei ihnen herrschte die schlichte Ordnung einer Klosterzelle: Jeder Gegenstand hatte seinen festen Platz, und jeder war notwendig. Und schön. Dieses Gefühl absoluter Stimmigkeit hatte Jennet noch nie gehabt. Im West Riding hatte man durch die Rautenscheiben der Fenster eine schöne Landschaft sehen können, doch das Innere des Hauses war düster gewesen, voll verstaubter Bücher und Traurigkeit. Oxfords steinerne Symphonien waren von bösen Vorahnungen und dem Geruch nach Desinfektionsmittel überlagert gewesen. Selbst in Cornwall hatten Wellblech und Stacheldraht die Harmonie gestört. Doch hier in Santiago sah sie trotz der Armut der Menschen und der verfallenden Gebäude eine absichtslose Schönheit. Scharlachrote Geranien in alten Ölkanistern, die Streifen von Licht und Schatten auf einer weiß gestrichenen Wand, ein Korb voll kleiner silberner Fische.

Vielleicht romantisierte sie das Ganze ja. Vielleicht täuschte der Sonnenschein über die Defizite hinweg. Sie wusste natürlich, dass es die Menschen, die in Santiago leben mussten und auf das bisschen angewiesen waren, was sie anbauen oder fischen konnten, nicht leicht hatten. Wenn ihr ab und zu der Gedanke kam, dass sie hier doch eigentlich das sozialistische Ideal eines Lebens in Gemeinschaft und Zufriedenheit verwirklichten, hörte sie jedes Mal Richard Benjamins höhnisches Gelächter. Trotz allem – diese ersten Monate in Santiago blieben ihr als eine glückliche Zeit in Erinnerung, und sie markieren den Beginn einer ihrer fruchtbarsten künstlerischen Phasen.

Sie hatten genug Geld zum Leben, aber mehr auch nicht. David erhielt den Löwenanteil der teuren Malmaterialien. Jennet fand das gerecht, schließlich hatte sie mit ihren Bildern bisher nichts verdient, David hingegen schon, und er war im Begriff, noch mehr zu verdienen. In seiner beruflichen Welt spielten Kunsthändler und Sammler eine Rolle, für sie war das noch Zukunftsmusik. Doch in Santiago hatte sie wieder Zeit, denn Ben konnte nun allein oder in der Obhut seiner kleinen Verehrerinnen spielen, und genug Platz hatte sie in dem kühlen quadratischen Raum, den sie mit David teilte, ebenfalls. Obwohl Davids Nähe einschüchternd und sein kritischer Blick belastend sein konnte, fühlte sich Jennet frei genug, um zum ersten Mal seit Bens Geburt wieder zu malen. Zunächst überließ sie die Leinwände David – er bekam sie für teures Geld von einem Kollegen aus Stockwell geschickt – und benutzte stattdessen, was immer sie zusammentragen konnte: Pappe, Bruchstücke von Kisten, Treibholz. Auf derlei Untergründe malte sie den grünen

Krug, den sie für ihren Wein verwendeten, eine blaue Schüssel voller Zitronen, die Rümpfe umgedrehter Boote, das Gezappel in einem Netz voller Sardinen, und vor allem wieder und wieder das Meer in all seinen Schattierungen, so wie sie es aus dem Fenster im oberen Stockwerk sah.

Fenster. Immer wieder diese Fenster. In Litton Kirkdale die Fenster mit steinernem Mittelpfosten, in dem Haus in Santiago das einfache Fensterquadrat, eine rahmenlose Öffnung in der Wand. Darin die Horizontalen von grauem Sand, von Meer und Himmel in variierenden Schattierungen von Grau, Grün und Blau. Indigo, Ultramarin. Bleigrau vor einem Sturm, ein schimmerndes Austerngrau, wenn der Sturm sich legte. Das Meer ruhig oder aufgepeitscht. Leer oder mit den Silhouetten von Fischerbooten. Oder durch etwas hindurchgesehen: durch die Schlitze hölzerner Fensterläden, durch eine hängende Weinranke, durch Wildblumen in einer Vase.

Absurderweise, könnte man sagen, malte David in Spanien nur selten im Freien. Das Motiv, das zu jener Zeit seine Leinwände füllte, war Jennet. Jennet nackt auf dem Bett, ihre leicht gebräunte Haut im Kontrast zu den drei dunklen Haardreiecken, unter denen die Haut blass war. Öffne die Beine, befahl er ihr eines Abends. Hab dich nicht so, meinte er, als sie zögerte. Du bist schön da drinnen. Musst sie ja nicht spreizen, öffne sie nur ein bisschen, genau so, und er langte mit dem Pinsel hinüber und zog bedächtig eine gerade Linie auf ihrem Fleisch.

David malte gerne nachts. Ihm gefiel das Spiel des Lichts von Kerze oder Öllampe auf der Haut, das Leuchten und die Schatten, die es erzeugte. Seine Studien der nackten Jennet, die er zunächst in einem sachlich-realistischen Stil ausführte, wurden mit der Zeit intimer, als verbände sich seine Farbe mit ihrem Körper. Mit dem Pinsel entdeckte er, was seine Finger nie erkundeten: die versteckten

Formen, die Rhythmen, die Schnittpunkte von Knochen und Nerven, Jennets Scheu und Bedürftigkeit. Diese Bilder, die David in Spanien malte, sind schwierig. Als Betrachter empfindet man zwangsläufig eine gewisse Komplizenschaft, als würde man selbst in das Bild hineingezogen, vom Künstler gegenüber einer verwundbaren Frau zum Voyeur gemacht, keiner anonymen Frau noch dazu, sondern der des Künstlers.

Jennet selbst war zwiegespalten, was die Bilder betraf. Manchmal konnte sie sie betrachten – die außergewöhnliche Pinselführung, die Art und Weise, wie David mit einem Strich Deckweiß eine Kontur hervorhob oder in exakten Schattierungen von Rosa und Braun die Falten der Vulva, die Halsbeuge, eine Brustwarze erfasste – und ihre Distanz wahren. Sie wusste, dass die Bilder hervorragend waren. Doch dann wieder sah sie sich selbst in Davids Arbeiten und fühlte sich vergewaltigt, hatte Angst davor, von anderen, Fremden, oder schlimmer noch, von Menschen, die sie kannte, so gesehen zu werden: dreist, schamlos, eine eigentümliche Einladung aussendend. Sie hatte die unwillkommene Vorstellung, wie Richard Mallow in aller Unschuld durch ein Museum spazierte und aus heiterem Himmel mit seiner Tochter konfrontiert wurde, unverkennbar sie, ein Bein untergeschlagen, um besser sichtbar zu machen, was keine erwachsene Frau ihrem Vater zeigen sollte. Die Aussicht darauf, von irgendeinem beliebigen Mann in ihrer unzweideutigen Nacktheit begutachtet zu werden, war beunruhigend. Es war Jennet bewusst, dass die Reaktionen auf Davids Gemälde zwangsläufig komplex sein würden. Die porträtierte Frau, zugleich verfügbar und sich entziehend, Opfer und Verschwörerin, ihren Körper darbietend, doch das Gesicht abgewandt, war eine komplizierte Ikone. Jennet erlebte diese Ambiguität auch bei sich selbst. Sich Davids minuziöser Musterung auszusetzen, seinen indiskreten Blick zuzulassen, seine Sichtweise von ihr zu akzeptieren, war verstörend und erregend zugleich. Wenn sie ausgestreckt vor ihm lag, wünschte sich Jennet instinktiv ein schützendes Laken, doch zugleich sehnte sie sich nach Davids Berührung, seinen Lippen auf ihrer dargebotenen Brust, seinen Händen, statt nur mittelbar über die Liebkosungen seines Pinsels, direkt auf ihrem Körper.

David wiederum erregte das Malen. Manchmal liebten sie sich danach, heftig, schnell und stumm. Und oft in diesem ersten Jahr in Santiago schlüpften sie nachts, wenn das Dorf schlief, leise aus dem Haus und liefen Hand in Hand, nur notdürftig bekleidet, über den Kies und den Sand in das wartende Meer. Warmes Wasser im Sternenlicht, der beständige Sog, sein Ziehen und Zerren und Wispern, bis alle Spuren des Malens und der Liebe abgewaschen waren, und später dann der salzige Geschmack auf ihrer Haut.

Im Winter war es kalt in Santiago, aber die Regentage wurden durch Tage strahlenden Sonnenscheins ausgeglichen. Wenn Jennet an einem frühen Januarmorgen im weiß getünchten Kubus ihres Schlafzimmers erwachte, freute sie sich an den vom Licht gezogenen Linien, stellte sich vor, sie befände sich im Innern eines Eisklotzes: hart und klar und sauber. Im Februar hing der Duft der Orangenblüten in der Luft, und mittags war es schon warm. Mit dem Frühling kamen Besucher, dieselben Leute, die mit David in den Pubs von Hammersmith und Soho getrunken hatten, jetzt in Zweier- und Dreiergruppen nach Santiago verpflanzt. Dermot und seine Freundin, die beiden Roberts, ein Dichter, der eine zum Scheitern verurteilte Affäre mit der Frau eines Politikers hatte, Corinne und Victor, ihr schwer einzuordnender Mann. Niemand wusste Näheres über diesen Mann, der viel älter war als alle die anderen und Gerüchten zufolge sehr reich. David sagte, er sei im vorigen Jahr aus dem Gefängnis entlassen worden. Irgendwelche Devisengeschäfte während des Krieges, soweit er wisse.

Durch die Besucher in diesem Frühling und dem folgenden Sommer änderte sich einiges. Die Kluft zwischen den Heatons und den

Dorfbewohnern tat sich wieder auf, die sich in einem gemeinsam verbrachten Winter doch fast geschlossen hatte. Jennet kam mit dem Spanischen gut zurecht und sprach schon nach wenigen Monaten mühelos den örtlichen Dialekt. Ben wuchs zweisprachig auf. Dadurch, dass keine Sprachbarriere zwischen ihnen bestand und sie manch einen dunklen Nachmittag gemeinsam im Schein des Kaminfeuers verbracht hatten, mal bei der, mal bei jener, hatten sich Jennet und die Frauen des Dorfs angefreundet. Jennet hatte begonnen, vormittags mit Gruppen von Kindern zu malen oder kleine Figuren aus Ton zu formen, eine Art inoffizieller Kunstunterricht. Die Londonerinnen störten diese zwanglose Kameradschaft. Keine von ihnen beherrschte die Sprache, und mit ihrer nördlichen Haut und ihrer Urlaubskleidung sahen sie fremder aus als Jennet. Sie blieben selten länger als zwei Wochen, doch auch andernfalls hätten sie sich schlecht in das Dorfleben eingefügt.

Für die englischen Männer galt das Gleiche. David war nicht so bereitwillig in die Dorfgemeinschaft aufgenommen worden wie Jennet. Als junger Mann ohne offensichtlichen Beruf war er den Leuten ein Rätsel, und er hatte nicht den Vorteil täglicher Begegnungen mit den Müttern anderer kleiner Kinder in der Bäckerei oder am Strand. Doch er hatte seine Freunde in der Bar, Fischer und Bauern, die nach einer Weile seine Gegenwart anerkannt hatten und gelegentlich einen Krug Wein mit ihm teilten. Diese Männer konnten der Gesellschaft von Fremden nichts abgewinnen.

Da es im Haus der Heatons zu eng war, quartierten sich ihre Gäste in den Fremdenzimmern über der Bar ein, den einzigen, die es im Dorf gab. Wodurch der Inhaber der Bar einen viel zu genauen Einblick in ihre unkonventionellen Lebensgewohnheiten gewann: auffällig etwa der Mangel an Eheringen oder die zwei Männer, die offenbar ein Liebespaar waren. Am bestürzendsten jedoch war das Trinken. David hatte in den Monaten, die er allein mit Jennet und Ben verbracht hatte, viel weniger getrunken als in London, doch seine Partylaune kehrte schnell wieder. Für die Besucher war der billige, unrationierte spanische Wein ein Grund zum Feiern, und die Tage zogen in langen Flaschenparaden vorüber, die mit Brandy am Abend endeten, der starken, nach verbranntem Karamell schmeckenden Sorte, die am Lagerfeuer auf dem Strand in beträchtlichen Mengen konsumiert wurde.

Als sich in London herumsprach, wie angenehm es sich in Santiago und anderswo an der spanischen Mittelmeerküste leben ließ, kamen mehr und mehr Leute, die Heatons verbrachten weniger Zeit allein, und David malte weniger. Er ruhte sich ein bisschen auf seinen Lorbeeren aus. Gemäß einer Vereinbarung mit der Redleaf Gallery waren die Bilder, die er bis dahin in Spanien gemalt hatte, nach London verschifft worden, wo sie begeistert aufgenommen und sofort verkauft worden waren. Für den Herbst war eine Ausstellung geplant. David fand, dass er bis dahin ein, zwei Monate Ferien verdient hatte, in denen er ein gastfreies Haus führen, die Annehmlichkeiten des Landes genießen, die örtlichen Weine kennenlernen konnte. Doch für Jennet waren die Ferien vorbei. Die Besucher wollten bewirtet und unterhalten werden, auch wenn sie nicht bei ihnen wohnten. Sie wurde wieder in die Rolle der Dienstmagd gedrängt: Davids Anhängsel, seine zuvorkommende Ehefrau. Wenige seiner Freunde ahnten, dass auch sie malte. Außerdem war sie wieder schwanger. Sie freute sich darüber – es war Zeit, so fand sie, dass Ben ein Geschwisterchen bekam –, aber sie hatte nicht damit gerechnet, dass sie sich so krank und elend fühlen würde. Als der Frühling der Sommerhitze wich, war ihr zusehends unwohler, bis ihr nur noch eines Erleichterung verschaffte: sich in die kühle Umarmung des Meers sinken zu lassen.

David wiederum versank in fässerweise Wein. Er schwamm in jenem Sommer förmlich darin: Morgens Amontillado, nachmittags kräftige Rote, spätabends Brandy. Er trank mit Freunden, wenn welche da waren, und ansonsten allein. Mit ihnen war er meist bester Stimmung, allein dagegen mürrisch. Er sah Jennet mit leerem Blick an, als wäre sie eine Fremde. Er malte sie nicht und schlief nicht mit ihr. Er malte überhaupt nicht mehr. Einen klaren Kopf hatte er selten länger als eine Stunde am Tag, und oft hatte er völlig unvermittelte Wutausbrüche oder Anfälle wilder Begeisterung. Er schrie Benedict wegen kleinster Fehler an oder umarmte ihn viel zu fest, schwang ihn in die Luft und schleuderte ihn im Kreis herum, bis dem Kind schwindlig war. Ein vorsichtiger, wachsamer Ausdruck begann Bens Blick zu verdunkeln. Da sie all die kleinen Entscheidungen des Tages jetzt allein fällen musste, hatte Jennet zum ersten Mal das Bedürfnis nach einer engen Freundin.

Sie konnte niemandem von David erzählen. Einmal, als sie bei Sonnenaufgang erwachte und sah, dass er nicht neben ihr im Bett lag, stand sie auf und fand ihn ausgestreckt auf der Treppe, schnarchend. Er war offensichtlich gestolpert und der Länge nach hingeschlagen, schien aber unverletzt. Doch er war bewusstlos, und mochte sie auch noch so laut rufen und an seiner Schulter rütteln, er kam nicht zu sich. Seine Augenlider öffneten sich flatternd, gingen aber gleich wieder zu, und nachdem sie erfolglos versucht hatte, ihn die Treppe hochzuzerren, blieb Jennet nichts anderes übrig, als ihn dort liegen zu lassen. Sie wachte neben ihm, bis er zu sich kam, denn sie hatte Angst, er könnte auf den gefliesten Boden rutschen oder an seinem Erbrochenen ersticken. Als seine Augen schließlich aufgingen und offen blieben, starrte er sie ausdruckslos an und sagte nichts, raffte sich nur hoch und taumelte ins Bett.

Warum, fragte sie ihn später, warum? Er schien die Frage nicht zu verstehen. Was hast du für ein Problem, Vogel?, fragte er.

Jennets Baby sollte Anfang Dezember kommen, und im Oktober wurde Davids Ausstellung in der Redleaf Gallery eröffnet. Da Jennet die lange Reise nicht auf sich nehmen wollte, fuhr David allein nach London. Für den – wie er meinte, sehr unwahrscheinlichen – Fall, dass er sie verkaufen könnte, nahm er Jennets *Blaue Schüssel mit Zitronen* und zwei ihrer Fensterbilder mit. Sein Kunsthändler in der Redleaf Gallery, Ivan Whitehouse, sei an Stillleben oder semiabstrakten Landschaftsbildern nicht interessiert, aber den Versuch sei es allemal wert. Nach einem Jahr in Spanien ging ihnen langsam das Geld aus. Davids Reisestipendium war aufgebraucht, und sie lebten von seinen Einkünften als Maler.

Jahre später wurde Jennet gefragt, warum David sie als Malerin so wenig ermutigt habe. Er habe sie ja wirklich kaum unterstützt. War er eifersüchtig?, fragte die Interviewerin. Jennet hatte Mühe, sich zu erinnern. Nein, Eifersucht war es wohl nicht gewesen. Eher, dass David so von sich selbst überzeugt war. Trotz all seiner heimlichen Dämonen. Er war ein strahlender Komet, dem es bestimmt war, in den höchsten Höhen zu kreisen, und er ließ nichts zu, was ihn auf seinem Weg hätte behindern können. Er wusste, dass er ein Genie war. Außerdem war er als Mann ein typischer Vertreter seiner Generation, der zu fortschrittlichen Ideen nur Lippenbekenntnisse ablegte. Die Selbstaufopferung der Frau wurde vorausgesetzt, Jennet war ihm als Ehefrau und Mutter seiner Kinder nützlicher denn als malende Konkurrentin. Natürlich gab es damals noch andere Frauen, die künstlerisch tätig waren, doch von den englischen Malerinnen zählte mit einer Ausnahme keine zur ersten Riege. David kam gar nicht auf die Idee, dass Jennet Mallow dort einmal vertreten sein könnte. Sie war damals so fest in seine eigene Malerei eingebunden, ob als Modell oder als seine wichtigste Quelle der Inspiration, dass er ihr gegenüber in vielfacher Hinsicht blind war. Er erkannte Jennets Potenzial einfach nicht.

Die Aussicht auf Davids Abwesenheit ängstigte Jennet nicht. Sie fühlte sich in Santiago gut aufgehoben, und der Monat ohne ihn verstrich heiter, eine Reihe herbstlicher Tage, die sie, ihr ungeborenes Kind und Ben sanft umfingen. Ben war wissbegierig, unterhaltsam, er lernte gerade lesen, und sie entdeckte als Mutter neue Interessen. Da sie nicht unbedingt der mütterliche Typ war, freute es sie, dass ihr Sohn langsam eigenständiger wurde. Sie begann ihn als Freund zu mögen. Und beim Malen erlebte sie in diesem Monat einen regelrechten Energie- und Erkenntnisschub: Während sie früher Form zunächst als Gegenstand wahrgenommen hatte, sah sie jetzt Gegenstände als reine Form. In ihrem großen Gemälde aus jener Zeit, das schlicht *Santiago* heißt, sieht man im Vordergrund einen safrangelben, von einer tiefblauen Linie durchzogenen Block, über dem ein breiter Streifen in noch dunklerem Blau verläuft, so dunkel, dass es Schwarz sein könnte, wäre da nicht ein magisch durchscheinendes Licht. Von diesem Blau heben sich fünf ungleichmäßige Vertikale von zartestem Zitronengelb mit einem ganz leichten Stich ins Hellblaue ab, vielleicht die Segel von Fischerbooten vor dem sich verdunkelnden Himmel, den ein nahendes Herbstgewitter mit bleiernem Licht erfüllt.

Ohne David an ihrer Seite malte Jennet in ihrem weiß getünchten Kubus zum ersten Mal ein großflächiges Bild. Bis dahin hatte sie in eher beschränkten Formaten gearbeitet, sechzig mal neunzig Zentimeter zum Beispiel, klein genug, um das jeweilige Gemälde auf einen Küchenstuhl zu stellen oder auf den Tisch zu legen. *Santiago* ist dreimal so groß. Sie arbeitete den ganzen Oktober daran, und es entwickelte sich parallel zu dem Kind in ihrem Bauch, nahm wie dieses Gestalt an, während die Sonne ihr Licht durch die ungleichmäßigen Fensterquadrate warf und an den Weinstöcken nebenan die grünen Trauben sich golden verfärbten.

Jennet freute sich nicht uneingeschränkt über Davids Rückkehr. Sie war in der ereignislosen Ruhe mit ihrem Kind glücklich gewesen. Aber sie war optimistisch. Nach dieser Pause von ihr und Spanien würde, ja musste es David besser gehen, und er würde wieder malen wollen. Vielleicht könnten sie umziehen, in ein größeres Haus, etwas

Längerfristiges, mit einem Atelier für sie und einem eigenen Zimmer für Ben. Bald würde er in Santiago mit der Schule anfangen, dann würde er kein ausländisches Kind mehr sein, sondern ein spanisches.

David war müde und abgespannt, als er zurückkam, aber durchaus friedlich, und er sagte, sein Aufenthalt in England sei produktiv gewesen. Er habe in Portman Close bei Corinne gewohnt. Die Ausstellung sei ein voller Erfolg gewesen, nach einem etwas holprigen Beginn, da man habe befürchten müssen, dass die Polizei sie schließen lassen würde. Ein absurder Obszönitätsvorwurf. Man habe ihnen erst klarmachen müssen, dass sie dann gleich auch Goya, Boucher und Tizian verbieten könnten. Als Kompromiss habe Ivan Whitehead Davids Porträts von Jennet schließlich in einen Vorraum gehängt, den man von außen nicht einsehen konnte. Natürlich habe der Skandal Scharen von Besuchern angezogen. Viele der Leute, die schon Gemälde von David besäßen, hätten sie der Redleaf Gallery für die Ausstellung geliehen, es sei eine umfassende Werkschau. Spektakuläre Kritiken. Selbst der verdammte *Statesman*. Er hatte Jennet einen Katalog mitgebracht, der bis heute, ein bisschen zerfleddert, unter ihren Papieren zu finden ist. Die intimen Studien ihres jugendlichen Körpers sind alle darin abgedruckt.

Außerdem brachte er Jennet vierhundert Pfund mit. Ivan Whitehead war, wie erwartet, nicht sonderlich enthusiastisch gewesen, doch er hatte David vorgeschlagen, Jennets Bilder Patrick Mann zu zeigen, der gerade seine eigene Galerie eröffnet hatte, The Heron. Mann war fasziniert. Er kaufte alle drei Bilder für seine eigene Sammlung und sagte David, dass er sehr gern weitere Bilder von Jennet sehen würde: Falls sie, wie ich annehme, noch nicht von einer anderen Galerie in London vertreten wird? David erklärte Mann, dass Jennet mit dem Baby bald alle Hände voll zu tun haben und wohl kaum dazu kommen werde, weitere Bilder zu malen. Aber Mann sagte, das Angebot stehe in jedem Fall.

Sein Lob spornte Jennet an – das Geld von Mann war das erste, das sie seit dem Whistler-Preis der Kunstakademie mit ihrer Malerei verdient hatte. Und ironischerweise war dieser Wendepunkt in Jennets Leben ausgerechnet David zu verdanken, auch wenn er nicht ahnte, was das bedeuten würde.

Margaret Metcalf schrieb Jennet einen entsetzten Brief, als sie hörte, dass Jennet ihr Kind in Spanien per Hausgeburt zur Welt bringen wollte. Sie selbst hatte mittlerweile zwei Kinder, beides Jungen, erwartete ein drittes und konnte sich nicht vorstellen, ohne den wunderbaren neuen Staatlichen Gesundheitsdienst zu gebären. Überleg dir bitte, ob du nicht zurückkommen willst, schrieb sie. Du könntest bei uns wohnen. Aber Jennet war unbesorgt. In Santiago wurden ständig Frauen durch die örtliche Hebamme entbunden, und Benedicts Geburt war unkompliziert gewesen. Die Erinnerung an die Schmerzen hatte Jennet ausgeblendet. Ihre einzige Befürchtung, von der sie niemandem erzählte und die sie als typischen Schwangerschaftswahn kleinzureden versuchte, war, dass das Baby schrecklich missgestaltet sein könnte. Sie träumte von Hydraköpfen. Einen Monat vor dem Geburtstermin schien dieses Kind gigantisch und mit zusätzlichen Gliedmaßen versehen zu sein. Es war unruhig und bewegte sich ständig, sodass sie sich nie sicher war, ob die Stöße, die sie spürte, von seinem Kopf oder den Füßen herrührten. Eine pränatale Untersuchung im Krankenhaus in Málaga wäre sinnvoll gewesen, aber irgendwie kam Jennet nie dazu. Sie hatte einen fatalistischen Zug. Außerdem waren private Krankenhaustermine teuer. Das Geld von Patrick Mann war besser in Essen und Benzin angelegt, fand sie.

Einen Besuch ihrer Schwester akzeptierte sie dann allerdings. Lorna war eisern gewesen. Wenn Jennet zu störrisch sei, ihren unvernünftigen Lebensstil aufzugeben, müsse sie wenigstens eine voll ausgebildete Krankenschwester an ihrer Seite haben. Aber Barbara ist doch keine Hebamme, protestierte Jennet in einem Brief. Nein. Aber sie kennt sich mit Hygiene aus, antwortete Lorna, außerdem ist sie Engländerin. Also nahm Barbara einen Monat unbezahlten Urlaub und traf am 30. November, einen Tag vor der Geburt der Zwillinge, in Santiago ein.

Carmela mit ihrem widerspenstigen grauen Haar und ihrer von alten Blutflecken rostbraun verfärbten Schürze. *Empuja*, zischt sie. *Eso es! Vamos!* Barbara, rosig-blass und mopsig, die kleinen Hände mit den eigenartigen Grübchen durch eine Falte vom plumpen Handgelenk geschieden wie bei einer Puppe, noch benommen von der Reise und dem Schock des ländlichen Spanien, erteilt ebenfalls Anweisungen. Carmela guckt böse. Von Jennet auf ihrer Wolke des Schmerzes sind sie beide kilometerweit entfernt, doch trotz der Distanz sieht Jennet sie ganz deutlich. Carmelas abgebrochener Fingernagel, eine geschwungene orangefarbene Linie aus festgebackenem Puder entlang Barbaras Nasenflügeln. Sie riecht beider sich vermischenden Atem. Fisch und Zahncreme, Tabak, Knoblauch. Die beiden Frauen, auf jeder Seite eine, beugen sich über sie, einander entgegen. So sähen sie auch aus, denkt sie, wenn ich tot wäre. Zwei Frauen, die ihren ausgestreckten Körper umsorgen – Barbara mit Streifen eines zerrissenen Baumwolllakens, die sie in kaltem Wasser tränkt und ihr auf die Stirn pappt. Windeln oder Leichentuch, der Stoffstreifen, den man um Seinen Kopf gebunden hatte, liegt nicht bei den Leinenbinden, sondern abseits davon, zusammengerollt. Jennet ist allein an einem Ort, der sie in eisiger Klarheit umschließt, jeder Gedanke abgeschlossen, separat und vollkommen wie ein Regentropfen, aber weder mit den anderen verbunden noch geerdet. Womöglich könnte sie sprechen, ihr Mund würde sich vielleicht bewegen, aber sie verspürt kein Verlangen danach. Vielleicht bin ich tot, denkt sie.

Das Fleischklümpchen, das aus ihr herausgezogen wird, ist verschmiert und nass und außerdem möglicherweise tot. Doch dann regt es sich ein wenig, nur leicht, wie ein gestrandeter Fisch, sein Mund ist sperrangelweit aufgerissen. Carmela richtet es auf, gibt ihm einen kräftigen Klaps, steckt ihm einen Finger in den Mund, schlägt ihm noch mal auf den Rücken, und jetzt schreit es. Von ihrem fernen Plateau aus sieht Jennet zu und denkt, wie leicht hätte Carmela ihm den Hals umdrehen können, dem kleinen Ding. Ein kurzer Ruck wie beim Sonntagshuhn, ein Druck nach hinten mit geübter Hand, um ihm das Rückgrat zu brechen.

Die heftigen Schmerzen ebben nicht ab, keine ruhigere Phase folgt, in der sie durchatmen oder sich erholen könnte. Immer noch dieser starke, pochende Drang, einen Fremdkörper auszustoßen, die Schmerzen werden eher noch schlimmer. Carmela drückt Barbara, deren Mund ebenfalls offen steht, das wimmernde Wesen in die Hand und tastet, drückt, presst eine Hand auf Jennets Bauch. *Me cago en Dios*, sagt sie. *Uno mas. Vamos, mujer. Empuja! Vamos!*

Es dauert fast eine Stunde, bis das zweite geboren ist. Mittlerweile wäre ihr der Tod so willkommen gewesen wie die sanfte Berührung des Geliebten. Das Baby ist unvorstellbar winzig, still und blau. Carmela hebt es mit beiden Händen vor ihr Gesicht, es ist so klein, dass es in ihren Händen liegt wie in einer Wiege. Sie bedeckt seinen Mund und seine Nase mit ihrem Mund, haucht sanft ihren Atem hinein, hält inne und horcht, haucht wieder, hält inne, haucht. Jedes Mal wenn sie innehält, herrscht eine unermessliche Stille. Das andere Baby lässt sogar das Wimmern sein und guckt. Jennet, ein zerbrochenes Etwas, nach einem Schiffbruch wieder an Land gespült, guckt auch, doch sie weiß nicht, ob sie tot ist oder träumt. Carmela haucht, hält inne, haucht. Der wachtelzarte Brustkorb erbebt kurz und ist wieder reglos. Carmela haucht. Und dann, nach Stunden oder Minuten oder einem ganzen Leben heben und senken sich die streichholzdünnen Rippen erneut, auch ein zweites Mal, und jetzt atmet das Baby von selbst. Flache, keuchende Atemzüge, doch sie kommen ganz von allein. Carmela hält das kleine Ding aufrecht an ihre Schulter, wendet das Gesicht ab und spuckt aus. Dann lächelt sie. *Gemelos*, sagt Carmela. *Ya está. Brava, mujer, brava!*

Zwei Mädchen. Sarah und Vanessa. Sarah gedeiht, aber Vanessa ist klein und kränklich, sie hat wohl in Jennets Bauch ihren Anteil der Schwester überlassen. Sie ist so bleich, dass sie aus Kerzenwachs sein könnte, winzige, zusammengekniffene, durchscheinende Nasenflügel, die zarten, gespreizten Zehen eines Froschs. Sie trinkt nicht, ist zu schwach zum Saugen. Panisch schiebt Jennet ihr die Brustwarze in den Mund, und ein wenig Milch erreicht ihren Bestimmungsort, doch der größere Teil rinnt der Kleinen auf Gesicht und Hals. Carmela kommt jeden Tag, um nach ihr zu sehen, schüttelt den Kopf und murmelt irgendetwas von Gottes Willen, aber Vanessa ist zäh, die spärlichen Tropfen Milch helfen, und so tut sie einfach nicht, was alle von ihr erwarten, nämlich klaglos sterben. Stattdessen wird sie im Laufe der Wochen allmählich etwas kräftiger und lernt, Zunge, Rachen- und Halsmuskulatur zu benutzen. Barbara bestellt Farley's Babymilch und Fläschchen mit Gummisauger aus London. Für die Zwischenzeit finden sie eine Amme, die Jennets beschränkten Milchvorrat ergänzt. Und trotzdem. Die gierig saugende Sarah. Vanessas schwächliches Plärren, Tag und Nacht, ein hoher, verzweifelter Laut, der Jennet durch Mark und Bein geht. Ben, noch keine drei Jahre alt, ist verstört durch diese Eindringlinge, die seine Mutter in Beschlag nehmen, und beginnt wieder, am Daumen zu lutschen, ins Bett zu machen, zu quengeln. Der Ausdruck in seinen Augen erinnert an einen Hund, der mit Prügel rechnet.

Drei Kinder unter drei Jahren, Barbara in ständiger Aufregung, David, der, angewidert von Frauen, Übelkeit, tropfenden Brüsten und durchnässten Lappen, seine Tage woanders verbringt. Barbara mag Santiago nicht, sie findet es primitiv und langweilig, und David mag Barbara nicht. Marshmallow. Wenn man sie anstupsen würde, was Gott verhüten möge, wenn man den Finger in dieses fette, weiche

Rosa versenken würde, bliebe in ihrem Fleisch eine Delle zurück. Barbara hegt mit gutem Grund keine freundschaftlichen Gefühle für David, doch ihr Groll erstreckt sich auch auf Jennet. Selbst jetzt noch, blutend, aufgerissen, erschöpft und weinend ist Jennet hübscher, dünner, gescheiter als ihre Schwester. Jennet hat einen Mann, einen sehr gut aussehenden, auch wenn er ein Scheusal ist. Jennet hat drei Kinder, und zwei von ihnen sind entzückend. So war das immer. Als sie noch Kinder waren, hatte Jennet von allem mehr als Barbara, und der Liebling ihres Vaters war sie außerdem, es war so ungerecht.

Barbara hat keinen Mann, hat nie auch nur einen Liebsten gehabt, nächstes Jahr wird sie dreißig, und sie vergeudet ihr Leben mit der Pflege von Kranken – ihr hat nie jemand Geld dafür gegeben, dass sie mit Farbe und Papier hantiert. Bei ihrer Arbeit geht es um Bettpfannen und Blut, und jetzt soll sie damit – unbezahlt – auch noch ihren Urlaub und die Weihnachtstage verbringen. Aber mag Barbara auch ein widerwilliges Kindermädchen sein, so ist sie doch ausgesprochen kompetent: Sie säubert und wischt und kocht, und Jennet ist ihr sehr dankbar.

An Silvester kamen Leute aus dem Dorf mit Geschenken. Quittenkäse, ein Laib Brot, ein Fisch, winzige scharlachrote Strickmützchen für die beiden Mädchen, *las niñas*. Carmela hatte Marzipan gemacht. In dieser Nacht, als die Kinder endlich schliefen und der Sturm draußen einen Moment lang etwas nachließ, machte Jennet die Fensterläden weit auf, um den an allem zerrenden Wind hereinzulassen und dem Meer zu lauschen, sich alles Gute in ihrem Leben vor Augen zu halten und ihre Vorsätze fürs neue Jahr zu fassen. Ihre Familie wird gut durch das Jahr kommen. Sie werden in Spanien bleiben. Und sie wird mehr malen. Viel mehr: Sie wird verschwenderisch und mutig sein, selbstbewusst, experimentell. Die Fischer in Santiago hatten ein Lied, das von den Stimmen des Meers handelte. Im Sturm wohnen Geister, sangen sie, und in der Klarheit des Wassers ebenso, doch das Meer kann auch mit den lieblichen Stimmen der Morgendämmerung singen.

Es mag seltsam erscheinen, dass 1952, das in vielfacher Hinsicht schwierigste Jahr in Jennets Leben, den Beginn ihrer Zeit als ernsthafte, engagierte Malerin markiert. Sie hat sich dazu nie geäußert. Nach ihren vorherigen Erfahrungen hätte man davon ausgehen können, dass sie überhaupt nicht malen würde – als Ben zur Welt gekommen war, hatte sie keine Zeit zum Malen gehabt, und jetzt, mit drei kleinen Kindern, von denen eines kränkelte, hätte sie vollkommen verzagen können. Doch tatsächlich arbeitete Jennet in diesem Jahr mit wilder Entschlossenheit. Von ruhiger Wesensart, war Jennet Mallow doch immer auch hartnäckig gewesen, und angesichts all der Widrigkeiten, denen sie sich jetzt gegenübersah, kämpfte sie lieber, als die Wellen der Niederlage über sich zusammenschlagen zu lassen. In der regen Tätigkeit, die sie in diesem Jahr und dem ganzen folgenden Jahrzehnt entfaltete, lag etwas eisern Verzweifeltes, als wüsste sie, dass dies ihre Chance war, jetzt oder nie. In London hatte sie ein quälendes Verlangen verspürt, das sie in diesen letzten paar Monaten in Spanien gerade erst zu stillen begonnen hatte. Ihr Bedürfnis zu arbeiten war gewaltig, und sie weigerte sich, es noch einmal zu unterdrücken. Der Ehrgeiz hatte sie gepackt. Und dazu die Befürchtung, dass sie eines Tages womöglich würde auf eigenen Beinen stehen und für sich selbst und ihre Kinder sorgen müssen. Die Bedürfnisse ihrer Kinder, Vanessas Kränkeln und Davids wachsende Traurigkeit waren eine Bürde, unter der Jennet leicht hätte in die Knie gehen können. Hätte sie nicht weitergekämpft, wäre die Kunst des zwanzigsten Jahrhunderts um einiges ärmer.

Jennets neu gewonnenes Selbstvertrauen war zu einem nicht geringen Teil Patrick Mann zu verdanken. Er war damals ein junger Mann mit einer neuen Galerie und wollte sich unbedingt einen Namen machen. Doch war er nicht nur einfach ein Förderer: Er hatte Geschmack und ein gutes Auge, und er wusste von Anfang an, dass er bei Jennet auf Gold gestoßen war. Sie würde er sich nicht entgehen lassen. Er schrieb ihr nach Santiago und wiederholte das Angebot, das er ihr schon über David gemacht hatte, und im Juni 1952 stand er plötzlich bei ihnen vor der Tür. Ich war zufällig in der Gegend, sagte er beiläufig und wenig glaubwürdig. Ein kleiner Dicker mit randloser Brille und einem neuen, extra für seine Spanienreise angeschafften Strohhut. Er glich eher einem Funktionär aus Antwerpen, wie David treffend bemerkte, als einem aufstrebenden Kunsthändler, er hätte direkt aus einem Gemälde von Magritte getreten sein können. Das Einzige, was noch fehlt, sagte David, ist eine Taube unter diesem Hut. Aber David mochte ihn. Alle mochten ihn. Er war außerordentlich wertschätzend und höflich. In der Hitze keuchend und schwitzend, pries er die Schönheit des Strands, die Kinder, die architektonisch unbedeutende Dorfkirche, Jennets Tomatensalat. Am Abend seiner Ankunft ließ er sich von Ben ins Meer locken und erzählte ihnen dann hinterher, er könne gar nicht schwimmen. Aber das Wasser sei einfach herrlich und Ben ein so hervorragender Schwimmer, dass er, Patrick, sich absolut sicher gefühlt habe. Er ist ein dicker, runder, dopsender Ball, der mit Superlativen ausgestopft ist, sagte David zu Jennet. Wenn du ihm jetzt noch deine Bilder zeigst, explodiert er.

Letzten Endes war er dann erstaunlich beherrscht. Jennet lagerte ihre Bilder im Schuppen von Nachbarn, und dort ging sie am nächsten Morgen mit Patrick hin. Sie zeigte ihm *Santiago*. David und sie hatten die Tür aushängen müssen, um das Bild in den Schuppen zu befördern, es passte nur eben so hinein. An eine Holzwand gelehnt, schien es im Tageslicht, das durch die offene Tür hereinfiel, von innen heraus zu leuchten. Es strahlte in verschiedenen Blautönen und Safrangelb wie ein von Drachenfeuer beleuchteter Schatz oder ein Altarblatt im Licht zahlloser Kerzen. In dem staubigen, nach Fisch stinkenden Schuppen betrachtete Patrick Mann das Gemälde. Jennet hatte mit einem Redeschwall gerechnet, doch er sagte minutenlang gar nichts. Jahre später erzählte er ihr, er habe gegen die Tränen ankämpfen müssen.

Patricks überschäumender Begeisterung lagen kritische Urteilskraft, Sachverstand und Wissen zugrunde. Und das Fehlen jeglicher Sentimentalität. Er weinte nicht oft. Sein Interesse an Jennet war in erster Linie geschäftlicher Art. Er wusste, dass die Vorherrschaft Frankreichs in der modernen Kunst im Schwinden begriffen war, dass neue Bewegungen aus den Vereinigten Staaten die müden Europäer bald überrollen würden und dass Jennet, anders als die meisten ihrer Zeitgenossen, sich in der internationalen Szene würde behaupten können. In ihr sah er seine Zukunft.

Außer *Santiago* konnte Jennet Patrick noch ein Dutzend andere Gemälde und einige Zeichnungen zeigen. Das reicht noch nicht ganz für eine eigene Ausstellung, sagte er, aber fast. Was meinen Sie – könnten Sie, sagen wir, nächstes Jahr um diese Zeit noch ein bisschen mehr fertig haben? Wollen wir eine Ausstellung planen? Um Sie in London ganz groß herauszubringen? Ich könnte den Leuten mit ein, zwei Bildern schon mal den Mund wässrig machen, die Neugier der besten Sammler anstacheln. Wären Sie damit einverstanden? Wenn ich alles Praktische erledigen würde?

Extrem gut organisiert, ließ Patrick Mann Kisten bauen, Verträge aufsetzen und die Bilder nach London verschiffen. Für Jennet war er der Dschinn, der erscheint, wenn man an einer Flasche reibt, der Fisch, der seinem Fänger drei Wünsche gewährt, ein Zauberwesen aus einer Geschichte. Fern der Kunsthändler und -märkte und ohne eigenes Netzwerk hätte Jennet niemals so früh schon Erfolg gehabt, wenn nicht Patrick Mann gewesen wäre.

Auszug aus dem Katalog-Entwurf für Jennet Mallows erste Ausstellung in der Heron Gallery, Cork Street, mit Anmerkungen von Patrick Mann:

Lachendes Kind (Benedict H.) 1952 Bleistift auf Papier 30 x 25 cm

Schlafender Säugling (i) 1952 Bleistift auf Papier 28 x 23 cm

Schlafender Säugling (ii) 1952 Bleistift auf Papier 28 x 23 cm (eingehüllt wie ein Leichnam)

Zwei Säuglinge 1952 Bleistift auf Papier 30 x 25 cm

Selbstporträt 1952 Pastell auf Papier 28 x 23 cm

Carmela (i) 1952 Kohle auf Papier 28 x 23 cm

Carmela (ii) 1952 Kohle auf Papier 28 x 23 cm

Studie einer Säuglingshand 1952 Bleistift auf Papier 15 x 20 cm

Santiago 1951 Öl auf Leinwand 2,08 x 2,37 m

Blaue Schüssel mit Zitronen 1951 Öl auf Holz 53 x 76 cm

Grüner Krug 1951 Öl auf Treibholz 38 x 48 cm

Fischerboote 1951 Öl auf Holz 71 x 51 cm

Sardellen 1951 Öl auf Leinwand 35,5 x 30,5 cm

Fenster (i) 1951 Öl auf leinenbespanntem Brett 30 x 56 cm

Fenster (ii) " "

Fenster (iii) " "

Fenster (iv) " "

Fenster (v) " "

Stillleben mit Kindertasse 1952 Öl auf Leinen 28 x 33 cm

Stillleben mit Weinglas 1952 Öl auf Leinwand 28 x 33 cm

Zitronen (i) 1952 Gouache, Aquarell, Bleistift auf Papier 38 x 28 cm

Zitronen (ii) 1952 " "

David 1952 Öl auf Segeltuch, auf Brett gespannt 1,17 m x 89 cm (männliche Silhouette von hinten, grau vor grünen und blauen Streifen)

Mittag 1952 Öl auf Segeltuch 1,42 x 1,22 m (gelb/orange/blau)

Dämmerung November 1952 Öl auf Segeltuch 1,73 x 2,28 m (silbern/grau)

Nacht Dezember 1952 Öl auf Segeltuch 1,73 x 2,28 m
(schwarz auf grau, weißer Streifen)
In der Klarheit des Wassers 1953 Öl auf Papier auf Leinen
1,32 m x 96,5 cm
El Muerto 1953 Öl auf Brett 1,98 m x 43 cm

El Muerto. Der Tote. Ein Bild, das keinem anderen in Jennet Mallows Ausstellung glich. So groß wie ein Sarg, ein Mann, der ausgestreckt auf einem Leintuch liegt. Mund und Augen sind offen, der Kopf ist zur Seite geneigt, das Haar fällt nach hinten. Ob der zerknitterte Stoff über ein Bett, ein Brett oder eine Totenbank gebreitet ist, erkennt man nicht, die Helligkeit hinter dem Mann sowie um Kopf und Füße lässt vermuten, dass er von Glas oder Marmor umschlossen ist, doch der Schatten über ihm legt nahe, dass ihn etwas Dunkles niederdrückt.

Auf dem Bild finden sich die typischen Merkmale von Jennet Mallows frühen Gemälden: die kräftigen horizontalen Farbstreifen – in diesem Fall das Weiß des Leintuchs, die Farben der Leiche, der schmale dunkle Schatten – und als Gegengewicht die Vertikalen des hochgereckten Kinns, der Füße und der beiden Sargenden. Doch dieses Gemälde ist nicht abstrakt, keine Formstudie. Es ist von einem harten, kompromisslosen Realismus, das Fleisch des Mannes hat die Farbe von Fäulnis, grün und bläulich braun, von seinem Mundwinkel zieht sich ein angetrocknetes Blutrinnsal nach unten, seine Hände sind zu Krallen verkrümmt. Jennets technisches Können, Ergebnis all der Zeichenkurse an der Kunstakademie, der ständigen Übung, des peinlich genauen Abzeichnens von Vogelfedern, hat mit diesem Bildnis einer Leiche einen Höhepunkt erreicht. Jede Einzelheit ist akribisch erfasst: der eine sichtbare Fingernagel, abgebrochen und schmutzig, eine geschwungene Augenbraue, die Wangenknochen, die wellenartig sich abzeichnenden Rippen, die exakte Form der Schulter, jede einzelne Zehe. Der Penis des Toten, schlaff in seinem Nest aus krausem Haar, die Webart des Stoffs. Die geschwollene Zunge, das schwarze Innere eines Nasenlochs. Es ist schrecklich und schön zugleich, dieses Porträt, und in vielfacher Hinsicht David Heaton verpflichtet. Er besaß die Kenntnis des Fleisches, tot wie lebendig, den kalten Blick des Anatomen, und Jennet erwies sich als gelehrige Schülerin. War *El Muerto* also eine Hommage? Es besteht jedenfalls kein Zweifel daran, dass der dargestellte Mann David ist.

Ein Toter hinter Glas. Ein Abend im November, Wind und Regen. Den ganzen Tag über dieser Wind. Auch schon die Nacht davor: ein nervöser Wind, der Sand bringt, durch die Fensterritzen und unter den Türen hindurch hereinpfeift, sein Heulen und Tosen so enervierend wie das Geräusch einer Messerklinge, die über eine Schiefertafel kratzt. Sarah und Vanessa sind fast ein Jahr alt. Sarah krabbelt schon, kann sich aufrichten, sagt das eine oder andere Wort, Vanessa hingegen kann das alles nicht. Sie ist immer noch zu klein, zu leicht, ihre Knochen sind zart und zerbrechlich wie die eines Vogels, ihre dünne Haut ist zu straff gespannt, aschfahl. Auf dem Nasenrücken hat sie einen blau geäderten Fleck, wie ein Tintenspritzer sieht er aus. Ein Wechselbalg ist sie, aus einem Stoff, der nicht ganz Fleisch ist, ein Wesen nicht ganz von dieser Welt. Selbst als Baby hat sie etwas Unnahbares, ist nicht richtig mit der Außenwelt verbunden. Sie lächelt oder lacht kaum, weint dagegen oft, immer noch dieses schwache, hohe Maunzen, das Jammern eines Kätzchens, wie schon bei ihrer Geburt.

Jennet hatte sich bemüht, all diese Anzeichen von Seltsamkeit bei ihrer Tochter zu ignorieren. Vanessas verzögerte Entwicklung, dachte sie, ließ sich durch ihr geringes Gewicht bei der Geburt erklären, sie würde aufholen, wenn sie etwas kräftiger geworden war. Doch in der Nacht, als der Wind von Afrika kam, betrachtete Jennet ihr Kind, das wach, aber stumm in seinem Bettchen lag, und verspürte eine bohrende Angst.

Sie brachte Vanessa zu David hinunter in das Zimmer, wo er malte. Er nahm ihr die Kleine ab, bewegte den Finger vor ihren Augen hin und her und drückte auf das Stupsnäschen, bis sie quiekte. Schau doch, sagte er, schau, wie sie meinem Finger folgt, wie sie lacht, es ist alles in Ordnung mit ihr. Päppele sie hoch, mit rohem Eigelb und einem Teelöffel Brandy. Sie wird in null Komma nichts gesund und munter sein.

O mi vida, flüstert Jennet dem ernsten Baby zärtlich ins Ohr, ich hoffe, dein Daddy hat recht, *mi vida*. In dieser Nacht, der Nacht des klagenden Windes, sieht sie, dass er weiß, dass er nicht recht hat.

Er hatte einen zweiten Krug Wein geleert, was aber nicht ungewöhnlich war, er tat das oft, manchmal trank er auch einen dritten. Meistens überließ sie ihn dabei sich selbst, um sich der Aggressivität nicht auszusetzen, die manchmal in ihm hochkochte, wenn er betrunken war. Er ging mit seinem Wein nach oben, während sie die ruhigen Nachtstunden nutzte, um zu arbeiten, und hoffte, dass er bereits schlafen würde, wenn sie ins Bett ging. Dann würde sie nicht erleben müssen, wie zerstörerisch sich Liter um Liter Rotwein auf die Liebe auswirken können. Doch als sie in dieser Nacht, der Nacht des Sturms, die Öllampen ausblies, die Fensterläden fest schloss und nach oben ging, um nach den schlafenden Kindern zu sehen, fand sie ihren Mann neben Vanessas Bettchen, er kauerte auf dem Boden und wiegte sich hin und her. Im trüben Schein eines Nachtlichts sah sie, dass er an seinen Händen kratzte, die Rechte schürfte über die zur Faust geballte Linke.

David?, fragte sie leise und vorsichtig. David? Sie konnte sein Gesicht in dem schwachen Licht nicht erkennen, aber sie roch seinen Atem, säuerlich vom Wein.

Da waren Ameisen, sagte er. Millionen von Ameisen. Oder vielleicht Asseln. Irgendwelche Krabbelviecher. Aber jetzt sind sie weg.

Seine Stimme war sehr laut in diesem Zimmer, in dem Kinder schliefen.

Ich muss diese Haut loswerden, sagte er. Wo die Viecher drauf herumgekrochen sind. Darunter ist sauberer Knochen.

Er kam mit ausgestreckten Händen auf sie zu, die Handrücken nach oben gedreht, und sie sah sogar im Dunkeln, dass sie bluteten.

Jennet wusste nicht, wie sie ihn hätte trösten oder was sie anderes hätte tun können, als ihn sanft zum Bett zu führen. Sie holte Wasser und einen Lappen, um ihm das Blut abzuwischen, doch er stieß sie weg.

Noch lang redete er in dieser Nacht mit sich selbst, eine ganze Litanei gemurmelter Worte: Ameisen und Knochen und Stacheldraht, Maschinengewehre, Suchscheinwerfer. Eine lange Aufzählung von Namen, wie sie in einem Klassenbuch stehen oder auf einem steinernen Kreuz eingemeißelt sein könnte. Endlos, das Gemurmel, der nicht nachlassende Wind, das Glimmen seiner Zigaretten im Dunkeln, eine nach der anderen.

Jennet schlief ein wenig, allerdings unruhig, war zu müde, um nicht zu schlafen, aber ziemlich verängstigt, und sie wachte schlagartig auf, als sie tastende Bewegungen unter ihrem Nachthemd spürte, ein Knie, das ihre Beine auseinanderdrückte. Sie versuchte sich umzudrehen, doch David, der sich mit der einen Hand steif rieb, drückte sie mit der anderen wieder hinunter und hielt sie fest, ihr Gesicht ins Kissen gepresst, und dann ein Brennen und Reißen in ihrem Fleisch, als er unter Tränen in ihre widerstrebende Enge stieß. Mit der Kraft der Empörung bäumte sie sich auf und schüttelte ihn ab, und nun weinte er lauter, ein nasses, japsendes Schluchzen, sein Kopf an ihrem Hals, seine Arme fest um sie geschlungen, und er bettelte, während ihm die Tränen herabrannen, bettelte, sie in den Hintern ficken zu dürfen. Bitte lass mich, Vogel, bitte.

Am nächsten Morgen waren von seinen Kratzern Blutflecken auf der Bettwäsche, doch David, der, noch weinend, abrupt eingeschlafen war, schlief bis zum Mittag tief und fest und sagte nichts, als er aufwachte. Ob es ein Schweigen der Vergessens oder der Scham war, hätte Jennet nur durch eine weitere Konfrontation herausfinden können, die sie jedoch nicht wollte.

Und dann den ganzen Tag dieser Wind. Spätnachmittags überließ Jennet die Kinder Carmelas Obhut und ging hinaus in den Sturm, um am Strand entlang zum Hafen zu laufen. Vertäute Boote schlugen im aufgewühlten Wasser gegeneinander, und in einem Wirrwarr aus Tang und Tau kreiselte die abgebrochene Latte einer Fischkiste. Selbst die schreienden Seemöwen hatte der Wind kleingekriegt, er hatte sie zum Verstummen gebracht, trübsinnig hockten sie da, den Kopf unter die Flügel gesteckt. Außer Wind und Wasser regte sich nichts, die Fischer und ihre Familien hatten dem Meer den Rücken gekehrt, sich in ihren verräucherten Häusern verschanzt. Auch die Häuser ignorierten den Sturm, wie sie da geduckt entlang der leeren Straßen standen, Türen und Fenster verrammelt, damit das bisschen vorhandene Wärme drinnen blieb und sich nicht davonstahl wie ein Abtrünniger bei einer Belagerung.

Der Regen wurde stärker, während Jennet vom Hafen zum Dorfplatz mit der hässlichen gelben Kirche lief, dem einzigen Gebäude im Ort, von dem noch ein schwaches Licht ausging. Einer spontanen Regung folgend, drehte sie den eisernen Türring, ohne damit zu rechnen, dass die Tür aufgehen würde. Doch sie ließ sich so leicht öffnen, dass Jennet fast in die Kirche gestolpert wäre.

Sie hatte früher schon einmal einen Blick hineingeworfen, sich die Kirche aber nie genauer angesehen. Sie war als Bauwerk nicht von Interesse, außerdem war sie immer voller betender alter Weiber, die zu stören Jennet unangenehm gewesen wäre. Sosehr sie sich auch in Santiago zu Hause fühlte, in dieser Kirche fühlte sie sich immer noch fremd. Vielleicht allgemein in Kirchen: Seit dem Tag, an dem sie David geheiratet hatte, war sie in keine mehr ganz hineingegangen.

Die Kirche in Litton Kirkdale, die so eng mit ihrer Kindheit verwoben war. Der Geruch nach Stein und Staub und Feuchtigkeit, jedes Wort auf jedem Grabmal wohlbekannt, die verschmutzten Überreste mittelalterlicher Fresken und das neuere Buntglas in den Fenstern, das alles war Jennet so vertraut wie ihr Zuhause. Bis heute erinnerte sie sich an jedes sorgsam genähte Betkissen, und ihre Finger spürten noch die verschränkten Hände des steinernen Ritters, die einzelnen Glieder seines Kettenpanzers und die Hinterbeine des zerbröckelnden Windhunds zu seinen Füßen. Als Kind war ihr gar nichts anderes übrig geblieben, als jeden Sonntag dort zu sein, und um sich die langweiligen Stunden zu vertreiben, hatte sie die Bau- und Bestandteile der Kirche studiert und sie sich eingeprägt. Sie hatte eine kurze Phase religiöser Inbrunst gehabt, hatte einen frühen Tod imaginiert, die himmlischen Heerscharen, und sich vorgestellt, wie Lorna zugeben musste, dass ihre Tochter zu heilig für diese Welt gewesen war. Doch später hatte sich Skepsis in ihr breitgemacht, und als sie sah, dass ihr Vater aus dem Glauben keinen Trost schöpfen konnte, verlor sie die letzten Reste ihres Glaubens. Als junge Frau hätte sie gesagt, dass Gott ihr gleichgültig sei.

Diese fremde Kirche hatte einen anderen Geruch als den, der ihr aus Litton Kirkdale so vertraut war: Sie roch nicht nach Stein oder Feuchtigkeit, sondern nach altem Weihrauch, Talgkerzen, Politur und dem Sumpfgeruch abgestandenen Wassers. Blumen waren im November in Santiago schwer zu kriegen, aber jemand hatte einen Tamariskenzweig auf den Altar gestellt, und neben einer Statue der Jungfrau Maria stand ein Topf mit weißen Chrysanthemen. Die Blütenblätter wurden an den Rändern schon braun, vielleicht hatte man die Blumen für Allerseelen in der vorigen Woche gekauft.

Als Jennet sah, dass niemand anders in der Kirche war, schloss sie die Tür hinter sich. Es herrschte tiefe Stille. Auf dem Altar brannten zwei Kerzen, wie zu einer bevorstehenden Messe, doch kein Priester eilte aus dem Dunkeln herbei, um nach Jennets Absichten zu fragen, keine schwarz verschleierte Alte. In dem Gefühl, eigentlich nicht hier sein zu sollen, aber froh über den Schutz und die Stille, ging Jennet etwas weiter nach vorn und setzte sich auf eine Bank. Regenwasser rann ihr aus dem Haar und übers Gesicht. Ein kaltes salziges Brennen, wie Tränen von jemand anderem. Sie blieb sitzen, bis ihre Augen sich an die Dunkelheit gewöhnt hatten, in der nur Kerzen ein paar Lichtpünktchen setzten, Kerzen auf eisernen Ständern vor Statuen, und ein kleines Licht hinter rotem Glas, das an einem Wandarm in der Nähe des Altars hing.

Es war eine schäbige, ärmliche Kirche ohne jede Pracht. Lebensgroße Heilige aus kunstlos bemaltem Gips, Bilder, die wegen ihrer matten Farben im Kerzenlicht nicht zu erkennen waren. Jennet ging durch den linken Gang langsam ganz nach vorn und blieb vor dem Altar stehen. Außer dem Tamariskenzweig, den Kerzen, einem weißen Tuch und dem Kreuz befand sich nichts darauf. Sie widerstand dem überraschenden Impuls niederzuknien. Vom rechten Gang gingen zwei Seitenkapellen ab. Die eine war abgeschlossen und verriegelt, als würde ein Gefangener darin festgehalten, die andere dunkel, aber offen. Jennet nahm eine Kerze vom Ständer. Was sie in deren Licht sah, ließ sie zusammenzucken.

Ein Toter hinter Glas. Gelblich, wächsern, ausgemergelt, Kniescheiben, Oberschenkelknochen, Rippen. Er lag auf dem Rücken, ein Spitzentuch über den Lenden. Dornen waren in seinen Kopf gedrückt, Blutspuren im Gesicht, blutige Schrammen an Seite, Händen und Füßen. Was ist das, fragte sich Jennet, Drohung oder Verheißung, dieses Bild, das sie zugleich abstieß und anzog? Im flackernden Kerzenlicht sah es aus, als bewegten sich die Augen des Mannes. Plötzlich erschöpft, lehnte Jennet die Stirn an die Scheibe und sah zu, wie letzte Regentropfen aus ihrem Haar daran herunterliefen.

Jennet Mallow bekam ihre erste Ausstellung im Sommer 1953 selbst nicht zu sehen, aber Patrick Mann schrieb ihr in einem ekstatischen Brief, sie sei ein durchschlagender Erfolg gewesen. Erstaunlich. Absolut beispiellos. Sämtliche Zeichnungen und Gemälde seien innerhalb der ersten zehn Tage verkauft worden, *Santiago* gar an die Tate Gallery. Um das *Stillleben mit Kindertasse* hätten sich zwei Käufer fast geprügelt, und eine reiche Familie aus Baltimore habe sowohl *Mittag* als auch *Nacht* erstanden. Jede Menge Auftragsarbeiten, wenn sie wolle, die eine oder andere hochgezogene Augenbraue angesichts von *El Muerto* – untypisch für Miss Mallows Malerei? –, das aber dessen ungeachtet an einen anonymen Sammler gegangen sei. Die neue Galerie in Halifax habe *In der Klarheit des Wassers* und drei der Zeichnungen gekauft, darunter auch das Selbstporträt, ihre Einkäufer hätten es faszinierend gefunden, dass Jennet aus Yorkshire stamme. Die fünf Bilder der Fensterserie schließlich habe sich allesamt ein privater Käufer gesichert, ein gewisser Leonard Kaspar, der ihm jetzt in den Ohren liege, er möge ein Treffen mit der Künstlerin für ihn arrangieren.

Seitens der alten Schule Entgeisterung, wie nicht anders zu erwarten, alte Knacker, die irgendetwas von Formlosigkeit und sinnfreier Abstraktion vor sich hin grummelten. Aber man dürfe nicht vergessen, dass es ebendiese Geschmacksrichter gewesen seien, die ihre Studenten vor Matisse und Picasso gewarnt hätten, als deren Werke in dem Winter nach Kriegsende im Victoria & Albert Museum zum ersten Mal in England ausgestellt worden seien. Die progressiveren Kritiker seien hin und weg gewesen. Lewis Delafield, ein blitzgescheiter junger Bursche, der momentan im Radio und den etwas anspruchsvolleren Zeitungen ziemlich Furore mache, habe letzte Woche für den *Horizon* einen, wie er fand, absolut außergewöhnlichen Artikel geschrieben. Geendet habe er folgendermaßen:

Ist das Werk dieser jungen Malerin nur eine Eintagsfliege, eine Seifenblase, eine aufstrahlende und dann verlöschende Sternschnuppe? Ich glaube nicht. Ich glaube, sie wird sich noch zu ganz anderen Höhen aufschwingen. Merken Sie sich ihren Namen: Er wird einmal sehr berühmt sein.

In seinen Briefen schickte Patrick Mann außer Rezensionen und Zeitungsausschnitten auch Bankschecks. Diese waren Jennet am wichtigsten. David hatte seit einem halben Jahr kein Bild mehr verkauft. Und er hatte kaum Neues geschaffen, nur ein paar Kohlezeichnungen und ein Bild von einer Krähe – eine klägliche Ausbeute angesichts der vielen Stunden, die er vor der Leinwand verbracht hatte, Stunden der inneren Bedrängnis, des Malens und Übermalens. Seine zunehmend düsteren Stimmungen lasteten wie schwere Gewitterwolken auf Jennet, und im Laufe der Monate nahmen sie immer mehr Raum ein. Der Winter war gekommen und gegangen, und Jennet hatte sehnlichst gehofft, dass der Frühling Davids Gemüt etwas aufhellen würde, was auch geschah, doch schlug seine Schwermut unmittelbar in eine Art Manie um. Während der hellen, heißen Tage im Mai und Juni erwachte David im Morgengrauen, schloss sich in dem Raum ein, den sie als ihr Atelier bezeichneten, und von dort drangen dann Gelächter, Gesang und Selbstgespräche zu Jennet und den Kindern hinaus. David aß fast nichts, trank jedoch stark, und nachts ging er allein am Strand spazieren, oft so lange, dass Jennet sich auf die Suche nach ihm machte, weil sie Angst hatte, er könnte ertrunken sein.

Nur Alkohol beruhigte ihn. Selbst nach seinen nächtlichen Streifzügen füllte er erneut einen Krug mit Wein und kauerte sich damit vor ein Blatt Papier, auf dem Jennet später sich wirr überschneidende Linien sah, wie verhedderte Schnüre, oder einzelne Wörter, die ohne Kontext bedeutungslos waren. Farbton. Nagel. Sackleinen. Verdammt. Verdammt. Verdammt. Dann wollte er, dass Jennet ihm Gesellschaft leistete. Du bist reizend, Vogel, sagte er, du bist reizend, doch seine Sätze ergaben keinen Sinn, und es schwang ein drohender Unterton darin mit. Wenn er sie anfasste, fand sie das abstoßend und beängstigend.

Der schöne David mit seinem Esprit und seinen dunklen Augen – der Mund lila verfärbt, die Oberlippe zu einem Lächeln oder vielleicht auch einer Grimasse verzogen. Er verschüttete Wein auf sein Blatt, krakelte dicke schwarze Zeichen darauf. Was guckst du so, Vogel?, fragte er, und wenn sie es wagte einzunicken, rüttelte er sie wach. Schlief dann selbst mit dem Glas in der Hand ein, und Jennet passte auf, so gut es ging, dass er nicht auf das Glas sackte und es zerbrach. Sie sah vor sich, wie die halbrunde scharfe Bruchkante in seine straff gespannte Gesichtshaut schnitt. Jennet durchwachte damals zu viele Nächte, horchte nach dem Weinen eines Kindes, horchte nach Davids Rückkehr, und wenn er dann zu Hause war und sie ihn hatte überreden können, ins Bett zu gehen, horchte sie auf sein röchelndes Schnarchen und die seltsamen Dinge, die er im Schlaf sagte. Nacht für Nacht lag sie allein wach und machte sich Sorgen. Für Jennet waren es Nächte der Angst, in denen sie darüber nachsann, was die Zukunft wohl bringen mochte.

Im Sommer von Jennets Ausstellung war schließlich klar geworden, dass sie nicht in Spanien bleiben konnten. Ihr Glück in Santiago, ihre Sicherheit und Zukunft, setzte ein Gefühl gemeinsamen Bemühens voraus. Doch David war nicht mehr erreichbar, war in gefährliche Ferne abgedriftet, und Jennet war zu viel allein. Außer von David hatte sie nie von einem Menschen mehr als oberflächliche Freundschaft erwartet. Jetzt merkte sie, dass die Freundschaften oder Bekanntschaften, die sie in Santiago hatte, nicht ausreichen würden.

Ihr war bewusst, dass das nicht nur in Spanien galt. Eine kriselnde Ehe führt automatisch zu Isolation. Unglückliche Ehefrauen sind durch einen Kodex des Selbstrespekts und Stolzes gebunden, und Jennet hätte nie Gegenstand des Mitleids ihrer Freunde sein wollen. Sie hatte lange versucht zu verbergen, welche Mengen an Alkohol David trank. Der Mann an den Fässern im Weinladen neckte sie oft, weil sie ständig Nachschub holen musste, aber sie hatte gelernt, seine Neckerei einfach zu erwidern. Davon abgesehen hielt sie sich bedeckt, und sie hatte nicht das Gefühl, dass die Frauen im Dorf etwas wussten. Falls deren Männer zu viel tranken oder sich verzweifelt, aber erfolglos mit ihnen im Bett versuchten, wusste Jennet das jedenfalls nicht. Sie vertraute den Frauen nichts an, und diese wiederum teilten ihre wie auch immer gearteten Geheimnisse nicht mit ihr. Sie nahm nicht an, dass es ihr in England anders ergehen würde, aber zumindest würde nicht so viel Heimlichtuerei nötig sein wie in dieser kleinen Gemeinschaft, sie wären von einem grobmaschigeren Netz von Fremden umgeben.

Falls sich später Leute gefragt haben sollten, warum Jennet nicht David seinen Weinkrügen überlassen und die Ehe beendet hatte, so äußerte sie sich nie dazu. Es war nicht die Sorte Frage, die sie gebilligt hätte. Doch selbst wenn, was hätte sie gesagt? Dass niemand, der Kinder, aber kein festes Einkommen hat, überhaupt auf diese Idee käme? Dass sie nie den Meeresgeschmack von Davids Haut vergessen würde und wie kühl sie sich im Salzwasser angefühlt hatte? Dass sie genau wie er an seine Genialität glaubte?

Was immer ihre tatsächlichen Beweggründe waren, in jenem Sommer waren sie von Groll überlagert. Es war Davids Schuld, dass sie nicht in Spanien bleiben konnten. Wegen ihm hatte sie sich die Zugfahrt nach London zu ihrer eigenen Ausstellung nicht leisten können. Allerdings war er als Vater ohnehin so unzuverlässig, dass sie die Kinder nicht hätte bei ihm lassen können. Das Schlimmste aber war, dass Jennet manchmal Davids distanzierten, leeren Blick in den Augen ihrer schwächlichen Tochter sah. Vanessa mit ihren mittlerweile zwanzig Monaten war der andere Grund, warum sie zurückmussten. Sie hatte zwar endlich krabbeln gelernt, konnte aber immer noch nicht laufen und kein einziges Wort sagen. Es war sinnlos, noch länger so zu tun, als könnte sie zu ihrer Schwester aufschließen: Sie würde nie ein normales Kind sein. Davids hartnäckige Weigerung, das zu akzeptieren oder über die Zukunft nachzudenken, verwandelte Jennets Ängste schnell in Wut.

Ein verlorenes, trauriges Häuflein waren sie, wie sie da am Bahnhof zusammengedrängt um ihre paar Habseligkeiten herumstanden, in der englischen Luft fröstelnd wie Überlebende eines Erdbebens oder einer Schlacht. War es für Jennet schon schwer genug gewesen, Santiago, das ihr drei Jahre lang Heimat gewesen war, zu verlassen, so war es für ihren Sohn noch viel schwieriger. Ben kannte ja nichts anderes. An England konnte er sich nicht erinnern. In dem einzigen ihm möglichen Akt der Rebellion sprach er noch lange ausschließlich Spanisch. Dadurch, dass er tat, als verstünde er kein Wort Englisch, zwang er seine Eltern, diese neue Welt für ihn zu übersetzen, und bewahrte sich so das Gefühl, woanders zu sein. In den Ferien fahren wir wieder hin, sagte Jennet oft zu ihm, dann siehst du Paco und Antonio und alle deine Freunde wieder. Doch Ben ließ sich nicht trösten, er war inzwischen alt genug, um zu wissen, dass nicht alle Versprechen gehalten werden. Was Sarah und Vanessa fühlten, blieb ihr Geheimnis, sie waren beide zu jung, um es zum Ausdruck zu bringen, zudem war eine von ihnen noch immer ohne Sprache.

Die Heatons nach ihrer Schiffs- und Bahnreise an einem kühlen Oktobermorgen, ohne klares Ziel. David hatte Jennets Vorschlag, Spanien zu verlassen, bereitwillig zugestimmt, hatte sich jedoch nicht dazu geäußert, wo er gern hingehen würde. Wohin du willst, Vogel. Mir ist das egal.

Aber wir müssen uns doch für einen Ort entscheiden, wandte Jennet ein. Einen, wo es gute Ärzte gibt … Wo wir beide genug Platz zum Arbeiten haben …

Na, dann wohl London, sagte David.

Doch bevor sie nach einer Unterkunft suchten, besuchten sie Davids Eltern, die am Rand von Wolverhampton wohnten. Es war Jennets erster Besuch in Overlea, einem hässlichen edwardianischen Haus mit Beeten voll blauer Hortensien und einer Araukarie auf dem Rasen. Jennet konnte sich den David, den sie kannte, nur schwer als Kind in diesem Durcheinander von Feuerböcken und Schäferinnen aus Staffordshire-Porzellan vorstellen. So viele sinnlose, unschöne Gegenstände: verloren herumstehende Stühle und Couchtische, Petit-Point-Stickereien und Übertöpfe, Messingnippes, Gedenkplaketten, silberne Schatullen mit Gravur. Kitschige Bilder allenthalben, Sonnenuntergänge, Seeschlachten, Wiesen mit Heuschobern, Vierbeinern und kleinen Jungen. Und David, groß und knochig, in diesem überladenen Nest, wie ein Reiher, der von einem Paar Haubentauchern aufgezogen wird. Dass er sich in Overlea in vielfacher Hinsicht zu Hause fühlte – seine Bücher und alten Kleider waren noch in seinem Zimmer, all die scheußlichen Zierobjekte vertraut, der Tagesablauf wohlbekannt –, verstärkte noch Jennets Gefühl, nicht mit ihm verbunden zu sein.

Allerdings war es arrogant von Jennet zu erwarten, dass David seine Kindheit genauso weit hinter sich gelassen hatte, wie sie meinte, ihre hinter sich gelassen zu haben. Sie glaubte, ihre Zeit in Santiago habe sie und eben auch David von allen bürgerlichen Sehnsüchten befreit. In seinem Elternhaus vermisste sie schmerzlich die zum Meer hin geöffneten Fenster, das Gefühl der kühlen Terracottafliesen unter ihren nackten Füßen, doch er teilte ihre Trauer nicht, noch beklagte er sich über Stickluft, Daunendecken oder überflüssige Mahlzeiten. Er ließ sich nach dem Essen dickflüssige Sahne in den Kaffee geben, während sie von blauem Meerwasser und dem weißen Kubus ihres Zimmers in Spanien träumte.

Angesichts dieser geschmacklichen Diskrepanz stellte sich ihr die Frage nach den frühen Einflüssen auf Davids Malerei. Er äußerte sich dazu nur vage: Es habe da einen Lehrer gegeben, der ihn während seiner unglücklichen Jahre am Lancing College beeindruckt habe, außerdem sei er ein, zwei Jahre an der St. John's Wood Art School gewesen, ehe der Krieg ausbrach. Doch sein eigentlicher Lehrmeister, pflegte David zu sagen, sei der Krieg gewesen, insbesondere die Jahre, die er im Stalag 383 verbracht habe, wo er mit seinem Rasierpinsel oder Büscheln seines eigenen Haars habe malen müssen. Deshalb mag ich gezackte Linien so gern, hatte er einmal zu Jennet gesagt: Ich habe mich daran gewöhnt, Dinge durch den Zickzack von Stacheldraht zu sehen. Doch außer im Scherz oder in seinen Albträumen sprach David kaum über das Lager. Jetzt, in den stickigen Zimmern von Overlea, begann Jennet bei dem Mann, den sie geheiratet hatte, tiefer liegende Schichten zu erkennen. In der Erinnerung des jungen Mannes, der bei Kriegsende so ausgehungert war, dass die Knochen von Ellbogen und Knien fast seine Haut durchstießen, muss das fettige Lamm der Mittagessen seiner Kindheit ein einziger Genuss gewesen sein. Der Junge, dessen Heranreifen zum Mann durch die Grausamkeiten des Krieges verdunkelt wurde, würde hinter den schützenden roten Backsteinen und den mit Zwischenfutter versehenen dunklen Samtvorhängen seines Geburtshauses auf immer weiterleben. Eines Hauses, das er als einziger Sohn der Heatons zur gegebenen Zeit natürlich erben würde, mitsamt den trostlosen Gemälden, über die er sich jetzt lustig machen mochte, die jedoch die Landschaften seiner Jugend darstellten.

Unter Davids Trinkkumpanen, den Dichtern und Künstlern, war oft vom Ortsgefühl die Rede. Wie wichtig es für Künstler sei, welch großen Einfluss der Ort auf ihr Schaffen habe. Doch selbst nach der ausuferndsten Diskussion blieb der Begriff nebulös, schwer zu fassen. War das Ortsgefühl angeboren, erworben oder nur ein frommer Wunsch, eine Sehnsucht nach der Zukunft? Existierte es im Bewusstsein des Künstlers, oder war es eine Projektion des Bewusstseins von Leser oder Betrachter? War man als Künstler nicht hinlänglich verankert, wenn man es nicht besaß?

Heimat- und orientierungslos, nachdem sie Spanien verlassen hatten, dachte Jennet intensiv über diese Fragen nach. Sie waren jetzt nicht mehr bloß theoretischer Natur, sondern sehr konkret, die Antworten darauf würden für ihre Arbeit von wesentlicher Bedeutung sein. Wäre sie allein gewesen, hätte sie vielleicht den Zufall antworten, sich wie ein Seevogel im Sturm aufs Geratewohl in einen

Hafen wehen lassen. Manchmal träumte sie von Freiheit, doch dann schob sich ein kleines Händchen in ihre Hand, und sie spürte wieder, welches Vertrauen in sie gesetzt wurde, und wusste, dass Freiheit für sie nicht zu haben war. Zumindest noch nicht, wobei sie sich selbst keine Versprechungen machte. Was sollte sie einstweilen zu ihrer Heimat erklären? Es gab Landschaften der Erinnerung und Landschaften der Sehnsucht. Der Rhythmus und die Prägnanz der Yorkshire Dales, moosgrüne Felder und das sanfte Rotbraun vertrockneten Farns. Lerchengesang und der Brachvogel. Oder Federwolken, in den Abendhimmel ziseliert, Gischt über dem kornischen Meer, die auffliegt und sich in einen Vogel verwandelt. Oder Fels, Sand und Wasser, von der grellen Sonne jeder Farbe beraubt, schimmernd in der hitzeflirrenden Luft. All diese Landschaften, und dann andere, die sie nur in ihrer Vorstellung kennt, von den Bildern und aus den Worten anderer Leute. Weite weiße Sandflächen, wo die keltischen Heiligen in Wind und Wasser Gott vernahmen, heiße Tage in Südfrankreich, wenn der Duft reifer Pfirsiche in der Luft liegt. Die Farbe von Knochen und Zinn oder Lapislazuli, Chromgelb. Eine Landspitze in der Ägäis, ihr nackter Körper, der im Schwalbensprung ins klare tiefe Wasser taucht, die reine blau-weiße Geometrie Griechenlands. Jennet wollte das alles, gierte in ihrer Malerei danach, denn deren Bedeutung, das war ihr wohl bewusst, erwuchs zu einem wesentlichen Teil aus ihrer Reaktion auf Wasser, Stein und Licht.

All diese selbst entdeckten oder erinnerten Orte – doch nie hatte sie vor ihrem innerem Auge London gesehen. London war in ihrer Erinnerung trist und lichtlos, von einer feinen Schicht Kohlenstaub überzogen, es roch nach Bier, Zigaretten und mehrfach benutztem billigem Bratfett. Es war kein Ort für schwächliche Kinder oder riesige Ölgemälde von reinster Farbe. Aber für ihn sei es der richtige Ort, argumentierte David: Dort gebe es Schulen, wo er wieder unterrichten könne, Ateliers, andere Künstler. Von England mit neuem

Leben erfüllt, freudig erregt, plötzlich entschlossen, wo er zuvor träge gewesen war, verkündete David Jennet, es sei Zeit für einen Neubeginn. Ich weiß, ich habe ein bisschen zu wünschen übrig gelassen, sagte er in einem Augenblick der Nähe, der Jennet daran erinnerte, dass sie David liebte, aber ich werde mein Bestes tun … Sobald ich einen Platz zum Arbeiten gefunden habe, mache ich mich ans Werk … Ich werde die verlorene Zeit wettmachen. In Santiago gab es zu viel Sonne … Da sind mir die Augen im Kopf geschmolzen.

Er quartierte sie alle bei Corinne ein. Sie sei doch mit Victor in diesem riesigen Haus allein und giere förmlich nach Gesellschaft – sie würde ja geradezu dafür bezahlen, dass die Heatons kämen. Die Mieten in London waren teuer, überhaupt war im Vergleich zu Santiago alles teuer, und das Geld von Jennets verkauften Bildern ging zur Neige. Jennet sah sich genötigt zuzustimmen. Sie wollte auf keinen Fall Davids neu gefundenes Gleichgewicht stören, außerdem hatte sie keine bessere Idee.

Corinne in ihrem schmalen hohen Haus in der Nähe des Portman Square ist zunächst begeistert, gastfreundlich. Sie habe für die Bälger ein Kinderzimmer eingerichtet, sagt sie, mit einem Schaukelpferd, es sei im obersten Stockwerk, da werde man sie nicht hören. Es wäre ungehobelt von Jennet, darauf hinzuweisen, dass ihre Kinder nicht fünf Stockwerke von ihrer Mutter entfernt allein spielen werden, sie werden immer wieder herunterkommen und Corinne im Weg sein. Jennet hat Angst um Sarah und Vanessa auf der Treppe. Aber sie hält den Mund und sagt sich, dass sie nur kurz hierbleiben werden, nur bis sie ein bisschen Geld gespart, ein Haus gefunden, zur Ruhe gekommen sind.

Unterdessen: An ihrem ersten Abend öffnet Victor mehrere Flaschen Château Langoa Barton, und Corinne kocht ein Gericht, das sie Paella nennt. In Davids Gegenwart ist Corinne reizend zu den Kindern. Sie schäkert mit Ben herum und ist nur mäßig irritiert, als er auf Spanisch antwortet, sie hebt Vanessa hoch und drückt sie. Als Jennet sieht, wie Corinne mit Vanessa auf dem Arm David anlächelt, muss sie einen Moment lang gegen den Impuls ankämpfen, das Kind wieder an sich zu reißen. Das ist jetzt modern, verkündet Corinne, in einer Kommune zu leben. Es ist ja so bürgerlich, eine eigene Eingangstür haben zu wollen. Und so einen albernen kleinen Garten. Es ist doch viel besser, alles zu teilen und nicht mehr so gierig und besitzergreifend zu sein, findet ihr nicht auch?

Alles zu teilen? Auch den Mann?, fragt Victor. Corinne lacht bloß und hebt das Glas, um auf den ersten Abend ihrer Kommune anzustoßen, die, so sagt sie, bald größer werden wird: Lasst uns alle irgendjemanden einladen, den wir lieben. Wen nimmst du, David?, fragt sie, bebende Herausforderung in der Stimme, und das Kerzenlicht setzt schimmernde Glanzlichter in ihr goldblondes Haar.

Später liegt Jennet in dem Zimmer, das ihr und David zugewiesen wurde, auf der linken Seite des Doppelbetts wach. Es ist nicht das Zimmer, in dem sie sich das erste Mal geliebt haben. Aus der Küche hört sie Gelächter und das Geräusch auf dem Tisch herumgeschobener Gläser, doch ihre Kinder hört sie nicht. In Spanien hat sie die drei im Nachbarzimmer atmen hören. Jetzt würde sie sie nur hören, wenn sie laut schrien. Komm runter und weck mich, wenn Vanessa weint, hat sie Ben angewiesen, und er hat es ihr versprochen. Trotzdem traut sie sich nicht zu schlafen, und ihr fehlen die sanften Laute der Kinder und die Stimmen des Meers.

Dr. Hellier, imposant in seinem Cutaway, leuchtete Vanessa mit einem Lämpchen in die Augen und schlug mit einem kleinen Hammer auf ihr Knie. Er bat Jennet, das Kind bis auf die – schändlicherweise nasse – Windel auszuziehen. Uringestank erfüllte das Zimmer, und Vanessa, die wackelig auf der Waage des Arztes stand, wand sich in seinen Händen und heulte. Jennet gab sich alle Mühe, nicht selbst loszuheulen. Noch ein weiteres Anteil nehmendes Lächeln von Dr.

Hellier, und sie würde nicht mehr an sich halten können. Es wäre so leicht, sich auf die hygienisch abgedeckte Liege sinken zu lassen und an seiner Nadelstreifenschulter zu weinen. Sie dachte an die schneckenschleimartige Rotzspur, die sie auf dem schwarzen Wollstoff hinterlassen würde. Ihr war fast schlecht vor Müdigkeit. Reiß dich zusammen, sagte sie sich. Sei tapfer. Übermittle deinem Kind gedanklich beruhigende, tröstende Botschaften. Doch das war nicht einfach. Sie musste die Tränen hinunterschlucken, während der Arzt Vanessas Herz abhörte und ihr Instrumente in die Ohren steckte.

Sie ist ziemlich untergewichtig, sagte er schließlich. Ihre Muskulatur ist schwach. Leicht verzögerte Entwicklung vielleicht? Sonst kann ich keinen Grund zur Sorge erkennen.

Keinen Grund zur Sorge? Jennet hat versucht, Dr. Hellier und vor ihm einem anderen Allgemeinarzt Vanessas leeren Blick zu beschreiben, aber sie weiß, dass keiner der beiden sie versteht. Sie glauben, das Kind sei nur etwas langsam. Die Augenuntersuchung hat keine Missbildung zutage gefördert, sie ist nur unterernährt, womöglich etwas vernachlässigt. Jennet spürt die unausgesprochene Anklage. In Südspanien geboren, die Kleine? Noch nie beim Arzt gewesen? Für den Herbst zu dünn angezogen und keine einzige Impfung. Und dann ihre ungepflegte Mutter, die aussieht wie neunzehn, das Haar nach hinten gebunden, die gebräunten Füße in unzulänglichen alten Sandalen. Keine feste Adresse? Was Vanessa braucht, ist täglich mindestens eine Flasche Vollmilch mit Rahm sowie Fleisch, Käse, Butter. Vitamintabletten. Eier. Und Bewegung. Gehen Sie mit ihr spazieren, statt sie im Kinderwagen herumzuschieben, empfiehlt Dr. Hellier.

Was blieb Jennet übrig, als zu nicken, Vanessa wieder anzuziehen und den Rat des Arztes stumm anzunehmen? Bis zu einem gewissen Grad, das muss sie zugeben, hat Dr. Hellier mit seiner unausgesprochenen Anklage recht. Wie ein Wurf junger Katzen haben ihre Kinder zu essen bekommen, was immer gerade zur Hand war: Brot, Fisch, Oliven, nicht die Milch von Jersey-Rindern oder das Fleisch junger

Kälber. Außer mitten im Winter waren sie nur spärlichst bekleidet. Und jetzt starren sie Jennet vorwurfsvoll an, wie kleine, missmutige Tiere stehen sie da oben hinter der weiß gestrichenen Balustrade von Corinnes Treppe. Drei grollende Gestalten von unterschiedlicher Größe, die das hölzerne Geländer stoisch mit den Fäusten umklammern, ihre sonnenentwöhnten Gesichter mit jedem Tag blasser. Vorwurfsvoll, weil sie, auch wenn sie es nicht sagen können, nicht in diesem kahlen Kinderzimmer bei Corinne in London sein wollen. Auch bei ihren Großeltern in Wolverhampton hat es ihnen nicht gefallen. Sie werden eingesperrt, zum Schweigen gebracht, spielen geschickt, ruhig gehalten. Besonders bei Corinne werden sie behandelt wie Kinder eines verfolgten Volkes in einem besetzten Land. Sobald ihre Mutter Corinnes oder Victors Schritte hört, müssen sie rasch alle Spuren ihrer Anwesenheit beseitigen, und dann werden sie eilends nach oben gebracht. Ihre Mahlzeiten sind improvisiert und gehetzt, sie essen aus Dosen, weil Jennet zu befangen ist, um in Corinnes Küche zu kochen. Corinne spaziert alle Naslang herein, lässt Jennet nicht aus den Augen, verzieht das Gesicht, wenn eines der Kinder einen Ton von sich gibt oder etwas auf den Boden kleckert. Sie steckt einen Finger in ihr Essen und leckt ihn mit angewiderter Miene ab. Zusammen rauchen Corinne und Jennet so viel, dass die Kinder wie Aschenbecher riechen.

Was blieb Jennet also anderes übrig, als den Kopf zu senken und ihre Befürchtung zu verschweigen, dass weit mehr als Vollmilch mit Rahm nötig sein würde, um Vanessa zu kurieren? Im Grunde ihres Herzens wusste sie, dass es dazu unausgesetzter, hingebungsvoller Bemutterung bedürfte. Vanessa müsste in stundenlanger Zuwendung ermuntert werden, zu sprechen, zu essen, die Bewegungen ihrer Finger koordinieren zu lernen. Stunden der Geduld und Aufmerksamkeit, die Jennet nicht erübrigen konnte. Sie hatte ein ausgeprägtes Bedürfnis nach Zeit für sich selbst und nach Platz. Zeit, um den Gedanken und Bildern, die ihr durch den Kopf zuckten und sie vom Alltag ablenkten, auf der Leinwand Sinn und Bedeutung zu verleihen. Platz, um zu atmen, sich zu bewegen und in die Totalität von Licht und Farbe einzutauchen. Natürlich liebte sie Vanessa. Aber wie hätte sie Dr. Hellier vermitteln können, dass das Schlimmste an Vanessas Kränklichkeit die Tatsache war, dass sie eine Bedrohung für ihre, Jennets, Arbeit darstellte?

Corinnes Mann Victor kommt und geht aus undurchschaubaren Gründen zu den verschiedensten Tages- und Nachtzeiten, stets im Kamelhaarmantel. Er ist ein schmaler, dunkler Mann mit einem kleinen Schnurrbart, deutlich älter als seine Frau. David glaubt, dass er schon einmal verheiratet war. Weder Corinne noch Victor selbst äußern sich genauer dazu, wo er hingeht und was er tut, irgendwas mit Immobilien oder Spekulation, sagt Corinne. Jedenfalls scheint er eine Menge Geld zu haben. Wenn Corinne ihn um Geld bittet, gibt er ihr bündelweise Banknoten, saubere Scheine, die er aus seiner Brieftasche zieht. Und er beauftragt David, zwei Porträts zu malen, eins von sich und eins von Corinne, die über den Kaminen an den beiden Enden des Salons hängen sollen, der sich über die ganze Tiefe des Hauses erstreckt.

Es sind schöne Kamine aus dem späten achtzehnten Jahrhundert, hellgrauer Marmor mit präzise herausgearbeiteten Reliefs. Victor besitzt noch andere gewichtige Dinge – einen Canaletto, einen Bösendorfer-Flügel –, und doch strahlt das Haus eine seltsame Unbeständigkeit aus. Einige der Zimmer sind immer noch leer, wie schon 1947, als Jennet sie das erste Mal sah, nackte Dielen und abblätternde Farbe. Andere sind zwar luxuriös möbliert, wirken aber wie Theaterkulissen oder wie der Bildhintergrund eines Fotografen. Man ist überrascht, die Solidität der vergoldeten Stühle und des polierten Obstbaumholzes zu spüren. Die ruhelose Corinne stöckelt auf ihren hohen Absätzen durch diese prächtigen Räume, findet jedoch nichts Spannendes zu tun. Nichts vermag ihre Aufmerksamkeit lang zu fesseln.

Sie hat keine Verpflichtungen. Flüchtlinge aus Polen putzen und machen den Haushalt, ansonsten kommt tagsüber selten Besuch. Corinne bezeichnet sich als Künstlerin, und eines der Zimmer ist als Atelier ausgestattet, doch Jennet sieht sie nie arbeiten. Sie hat David angeboten, ihr Atelier vorübergehend zu nutzen, bis er ein eigenes gefunden hat.

Corinne ist nicht auf die Idee gekommen, Jennet einen Raum zum Arbeiten anzubieten, und Jennet erwartet das auch nicht. Sie könnte sich in diesem dunklen Haus, wo die Atmosphäre von Corinnes schriller Nervosität erfüllt ist, ohnehin nicht konzentrieren. Aber Victor hat zur Kenntnis genommen, dass Jennet Malerin ist. Du magst Kunst, nicht wahr?, sagt er eines späten Abends. Dann komm mal mit hoch, ich zeig dir was. Er führt sie nach oben in das Zimmer, das er als Bibliothek bezeichnet, obwohl es dort kaum Bücher gibt. Dafür steht ein Schreibtisch aus viktorianischem Mahagoni darin. Victor schaltet die Leselampe ein und zieht eine lederne Zeichenmappe aus einer Schublade. Er klappt sie auf und präsentiert Jennet mit einer höflich-einladenden Geste das darin enthaltene Blatt. Eine Federzeichnung, vermutlich aus dem sechzehnten Jahrhundert, sehr sorgfältig und detailliert ausgeführt, zwei nackte Frauen und ein Mann, eine der Frauen ist mit der Zunge zugange, während der Mann von hinten in sie eindringt, der Schaft seines Penis ist deutlich sichtbar. Die Eindeutigkeit der Zeichnung ist ein Schock. Victor schaut Jennet mit anzüglichem Grinsen an, sein von unten beleuchtetes Gesicht ist verzerrt. Das ist bestimmt sehr wertvoll, meinst du nicht? Ich habe es in einer Wette gewonnen.

Wir können hier nicht mehr bleiben, David. Bitte. Bitte. Wir müssen uns etwas anderes suchen. Wir versuchen es ja nicht einmal …

Es ging nicht nur um den Klang von Victors Lachen, als Jennet sich an jenem Abend in der Bibliothek entschuldigte und dabei aufgeschlossen und weltläufig zu wirken versuchte. Um die verregneten Nachmittage, an denen sie, die mürrischen Kinder im Schlepptau, am Serpentine Lake entlang oder zum hundertsten Mal um den Brontosaurus im Natural History Museum herumzockelte. Um die Schwierigkeit, Ben ohne feste Adresse in einer Schule anzumelden, die Unmöglichkeit, die quicklebendige Sarah in einem nicht kleinkindfreundlichen Haus unter Kontrolle zu halten. Um die Abende, an denen sie mit Corinne zu viel tranken, die Nächte, in denen Jennet mühsam versuchte, aus dem Quietschen und Knacken von Deckenbalken und Rohren und der städtischen Geräuschkulisse den Ruf eines Kindes herauszufiltern. Um die unchristlichen Zeiten, zu denen sie die Kinder so leise wie möglich frühstücken ließ, bevor Corinne, in Kaschmir und Unmut gewandet, herunterkam. Das alles wäre längst Grund genug gewesen zu gehen, doch hinzu kam der Faktor der Zeitverschwendung. David hatte mit der Arbeit an Victors Porträt begonnen, doch Jennet befand sich in einem Schwebezustand zwischen zwei Lebensphasen, fühlte sich unerklärlich machtlos, wartete darauf, dass irgendetwas passierte. Dieses Gefühl von Hilflosigkeit war beängstigend. Sie musste das Heft wieder in die Hand nehmen, doch David war – im Verein mit Corinne – seltsam entschieden. Wenn Jennet ihn bat, mit ihr auf Haussuche zu gehen, sagte er ihr, sie solle ihn nicht mit ihren Sorgen langweilen.

Es war wiederum Patrick Mann, der Jennet zu Hilfe kam. Grotesk, sagte er, seinen eigenen Vorteil im Auge, lächerlich, absurd. Da sei sie nun endlich wieder im Land und male nicht? Wo ihm zig Leute nach weiteren Arbeiten von ihr das Haus einrannten, an allererster Stelle Leonard Kaspar? Natürlich könne er, Patrick, nicht auf die Kinder aufpassen oder ein Haus für Jennet suchen, aber er könne ihr das nötige Geld leihen, damit sie langfristig ein Atelier mieten könne, und er wisse da sogar eines, das ideal wäre. In einem hinreißenden Arts-and-Crafts-Gebäude direkt neben dem Park in Battersea. Keine Ausflüchte mehr, liebste Jennet. An die Arbeit, aber schnell!

Doch zuerst fuhr sie mit den Kindern nach Yorkshire. Sie hatte ihre Eltern schon lang nicht mehr gesehen, sie waren nie zu ihnen nach Spanien gekommen. Richard Mallow war im Begriff, das Pfarramt in Litton Kirkdale niederzulegen, und würde daher die Pfarrei verlassen müssen. Seine Gemeinde hatte es nach jahrelangem verhaltenem Murren und Klagen geschafft, sich seiner zu entledigen. Sein Nachfolger war ein jüngerer, engagierterer Mann. Es war also die letzte Gelegenheit für Jennet, ihren Kindern das Haus zu zeigen, in dem sie aufgewachsen war, außerdem stand Weihnachten vor der Tür. Die Aussicht darauf, bei Corinne Weihnachten zu feiern, war ihr unerträglich.

Menschen altern abrupt, so unvermittelt, wie Kinder wachsen. Jahrelang verändern sie sich gar nicht, und dann scheinen sie gleichsam über Nacht zu verschrumpeln, ihr Haar dünnt aus, und ihre Haut rückt näher an die Knochen oder hängt welk von ihnen herab. Jennet erkannte ihren Vater kaum wieder, als er sie in Leeds am Bahnhof abholte. Bis dahin hatte sie ihn immer noch mit den Augen eines Kindes gesehen: groß und breit genug, um das Licht auszusperren, wenn er sich vor ein Fenster stellte, und auch in der düstersten Stimmung imposant. Selbst als scheiternder Priester hatte er noch eine vage Autorität besessen und sich etwas von seiner militärischen Vergangenheit bewahrt. Jetzt schien er nur noch halb so groß wie früher, überragte seine Tochter kaum. Seine Hände zitterten unentwegt, und er sabberte beim Reden.

Richard war im Dezember 1953 sechsundsechzig, Lorna zwölf Jahre jünger. War ihr Mann vorzeitig und in erschreckendem Maße gealtert, so klammerte sie sich an ihrer Mädchenhaftigkeit fest. Ihr Haar war nach wie vor blond, wenn auch mittlerweile gefärbt, ihr Lippenstift leuchtend rot, ihr Gesicht glatt bis auf die feinen Fältchen um die Augen und die größere Anspannung der Haut, wenn sie lächelte.

Jennet in Litton Kirkdale, wieder in dem Bett, dem Zimmer ihrer Kindheit. Auf einem Regal ein augenloser Teddy, eine Reihe Kinderbücher: *The Wonder Book of Nature, A Hundred Best Animals, A Child's Garden of Verse*. Der Kaminvorleger, mit dem sie sich die Holzkohle von den Fingern gewischt hatte, das Kopfbrett des Betts vor der Wand, auf der ihre ersten Zeichnungen Gestalt angenommen hatten, das Flügelfenster mit Blick auf die Felder, hinter denen sich lieblich die Hügel erhoben. Im Zimmer ihrer Kindheit zu wohnen erinnerte Jennet ans Kindsein. Sie spürte wieder die alte Mischung aus Langeweile und Aufregung, das unbehagliche Gefühl, an der Schwelle zu einer neuen Welt zu stehen und nicht weiterzukommen, Ärger, weil es so schwierig war, diese Schwelle zu überschreiten. Erneut von ihrer Mutter abhängig zu sein, gezwungen zu sein, sich an deren Regeln zu halten, etwa um Erlaubnis bitten zu müssen, wenn sie etwas trinken wollte, verstärkte Jennets Gefühl der Verbundenheit mit ihren Kindern. Sie erkannte, wie hart es war, keine eigene Stimme zu haben, kein Mitspracherecht bei Entscheidungen, die das eigene Leben prägen würden, keinen Einfluss auf künftige Weichenstellungen. Natürlich sind viele Kindheitsentscheidungen trivial – Pflaumenmus oder Rohrzuckersirup? – und können bedenkenlos der Mutter überlassen werden, doch andere verändern das gesamte weitere Leben. Sie hatte Benedict nicht gefragt, ob es ihm etwas ausmachen würde, Spanien zu verlassen, hatte seine hilflose Kooperation vorausgesetzt. Doch wären die Heatons noch länger in Spanien geblieben, dann wären Ben und seine Schwestern dort zur Schule gegangen und zu richtigen Spaniern geworden.

Durch diese neue, intensive Empathie wurde Jennet die Lustlosigkeit der vergangenen zwei Monate verständlicher. Als hätte der eisige Wind vom Moor den Nebel, der sie ganz umfangen hatte, weggeblasen, begriff sie jetzt, was falsch lief. Sie musste ihrem hilflosen Dahintreiben ein Ende setzen. Erwachsen zu sein, so wurde ihr klar, war nichts Absolutes, sondern davon abhängig, wo man in seinem Leben gerade stand. Richard Mallow hatte nach seiner bestürzenden

Alterung wieder mehr von einem bedürftigen Kind als von einem autoritären Vater. Jennet war im Vergleich zu ihren Kindern erwachsen oder sollte es zumindest sein, doch bis jetzt hatte sie sich ein kindliches Vertrauen ins Leben bewahrt, den Glauben an ein wohlwollendes Schicksal, ein Happy End. Irgendetwas würde sich ergeben, aus den unendlichen Tiefen des Waldes würde ein fahrender Ritter auftauchen, an dessen Rüstung der Schlüssel zu einer neuen Welt geschmiedet war.

Die vollkommene Abhängigkeit ihrer Kinder und ihre eigene entsprechende Verpflichtung als Erwachsene, so erkannte Jennet, bildeten den Kern ihres Problems. In den Augen der Allgemeinheit war die Freiheit von persönlichen Verpflichtungen für jemanden, der in seiner künstlerischen Arbeit die höchsten und erhabensten Ziele erreichen will, von zentraler Bedeutung. David Heaton hatte sich diese Freiheit genommen. Es war eine im Wesentlichen kindliche Freiheit, doch ohne die Einschränkung der kindlichen Machtlosigkeit. Wenn David als Künstler reüssieren wollte, durfte er niemals ganz erwachsen werden. Dies also war die radikale Entscheidung, die Jennet zu treffen hatte: Sollte sie die Verantwortung für die Menschen übernehmen, die sie in die Welt gesetzt hatte, oder ihrer Berufung treu bleiben?

Das Grundvertrauen des Kindes ist in vielfacher Hinsicht gerechtfertigt. Die Lilien auf dem Felde zu schauen ist keineswegs eine fruchtlose Lebensphilosophie. Bis dahin hatten sich die Dinge in Jennets Leben tatsächlich einfach ergeben: Stipendien, Preise, ihre Ehe. Corinne war sicher nicht die ideale Gastgeberin, doch sie hatte die Familie vor der Obdachlosigkeit bewahrt. Patrick Mann, ein etwas kurioser, beleibter Ritter, war zweimal zu ihrer Rettung geeilt. Und dennoch. Eine Lilie ist nicht von Dauer, mag sie auch noch so schön blühen. An jenem Weihnachten in Litton Kirkdale, im Bett ihrer Kindheit, schob Jennet alles Kindliche beiseite. Bis dahin hatte sie die vor ihr liegenden Jahre betrachtet wie ein dunkles Bild durch einen Spiegel, doch nun sah sie sie klar, mit kaltem Blick. Es würde niemand da sein, der ihr die Hand hielt. Sie konnte sich weder auf David noch auf sonst jemanden verlassen. Sie war auf sich gestellt, doch sie hatte mehrere Mühlsteine am Hals, und anders als die großen Künstler der Vergangenheit, die fast alle Männer gewesen waren, blieb ihr keine andere Wahl, als sie mitzuschleppen, sie in ihre Kunst mit einzubeziehen. Früher hatte sie oft von Alchemie geträumt, doch das waren andere Zeiten gewesen. Damals hatte sie keine Ahnung gehabt, wie roh das Material war, das sie in Gold würde verwandeln müssen.

Der erste Weihnachtsfeiertag in Litton Kirkdale. Um acht die Heilige Kommunion. Eine Handvoll Gemeindemitglieder, Ben bereits krank vor Enttäuschung und Erwartung, die kleinen Mädchen auf dem Schoß ihrer Mutter unruhig und zappelig. Die Geburt Christi, der Geburtstag unseres Herrn, ein gewickelter Säugling in einer Krippe, ein Toter hinter Glas. Mit den Worten der Epistel: »Und sie werden alle veralten wie ein Kleid. Und wie ein Gewand wirst du sie wandeln.« Jennet horchte auf die Stimme ihres Vaters, in der ein neues Zittern zu hören war. Dem Herrn sei Lob und Preis für den Frieden, sagte er, besonders in Korea, doch es klang zweifelnd – er betete nun seit sechzig Jahren für den Frieden, aber irgendwo herrschte immer Krieg. Wenn das Herz der Welt plötzlich stehen bliebe, hatte Richard in sein Tagebuch geschrieben, würde ich nicht nach einer Wiederbelebung verlangen. Es gibt einfach zu viel Leid auf dieser Welt.

Richards Gemeindemitglieder würden nie erfahren, dass nach wie vor die Stimmen der Toten zu ihm sprachen, so wie sie mit unterschiedlichen Akzenten auch zu seinem Schwiegersohn sprachen. Sie hatten ihn bis zur Erschöpfung geplagt, hatten seinen Glauben ausgehöhlt, und vielleicht war es dieser Verlust, der ihn so hatte schrumpfen lassen, als hätte der Glaube Masse und Gewicht. Mit seiner Körpergröße hatte er auch das vage Prestige verloren, das er als Gemeindepfarrer besessen hatte. Nach zu vielen zum Scheitern verurteilten, missglückten Versuchen, seine Ängste zu verbergen, war er schließlich zum Gespött geworden. Und während er die Stufenleiter der sozialen Anerkennung immer weiter hinunterrutschte, riss er Lorna mit, die sich verzweifelt festklammerte, das Bestehende zu halten versuchte. Daher das blonde Haar und der knallige Lippenstift, gute Miene zum bösen Spiel machen, hätte sie es mit einem schrill-fröhlichen Lachen genannt.

Es war nicht mehr viel übrig, in das sie ihre Krallen schlagen konnte. Was Richard Mallow von seinem Vater geerbt hatte, war längst ausgegeben oder durch unkluge Investitionen verloren gegangen. Jetzt hatte er nur noch sein Gehalt, das in naher Zukunft zu einer Pension zusammenschnurren würde. Hätte sie sich nicht bemüht, gute Miene zum bösen Spiel zu machen, wäre Lorna beim Gedanken an die kommenden Jahre, in denen sie sich mit dieser dürftigen Summe würden durchschlagen müssen, bald zusammengebrochen. Doch ihre unterdrückten Gefühle lagen dicht unter der Oberfläche. Einige davon hätte sie niemandem eingestanden: ihre Frustration zum Beispiel, die doch so sehr an ihr zehrte. Mit der Wut hingegen verhielt es sich anders. Wut war ein helles Gefühl, mutig und belebend, und ihre Wut verhehlte Lorna nicht. Wie ein Kind stampfte sie mit dem Fuß auf, weil sie nie bekommen hatte, was sie wollte. Das Leben war immer ungerecht zu ihr gewesen. Und wie ein Kind glaubte sie gleichzeitig immer noch an den sprichwörtlichen Topf Gold am Ende des Regenbogens, an den großen, schönen Fremdling, an die Möglichkeit, dass ihr Leben sich grundlegend wandelte. Während sie auf diese Veränderung wartete, ignorierte sie die eklatanten Realitäten des Alltags.

Braune Flecken in der Toilette, Silberfischchen in der Küche, ein ständiger schwacher Gasgeruch. Das Haus in Litton Kirkdale war immer dunkel und staubig gewesen, doch jetzt mischte sich Fett in den Staub. Fuhr man mit dem Finger über einen Türsturz, bildete sich ein graues Staubröllchen. Peggy, die Haushälterin, war schon vor Jahren gegangen und nicht ersetzt worden. Ich bin nicht zum Kochen und Putzen erzogen worden, pflegte Lorna zu sagen, wobei ihr, wie immer, wenn sie an Jamaika dachte, Tränen in die Augen stiegen. Doch an jenem ersten Weihnachtsfeiertag bemühte sie sich ihren Enkeln zuliebe doch ein wenig. Die Zigarette fest in den Mundwinkel geklemmt, beugte sie sich über riesige Pötte voll Rosenkohl und Kartoffelbrei, nachdem sie schon im Morgengrauen aufgestanden war, um eine Gans in den unzuverlässigen Ofen zu schieben.

Wie kläglich muss ihr winziges Grüppchen ihnen erschienen sein, dachte Jennet, als sie ihre um den Tisch versammelte Familie betrachtete und sich die Weihnachtsfeste vorstellte, bei denen sie nicht dabei gewesen war. Richard, Lorna und Barbara Mallow, den Anschein von Fröhlichkeit wahrend, während sie die hellblauen Flämmchen des brennenden Brandys beobachteten, die selbst in der Düsterkeit Ende Dezember kaum mit dem Tageslicht konkurrieren konnten. Wenigstens hatte Jennet die Zahl der Anwesenden erhöht, auch wenn sie nicht viel Freude mitgebracht hatte. Da war Ben, ohne seinen Vater, doch mit einem neuen Gespür für das Besondere der Situation, der sich mannhaft mit einem Stück verbrannter Gans abmühte. Sarah mit ihrem runden Gesichtchen, duldsam und mit allem zufrieden, was man ihr vorsetzte. Und Vanessa, die in den wenigen Tagen ihres Aufenthalts hier eine überraschende Bindung zu Richard entwickelt hatte. Am Bahnhof hatte er sie ihrer Mutter abnehmen wollen, die sich mit Koffern und Kindern herumplagte. Sie geht zu niemand anderem, Daddy, hatte Jennet ihn gewarnt, doch Vanessa hatte die Arme nach ihm ausgestreckt, und wenn er sie hielt, war sie still.

Liegt da Schnee?, hatte Ben wieder und wieder gefragt, bevor sie nach Yorkshire gefahren waren. In London hatte es keinen Schnee gegeben, nur Regen und Smog, auf der Sierra lag Schnee, und Jennet konnte gut verstehen, wie sehr er sich danach sehnte, dass sich die gesamte graue Welt in eine magische weiße Fläche verwandelte. Wünsche entfalten bei Kindern eine solche Macht, dass sie kaum auszuhalten sind, und seit Ben wusste, dass es Schnee gab, wünschte er sich eine weite, unberührte Schneefläche. Als sie ihm vom Schnee erzählte, kam Jennet wieder dessen Lautlosigkeit in den Sinn, sein geheimnisvolles, stummes Erscheinen über Nacht, das morgendliche Erwachen in einem unverkennbar anderen Licht.

Sie hatte seit Monaten nicht mehr malen können, seit ihre Sorge um David und der Wegzug aus Spanien jeden Gedanken ans Arbeiten zunichte gemacht hatten. Mit der Rückkehr in die Landschaft ihrer Kindheit fand sie ihre Vision wieder. Ihr war bis dahin nicht klar gewesen, welch wichtige Rolle Litton Kirkdale als Ort für sie spielte.

Es sollte in diesem Winter keinen Schnee für Ben geben. Doch an dem Tag bevor Jennet und die Kinder nach London zurückfuhren, schien die Sonne, und es herrschte ein so strenger Frost, dass der Fluss über Nacht erstarrt war und das Schilf sich in eine Ansammlung eisiger Sägeblätter verwandelt hatte. Jennet machte mit Ben den längsten Spaziergang, den der Fünfjährige bewältigen konnte, hinauf zu dem Felstümpel, in dem sie als Mädchen oft heimlich gebadet hatte. Ein langer Aufstieg, mit dem sie die Felder und die geschichteten Steinmauern hinter sich ließen, dann ein Stückchen bergab, über rutschigen, vereisten Schlamm, durch Farnstengel und dornige Brombeerranken bis zu dem Tümpel, der glitzernd wie ein Gletscher inmitten des entlaubten Eschendickichts lag. Sei vorsichtig, bat Jennet ihren Sohn, das Eis ist dünn und das Wasser tief, und sie hielt ihn an der Hand, während er mit seinem kleinen Stiefel auf den gefrorenen Rand trat und das dünne Eis in rautenförmige Kristallsplitter zerbarst.

Eis. Nicht die dicke, antarktische Sorte, kristallin und leicht bläulich, sondern dünnes Eis, kaum mehr als eine Membran, die das

Wasser von der Luft trennt. Eis, das sich so plötzlich bildet, dass es den Augenblick zu bannen scheint, das am Meeresufer eine Welle anhält, kurz bevor sie sich überschlägt, das die aufsteigenden Bläschen in einem Bergsee einschließt. Wie ließ sich diese Dünne, diese von Farbe erfüllte Farblosigkeit wiedergeben, die Art und Weise, wie Eis in der Sonne gleichzeitig Spiegel und Lichtquelle ist? Weißes Licht. Reinheit und Gefahr.

Jennet Mallows Gemälde aus ihrer 1954 beginnenden Londoner Phase haben, anders als ihre früheren Arbeiten aus Spanien, keinen direkten Bezug zu ihrer Umgebung. Jennet war nie eine wirklich urbane Künstlerin. Nach den unproduktiven Monaten des vergangenen Jahres nahm sie ihre Arbeit sehr vorsichtig wieder auf, tastete sich in ihrem neuen Atelier in Battersea Schritt für Schritt vor wie eine Genesende, die wieder laufen lernt. Der überfrorene Felstümpel war ihr erstes Motiv. Sie begann erst wieder zu malen, als ihre Muskeln sich ans Zeichnen erinnert hatten, die Vorstudien sind Silberstiftzeichnungen auf hellgrauem und hellblauem Papier. Nicht dass sie zögerlich ausgeführt wären, ganz im Gegenteil – sie zeugen von Jennets Selbstvertrauen, denn Silberstift lässt keine Korrekturen zu. Was einmal auf dem Blatt ist, kann nicht mehr ausgelöscht werden.

Als sie wieder in Öl zu malen begann, war ihre Pinselführung ähnlich selbstbewusst, doch paradoxerweise weisen die Motive der folgenden drei Jahre auf eine Verengung ihres Horizonts hin. Auf *Felstümpel im Winter*, ein auf Leinwand gemaltes Bild des kleinen Bergsees, folgten zwei weitere Studien auf Holz. Die erste ist noch eindeutig gegenständlich, die zweite hingegen, *Eis über Wasser*, ist ein künstlerischer Durchbruch. Hier hatte Jennet entdeckt, wie sich durch die Kombination harzreicher Ölfarben und mehrerer Schichten getönter Lasur ein solches Leuchten erzeugen ließ, dass man meinte, die Bilder müssten in einem stockfinsteren Zimmer ein eigenes Licht abgeben.

Eis über Wasser ist aus zahlreichen dünnen Lagen von Lasurweiß, Titanweiß, einem bläulichen Grau und einem Hauch Mangan-Coelinblau aufgebaut. Unter der Oberfläche eine Andeutung dessen, was sich unter einer Eisdecke befindet: die Bläschen, die Gewächse und die kleinen Tiere in ihrer ausgesetzten Lebendigkeit. Der Triumph des Gemäldes liegt darin, dass es einerseits der Quelle seiner Inspiration treu bleibt, indem es unverkennbar einen zu einer bestimmten Zeit betrachteten Ort abbildet, andererseits aber zugleich auf magische Weise abstrakt ist, ein Leuchten, eine Weiße – das Abbild einer lebendigen Welt, die ihren eisigen Atem anhält.

Diese außerordentliche und originale Leistung hätte eigentlich eine ganze Serie leuchtkräftiger, Ruhe und Glück ausstrahlender Bilder hervorbringen müssen. Doch Jennet kehrte diesem Werk den Rücken, und ihr nächstes Gemälde war das erste einer ganz anderen Serie. Eigenartigerweise basierte es ebenfalls auf dem Anblick des zugefrorenen Teichs, doch nun stehen die blattlosen Bäume im Vordergrund. Auch *Dickicht* ist in Öl auf Holz gemalt, aber hier wird das durchscheinende Wasser von dornigen Zweigen belagert, die das Licht zu verdrängen beginnen. Auf dem zweiten Bild der *Dickicht*-Serie bilden die Äste ein engeres Geflecht, und auf dem dritten ist das Eis nur noch als Schimmer unter einer dichten blauschwarzen Kreuzschraffierung sichtbar.

Jennets Atelier bot keinen Ausblick, aber sie beklagte sich nicht, es war eine Erleichterung, es zu haben und arbeiten zu können. Wie Patrick Mann gesagt hatte, lag es nicht weit entfernt von einem Park. Außerdem lag es in der Nähe des Flusses, des Abschnitts zwischen Battersea und Chelsea, und der Fluss bot Jennet Erholung von dem schmutzigen Backstein und den kargen Straßen. Oft stand sie auf der Albert Bridge und schaute aufs Wasser hinunter. Sie mochte London keinen Deut mehr als zu der Zeit, als sie es verlassen hatten, um nach Santiago zu ziehen, doch sie war jetzt älter und stoisch.

Nach ihrer Rückkehr aus Yorkshire hatte sich Jennet, gewappnet mit ihrer neuen Entschiedenheit und Zielstrebigkeit, auf die Suche nach einer Unterkunft gemacht. Portman Close war zu weit von Battersea entfernt, um mit den Kindern zwischen den beiden Standorten hin und her zu wechseln, zudem war sie entschlossen, David von Corinne zurückzugewinnen. David hatte zu Weihnachten nicht mit nach Litton Kirkdale fahren wollen, was ihr nichts ausgemacht hatte, sie hatte es verstanden, doch zu ihrer Überraschung hatte sie festgestellt, dass er ihr fehlte, und den Kindern fehlte er auch. Vielleicht, dachte sie, lag es wirklich an Spanien, dass er so unglücklich war. Spanien mit seinen schwarzen Kanten und dem vielfachen Blutrot, mit seinen grellen, harten Farben, dem Gespenst Goyas, den scharfen Klingen im Bauch des Stiers. Spanien, das Davids Erinnerungen an den Krieg wieder geweckt hatte. Hier wird es ihm besser gehen, dachte sie, in der grauen Mehrdeutigkeit Englands, und auch uns wird es wieder besser gehen, soweit das bei zwei Menschen, zwei eigenen Wesen mit eigenem Ehrgeiz, überhaupt möglich ist. Es war sein Sarkasmus, seine Ironie, die ihr fehlten, die Art und Weise, wie er sie zum Lachen brachte. Das und die Wärme seiner Hände und wie ihre Körper sich aneinander erwärmten. Seine Art, sie zu lieben, ließ Wünsche offen, doch es war besser als nichts, und Jennet befürchtete, ohne diese Liebe würde es überhaupt keine geben.

Jennet hatte damals kein Gefühl für London als Ganzes: Sie kannte einen kleinen Teil von Hammersmith, die Straßen rund um das Wohnheim in Maida Vale, in dem sie als Studentin gewohnt hatte, die nähere Umgebung der Kunstakademie in Kensington. Jetzt, auf der Suche nach einem Haus, versuchte sie, London besser kennenzulernen, lief allein kreuz und quer durch die Stadt wie eine entschlossene Ameise, von Highgate nach Lewisham, von Marylebone nach Chiswick. Straße um Straße voll schäbiger Häuser, an denen die Bombenschäden zum Teil nach wie vor nicht repariert waren. Ihre alte Freundin Margaret Metcalf hatte zusammen mit Richard Benjamin ein Haus in Barnsbury gekauft und fand, dass Jennet auch dort hinziehen sollte – einen besseren Wohnort gebe es nicht, sagte sie. Doch der Norden Londons war weit von Battersea entfernt, außerdem fühlte sich Jennet in der Nähe des Flusses sicherer. Sie fand dann schließlich ein Häuschen am hintersten Ende von Chelsea, in dem Bereich, der World's End genannt wurde. Besonders der Name gefiel ihr: trivial, apokalyptisch. Ansonsten sprach nicht viel für die Gegend, die in den 1950er Jahren ärmlich und heruntergekommen war. Das Haus, in der Poole's Lane gelegen, war ein typisches Arbeiterhäuschen aus dem frühen neunzehnten Jahrhundert, eine Doppelhaushälfte aus Backstein, drei winzige Zimmer im ersten Stock und zwei im Erdgeschoss, die kaum größer waren. Doch es gab, was ungewöhnlich war, ein Bad hinter der Küche und ein kleines Gärtchen. Das Atelier war in wenigen Minuten zu Fuß zu erreichen, und vor allem war die Miete niedrig.

Später, als Jennets Gemälde für Menschen mit normalem Einkommen nicht mehr bezahlbar waren und auch David sich auf der Höhe seines Ruhms befand, hätte ihnen niemand abgenommen, wie arm sie damals gewesen waren, selbst wenn man einrechnete, dass Jennet in ihrer Schilderung etwas übertrieb. Sie währte höchstens ein, zwei Jahre, diese Zeit der Sorge, in der es Jennet schien, als wäre jedes neue Paar Kinderschuhe, ja jede Mahlzeit ein Problem, doch sie prägte Jennets Denken stark. Geld sollte für Jennet stets ein Anlass zur Sorge bleiben, selbst dann noch, als sie mehr Geld hatte, als sie je würde ausgeben können. In Wirklichkeit wären ihre Kinder in dem Häuschen in World's End natürlich nicht verhungert, Davids Eltern hätten ihnen Geld geliehen, und auch die knauserige Lorna Mallow hätte ausgeholfen. Doch muss man zu Jennets Verteidigung sagen, dass Künstler auch in ihren besten Zeiten ein unregelmäßiges Einkommen haben und dass die benötigten Materialien teuer, aber eben unverzichtbar sind: Ohne sie ist keine Arbeit möglich.

David sah nicht ein, warum sie die geräumigen Zimmer in Corinnes Haus gegen das winzige Häuschen in der Poole's Lane eintauschen sollten, aber er machte sich nicht die Mühe, dagegenzuhalten, und Jennet fühlte sich durch den ausbleibenden Widerstand ermutigt. Wenn es deinem Seelenfrieden dient, Vogel, sagte er. Sie war, so hoffte sie, recht in der Annahme gegangen, dass David in England glücklicher sein würde, er sah nicht mehr ganz so ausgezehrt aus und wurde nicht mehr so oft durch Träume geweckt. Von ihrem gemeinsamen Unternehmungsgeist beschwingt, nahm er die Arbeit an der Akademie von Stockwell wieder auf und gab an vier Nachmittagen in der Woche Malunterricht, sodass sie ein kleines festes Einkommen hatten. Über diese Tätigkeit erneuerte er auch seine Kontakte zu anderen Künstlern. Unterdessen nutzte er weiterhin Corinnes Atelier, wo er an ihrem und an Victors Porträt arbeitete. Diverse Gönner aus der Vergangenheit erschienen wieder in seinem Dunstkreis, und sein Kunsthändler Ivan Whitehouse wollte unbedingt weitere Bilder von ihm sehen.

Jennets neues Londoner Leben nahm allmählich Form und Gestalt an, und ein gewisser Rhythmus stellte sich ein. Ben fing in einer örtlichen Schule an, immer noch stur auf seiner Einsprachigkeit beharrend, doch nach und nach akzeptierte er wider Willen, dass um ihn herum eine andere Sprache gesprochen wurde. Es begann damit, dass er zugab, sie zu verstehen, und irgendwann antwortete er dann auch auf Englisch. Im Herbst schließlich hatte er vergessen, dass er je hatte Spanisch sprechen können. Die Zwillinge waren noch zu jung, um in die Schule zu gehen, und private Kinderkrippen waren zu teuer, deshalb nahm Jennet die beiden mit ins Atelier, schob Vanessa und zog Sarah über die Lot's Road, den Cheyne Walk, die Albert Bridge. Im Atelier angelangt, konnte sie Vanessa mit Farley's Zwieback und Buntstiften problemlos beschäftigen, doch Sarah war ein zerstörerischer kleiner Wirbelwind, sie zerriss Papier, verkleckerte Farbe, kaute auf kostbaren Pinseln herum. Sobald Jennet genug Geld verdiente, stellte sie die Tochter von Nachbarn ein, ein liebenswürdiges Mädchen namens Mabel Harris, das mit ins Atelier kam und auf Sarah aufpasste. Ab dann war es deutlich einfacher zu arbeiten.

War es eine hellseherische Anwandlung, die Jennet davon abhielt, *Eis über Wasser* zu verkaufen, obwohl sie damals Geld brauchte? Die ersten beiden Studien des Felstümpels sowie die *Dickicht*-Serie hatte sie über Patrick Mann mühelos verkauft. Leonard Kaspar, der bei der Ausstellung 1953 alle fünf *Fenster*-Bilder erstanden hatte, kaufte *Dickicht II* und erklärte Patrick, da er Miss Mallows wichtigster Sammler sein werde, sei es an der Zeit, dass er sie kennenlerne. Er lud die beiden zusammen ins Dorchester zum Essen ein, und als Patrick ihm mitteilte, dass Jennet verheiratet war, dehnte er die Einladung auf David aus.

Leonard Kaspar, der mit seinem schmalen Kopf einer Wandmalerei in einem ägyptischen Grabmal hätte entsprungen sein können. Schwarzes Haar, in der Mitte gescheitelt und bogenförmig nach hinten gekämmt, schimmernd und glänzend wie das Lackleder seiner Abendschuhe. Blocks von glänzendem Schwarz oben und unten, dazwischen das matte Lakritzschwarz seines Smokings mit den silbernen Aufschlägen. Die exakten Parabeln seiner Frackschleife und, in ebenso makellosem Kontrast wie die weißen Tasten bei einem neuen Flügel, das blendend weiße Hemd. Auch seine glitzernden Augen waren schwarz, und er trug einen kleinen Schnurrbart.

Falls David je Abendgarderobe besessen hatte, war sie längst verloren gegangen, doch einen Anzug hatte er noch. Jennet Mallow betrachtete sie, diese drei Männer, die mit ihr am Tisch saßen: den Horus-köpfigen Kaspar, den pummeligen, herzlichen Patrick, der, ebenfalls in Abendgarderobe, rotwangig und genussvoll dem von Kaspar ausgewählten Rotwein zusprach, und David in seinem altgedienten dunklen Jackett. Davids Gesicht blass, schön und kantig, das von Kaspar glatt und fahl, das von Patrick rund und rosig. Wenn ich sie malen sollte, dachte Jennet, würde das so aussehen: drei Vertikalen in Schattierungen von Weiß, Grau und Schwarz, drei Ovale in Elfenbein, Krapprosa und Ocker und der Tisch weiß und silbern im Kerzenlicht.

Sie wird sie nie malen, das weiß sie, sie sind nicht für ein Porträt hier zusammengekommen, hier wird etwas ganz anderes verhandelt. Trotzdem fokussiert die Malerin in ihr den Blick, sie kneift die Augen zusammen, um die Szene und ihren Gehalt genau zu erfassen. Ihr Malerinnenblick entkleidet die Männer Schicht um Schicht, um zu der darunterliegenden Struktur vorzudringen. Davids gelenkigen Körper sieht sie so detailliert vor sich wie ihren eigenen. Patrick hat seinen kleinen Buddha-Bauch in Santiago ganz ungeniert präsentiert, als er mit Ben im Wasser herumstrampelte. Kaspars Haut, so denkt sie, dürfte von einem einheitlichen, undifferenzierten Farbton sein, säuberlich auf eine gleichmäßige Lage Fleisch gespannt, das wiederum seine ebenmäßigen, leichten Knochen umhüllt. Insgesamt ein Stich ins Gelbliche, auch die Zehennägel, und ein spärliches Getüpfel schwarzen Haars um seinen Penis herum.

Weiße Schalen mit Consommé, tote Wildvögel unter silbernen Deckeln, später dann Champagner in einem beschlagenen silbernen Kübel, das sind nicht die Requisiten, die Jennet gewohnt ist. In Corinnes Haus geht das Prunkvolle Hand in Hand mit dem Planlosen, sie und Victor sind wie Diebe, die Stück für Stück das Silber anderer Leute gestohlen haben und daher nie einen einheitlichen Satz Löffel besitzen werden. Bei ihnen gibt es keine gestärkten Tischtücher, ihre Mahlzeiten sind improvisiert, flüchtig und unvorhersehbar, die lästige Notwendigkeit des Essens stört bloß die lange Flaschenparade. Silber gab es auch in der Pfarrei und eine triste Art von Silber im Oxford der Kriegsjahre, doch sooft es auch jeweils poliert werden mochte, in Jennets Vorstellung war es immer ein wenig angelaufen.

Obwohl Jennet dieser Glamour also neu ist, erkennt sie ihn als das, was er ist: ein Mittel, das Leonard Kaspar ganz bewusst einsetzt. Sie steht genauso zum Verkauf wie das Waldhuhn, das sie verspeisen, und der Glanz und Glitter ist ein Kompliment, Kaspars Art, zu sagen, dass Jennet ein Vermögen wert ist. Andere in Schwarz und Weiß gekleidete Männer scharwenzeln um sie herum, verbeugen sich, heben dienstfertig silberne Deckel an, schenken Wasser und Wein nach. Sie sind die Komplizen des Käufers, seine Mitverschwörer im Tauschgeschäft. Käufer und Händler, Leonard Kaspar, Patrick Mann, schließen den denkbar kultiviertesten Vertrag. Ihre Hände heben und senken sich rhythmisch, halten langstielige Gläser, ihre Messer glitzern hell im Licht. Sie reden über Herkunft und Besitz. Kaspar hat einen Braque abgelehnt. Die Krönung seiner Sammlung, sagt er zu Jennet, seien ihre *Fenster*-Gemälde, nicht einmal für den schönsten Cézanne würde er auch nur eines davon hergeben. Was er gern hätte, erklärt er am Ende des Abends, was er hoffe, sich wünsche, sei, dass Jennet eine Auftragsarbeit annehme. Er habe ein Haus in der Mount Street erstanden, das kahl und lichtlos sei – ob Jennet nicht bitte, bitte kommen und die Wände bemalen könne? Meine Frau ist keine Anstreicherin, wendet David erregt ein, doch Kaspars Alkohol, dem er kräftig zugesprochen hat, nimmt seiner Empörung die Spitze. Nein, nein, murmelt Patrick beruhigend, denk an Raphael, die großen Florentiner, die Decke der Sixtinischen Kapelle … Dann nennt Kaspar eine Geldsumme, woraufhin David und Patrick wie aus einem Munde Ja sagen.

Wie lange dauert es, eine Ladung Wäsche aufzuhängen, die man zuvor von Hand gewaschen hat, und sie wieder hereinzuholen, wenn auf den zögerlichen Sonnenschein vom Morgen Regen folgt? Wie viele Stunden am Tag verbringt eine Frau damit, zu waschen, kochen, putzen, die Kinder anzuziehen und ihnen zu essen zu geben, sie zur Schule zu bringen und wieder abzuholen, Erde von Karotten zu schaben, fettige Pfannen zu schrubben und den Toilettenboden zu wischen? Vielleicht alle, die der Tag zu bieten hat, wenn man die Zeit einrechnet, in der sie auch für die Erwachsenen im Haus Essen macht, einen Speisezettel aufsetzt, einkaufen geht. Zehn Minuten beim Metzger anstehen, auf der Bank noch länger, dann langsam zu Fuß nach Hause mit schweren Taschen und trödelnden Kindern, und immer kommt noch Weiteres dazu: Bitte schicken Sie ihr Kind als Entchen oder als Kaninchen verkleidet zur Schule.

Als sie frisch nach London gezogen waren, erledigte Jennet all diese Haushaltsdinge allein. Alles schien viel länger zu dauern als in Spanien. Irgendetwas in der Londoner Luft, dachte sie, Rauchpartikel vielleicht oder der atmosphärische Druck, lastete auf ihr und verlangsamte ihre Bewegungen. Sie bewegte sich durch den Tag wie ein Tiefseetaucher über den Meeresboden. Aufstehen in der Morgendämmerung oder dem, was sich so nannte. An Tagen, an denen Morgen-, Mittag- und Abendhimmel dieselbe ausgewaschen-molkige Farbe hatten, war es schwer, die Zeit zu bestimmen. Vanessa war immer als Erste wach, doch Sarah krabbelte als Erste aus dem Bett, um ihre tägliche Spur fröhlicher Verwüstung zu hinterlassen, bis ihre Kräfte sie abrupt verließen und sie mehr oder weniger auf der Stelle einschlief oder ihr mitten im Kauen der Kopf auf den Teller sank.

Doch auch an den anstrengendsten Tagen winkte Jennets Belohnung. So wie sich der Taucher, während er sich durch das Dunkel tastet, mit Bildern von glänzendem, durch das Gerippe eines Schiffswracks hervorschimmerndem Piratengold aufrechterhält, klammerte sich Jennet an die Aussicht auf die Zeit, die dem Malen vorbehalten war. Sie spielte damals ein kleines privates Spiel: Sie konnte Punkte dafür sammeln, dass kein Missgeschick geschehen war oder dass sie durch eine clevere Abkürzung Zeit gespart hatte. Fünf Punkte, wenn Sarah ihr Getränk nicht verschüttete, acht, wenn Vanessas Bettlaken trocken geblieben war, zehn, wenn mit der Zubereitung eines Eintopfs auch gleich für die Suppe am nächsten Tag gesorgt war. Jeder Punkt brachte ihr eine zusätzliche Minute ein, was an guten Tagen eine ganze Stunde ergeben konnte, um die sie die fürs Malen vorgesehene Zeit verlängern durfte. Mabel Harris wurde in diesen Handel einbezogen: Das Geld, das Jennet ihr bezahlte, war gerechtfertigt, weil es ihr Zeit zum Malen verschaffte, wodurch sie wiederum genug verdienen konnte, um sich weitere Zeit zu erkaufen. Ihr war klar, dass das ein Zirkelschluss war, doch sie wusste nicht, wie sie ihn hätte auflösen sollen, so unromantisch und prosaisch er auch sein mochte. Die Künstlerin, die bereitwillig für die Kunst verhungerte, mochte ein gutes literarisches Motiv abgeben, doch Jennets Vorstellung entsprach sie nicht. Jennet war Realistin und hatte drei Kinder am Hals, die nicht darum gebeten hatten, geboren zu werden, und die mit Essen, Kleidern und Schuhen versorgt werden mussten, und außerdem hatte sie einen Mann, der ihre Bürde nicht immer mittragen wollte. Keine idealen Bedingungen für eine Künstlerin. Doch mochte ihr Glaube an sich selbst auf eine noch so harte Probe gestellt werden, Jennet hielt ruhig und zäh daran fest, und unterdessen bereitete sie drei Mahlzeiten am Tag zu, putzte ihr Häuschen und malte in jeder freien Sekunde.

All diese zeitlichen und räumlichen Beschränkungen waren der Grund, warum Jennet Leonard Kaspars Angebot annahm. Zunächst hatte sie gezögert, denn sie wollte nicht als, bestenfalls, Malerin von Wandgemälden beziehungsweise, schlimmstenfalls, Raumgestalterin abgestempelt werden. Doch Patrick Manns Überredungskünste (denk an Vanessa Bell, an Giotto) und die Verlockung des von Kaspar gebotenen Geldes – nach Jennets Maßstäben ein immenser, ja absurder Betrag, fünfhundert Pfund pro Bild – siegten am Ende eines trostlosen März, in dem die Sonne London völlig ignoriert hatte und alle drei Kinder an den Masern erkrankt waren, letztlich über ihre Skrupel. Im Krankenzimmer verbrachte Tage, immer wieder gestörte Nächte und die arme Vanessa, die ihre geringen, mühsam erlangten Kraftreserven wieder aufzehrte. Stunde um Stunde der von Smog durchsetzte Londoner Regen, nirgendwo in der Stadt irgendwelche Anzeichen von Frühling, ein Himmel, der sich jedem Blau verweigerte und sich stattdessen an eine Palette von Schiefer- und Bleigrau hielt, an Kohlenstaub und Rauch. Die Vorstellung eines Ortes fern der Kinder, eines hohen Hauses mit riesigen weißen Wänden bekam etwas Verlockendes. Wenn sie dort arbeitete, dachte Jennet, würde sie über die Jahrhunderte hinweg mit jenen Handwerker-Malern verbunden sein, die an ihren stillen, isolierten Wirkungsorten Heilige und Teufel, Gott und Sünder auf Kirchen- und Kapellenwände gemalt hatten. Dabei hatten sie damals vielleicht gar nicht in Ruhe arbeiten können, vielleicht war das ganze Dorf gekommen, um ihnen zuzusehen, und kleine Kinder hatten die Finger in das Pigment gesteckt und den nassen Kalkputz verdorben, doch in Jennets Vorstellung glichen sie wandernden Einsiedlern, trugen die Geheimnisse ihrer Kunst von Ort zu Ort und hinterließen wie eine Segnung ihre eigenen Visionen der Welt: Himmel und Erde, Paradies und Hölle, jedes Element an seinem gebührenden Platz. Farbige Visionen, die eine oft fast monochrome Welt belebten, glorreich, ihr Blau und Rot und Gelb in einer Moorsiedlung im tiefsten Winter. Ob wohl ab und zu eine müde Frau aus dem Dorf in die Kirche geschlüpft war, um zwischendurch einmal von den Matschklumpen und Rüben wegzukommen und vor der Darstellung von Mutter und Kind, blaue Robe und goldener Heiligenschein, ein wenig zu träumen? Jennet erinnerte sich an die Fragmente eines Freskos in der Kirche von Litton Kirkdale – heute war es kaum mehr erkennbar, doch einst hatte es eine Botschaft vermittelt, mochte sie auch noch so plump oder schlicht gewesen sein.

Was Jennet im Zusammenhang mit Leonard Kaspars Bitte außerdem durch den Kopf ging, war die Chapelle du Rosaire in Vence, die ihr eine Freundin beschrieben hatte – das große, krönende Werk von Henri Matisse, vor vier Jahren geweiht. Matisse' Tod im vergangenen Winter hatte unter den englischen Künstlern, auch den vielen, die ihm nie begegnet waren, Trauer ausgelöst, denn er war so lange ihr Leitstern gewesen, hatte ihnen während ihres gesamten Arbeitslebens als Zauberer der Farben gegolten. Jennet wusste, dass er seine Malereien in der Kapelle nicht auf Putz, sondern auf weiße Keramik aufgebracht hatte, doch ihre Phantasie wurde allein durch den Gedanken an die große weiße Fläche, die Matisse hatte füllen müssen, angeregt. Jungfräuliche Wände, die sich unter der Einwirkung des über Form und Farbe gebietenden Malers auf wundersame Weise aus reinem Stein in etwas Heiliges verwandelt hatten. In Matisse' Kapelle spielten noch andere Elemente eine Rolle – das Ultramarinblau und Flaschengrün und Zitronengelb der Buntglasfenster, die schwarz-weißen Trachten der Nonnen, der Klang betender Stimmen –, doch alles zusammen bildete ein Ganzes, das im Kopf des Künstlers entstanden war. Es war das erhabenste aller schöpferischen Werke, dachte Jennet: ein geweihter Ort, wo zuvor nur Leere gewesen war.

Kaspars Haus hatte keinerlei offenkundige Ähnlichkeit mit einer Kapelle. Es war außerordentlich hoch, aber schmal, war zwischen zwei früher errichtete Gebäude eingeflickt worden, und das Treppenhaus befand sich in der Mitte, sodass man sich auf halber Treppe jeweils einer fensterlosen Wand gegenübersah. Die Geländer waren schwarz, und im Flur hing ein kaskadenartiger moderner Kronleuchter. Als Jennet das erste Mal zu Kaspar kam, um mit ihm über seine Pläne zu sprechen, führte er sie geradewegs in sein Schlafzimmer hinauf. (Ist er Mädchenhändler?, hatte David gescherzt. Später stellte sich heraus, dass Kaspar Bankier war und Corinnes Mann ihn kannte, doch Davids Lästerung hatte Bestand, und unter ihren Freunden hieß Kaspar fortan nur noch der Mädchenhändler.)

Hier, das wollte ich Ihnen zeigen, sagte Kaspar und öffnete die Tür. Ein Zimmer mit meergrauen Wänden und anthrazitfarbenem Teppich, ein riesiges Bett mit einer nüchternen dunkelgrauen Tagesdecke, eine Wand durch drei schöne Schiebefenster aufgelockert, die anderen Wände kahl bis auf Jennets *Dickicht II*, das über dem

Bett hing. Sonst befand sich fast nichts in dem Zimmer, keine Bücher oder Kleider, kein Spiegel, nur am Fuß des Betts stand eine gebogene weiße Marmorsäule, vielleicht einem Schwanenhals nachempfunden oder einem Phallus.

Ich habe das Zimmer für Sie renovieren lassen, sagte Kaspar. Vorher war es blau. Und es waren mehr Sachen darin. Jetzt will ich bloß Sie. Und den Brancusi. Das Esszimmer habe ich auch neu gestalten lassen. Möchten Sie es sehen?

Das Esszimmer war weiß: eine weiß gestrichene Wandtäfelung, bodenlange weiße Vorhänge, ein langer Tisch aus sehr hellem Holz, und in den Paneelen Jennets fünf *Fenster*-Gemälde.

Die machen sich gut, finden Sie nicht? Ich habe die Täfelung eigens dafür anfertigen lassen.

Jennet war es nicht gewohnt, ihre Bilder wiederzusehen. Sie betrachtete sie voller Zuneigung, aber zugleich auch mit Respekt, wie durch Unbesonnenheit verlorene alte Freunde. Sie lösten einen Ansturm von Erinnerungen aus – der salzige Geschmack des Meers, die Silhouette einer Weinranke, dunkles Grün vor einem saphirblauen Himmel – und damit verbunden das plötzliche Bedürfnis, wieder in Spanien zu sein.

Scheint die Sonne in dieses Zimmer?, fragte sie.

Nein. Ich halte die Vorhänge geschlossen, denn die Fenster gehen auf eine hässliche Wand hinaus. Deshalb habe ich Ihre Bilder hier aufgehängt. Sie sind die eigentlichen Fenster.

Das ist sehr schmeichelhaft. Was für einen Aufwand Sie getrieben haben, um sie richtig zu hängen …

Exquisite Besitztümer erfordern einen gewissen Einsatz, sagte Kaspar. Kommen Sie, schauen Sie sich den Rest auch an.

Leonard Kaspar besaß einen Giacometti, zwei Mondrians, einen späten Cézanne und ein Bild eines Malers, dessen Namen Jennet noch nie gehört hatte, laut Kaspar ein Russe, der vor rund zwanzig Jahren gestorben war. Kasimir Malewitsch.

In New York hängt auch ein ganz phantastisches Exemplar, sagte Kaspar.

Jennet betrachtete dieses Bild sehr lange. Es zeigte ein leicht geneigtes schwarzes Quadrat, das etwa drei Fünftel der Grundfläche einnahm, die Farboberfläche war etwas rissig. Aus irgendeinem Grund bewegte dieses Bild sie zutiefst, doch hätte sie nicht sagen können, warum.

Ich kaufe und verkaufe, sagte Kaspar. Ich will keine statische Sammlung, mit Ausnahme der Bilder, die Sie für mich auf die Treppenwände malen werden. Die werden unbeweglich sein. Und von Dauer.

Haben Sie dabei an etwas Bestimmtes gedacht?, fragte Jennet. Das hatte ihr etwas Sorgen gemacht. Es würde schon seltsam genug sein, eine Auftragsarbeit auszuführen, ohne auch noch den Bildgegenstand vorgeschrieben zu bekommen. Andererseits hatte sie keinerlei Erfahrung damit, innerhalb architektonischer Beschränkungen zu arbeiten, und diese Herausforderung schüchterte sie ein.

Nein, eigentlich nicht, sagte Kaspar. Nur im fünften Stock hätte ich gern eine lebensgroße Figur. Eine Frau. Nackt.

Irgendeine beliebige Frau? Oder eine, die Sie kennen?

Na ja, sagte Kaspar mit kaum merklichem Zögern. Ich dachte an ein Selbstporträt. Von Ihnen.

Wie verlockend, Dauerhaftigkeit versprochen zu bekommen. Welcher Künstler könnte der Aussicht auf Unauslöschlichkeit widerstehen? Jennet wusste, dass es ein leeres Versprechen war, dass die Wände von Kaspars Haus jederzeit neu verputzt oder abgerissen werden konnten, trotzdem stand das Versprechen im Raum. Eine Mauer ist eindeutig beständiger als ein Stück Leinwand. Und die alte Methode, Wände zu bemalen, die Freskomalerei – Wasserfarbe auf frischem Putz –, ist beständiger als die modernen Techniken: Öl- oder Temperafarbe als Oberfläche kann leicht weggekratzt werden, die Pigmente der Freskomalerei hingegen sinken gleichsam in die Wand. Wenn der frische Putz trocknet, wird er steinhart, und die Farbe trocknet mit ihm als unlösbarer, integraler Bestandteil.

Jennets und Davids Freunde rieten ihr von der Freskomalerei ab. London ist nicht die Toskana, sagten sie, hier ist es zu feucht. Außerdem ist es zu kompliziert, in Fresko zu malen – all die maßstabsgerechten Zeichnungen, und auch den Putz richtig aufzubringen ist schwierig –, doch Jennet war von der Technik fasziniert und legte ihre typische Entschlossenheit an den Tag. Eine aufregende Vorstellung, Teil einer langen Tradition zu sein, die Tausende Jahre zurückreichte und zugleich auf momentan noch nicht vorstellbare Bilder in der Zukunft vorauswies. In der British Library las sie über die Geschichte der Freskomalerei – dass die Minoer die Wände ihrer Wohnhäuser bemalt hatten, dass in etruskischen Gräbern die längst Verstorbenen immer noch beim Leichenschmaus zusammensaßen, dass in Pompeji diese Kunstwerke ihre Verschüttung überstanden hatten. Dort, im Haus der Julia Felix, leuchtet eine Glasschale mit Trauben und Granatäpfeln von der Wand, in der Mysterienvilla tanzt eine nackte Frau, während eine andere mit schönem, gleichgültigem Gesicht zusieht, wie eine dritte, kniende Frau gegeißelt wird. Lampenschwarz, Knochenschwarz, Grünerde, Ägyptischblau, die Farben der römischen Fresko-Palette, einheimische Oxide, einheimische Erde.

Kaspar ließ ihr freie Hand. Sie hatte versucht, ihm irgendetwas zu entlocken. Kommen Sie, hatte sie gesagt. Wenn schon kein bestimmter Mensch, dann vielleicht ein bestimmter Ort? Einer, an den Sie sich aus ihrer Kindheit erinnern? Er hatte gelächelt. Ich bezweifle, dass man die Orte meiner Kindheit und Jugend als malerisch bezeichnen könnte, sagte er, doch mehr war nicht aus ihm herauszubringen. Also erfand Jennet eine Landschaft für ihn, eine traumartige Gegend, wie sie als Ausblick aus dem Fenster eines Hauses im achtzehnten Jahrhundert denkbar gewesen wäre, wenn auch nicht mitten in Mayfair. Im Vordergrund die Balustrade eines architektonischen Gartens, dahinter eine Parklandschaft, ein mäandernder Fluss und in der Ferne niedrige, rundliche Hügel, nach Art der frühen Renaissance-Malerei stilisiert. Sie würde, beschloss sie, auf den ersten drei Treppenabsätzen jeweils diesen Ausblick malen, allerdings zu unterschiedlichen Tageszeiten, am Morgen, am Mittag und am Abend. Kaspar blickte zweifelnd drein, als sie ihm von diesem Plan erzählte, befürchtete womöglich, übers Ohr gehauen zu werden, für drei Versionen ein und desselben Bildes bezahlen zu müssen. So ist ein roter Faden darin, erklärte sie ihm jedoch. Sonst wäre es nur eine Ansammlung beliebiger Szenen. Ich stelle es mir so vor, dass die Bilder im Treppenhaus wie Fenster sein werden. Deshalb muss jedes den gleichen Ausblick bieten. Aber zugleich möchte ich, dass Sie sich durch die Zeit bewegen, wenn Sie die Treppe hinauf- und hinuntergehen. Vor Ihrem Schlafzimmer wird Abenddämmerung herrschen, an der Haustür wird es Morgen sein.

Die technischen Probleme nahmen Jennet voll in Anspruch. Sie hatte noch nie in einem so großen Format gearbeitet. *Santiago*, ihr bislang größtes Bild, war über 2,30 Meter breit, doch Kaspars Wände waren 3,66 Meter hoch und variierten in der Breite. Sie musste für jede Wand einen eigenen Entwurf, eine eigene Skizze anfertigen. Sie schob alles Unnötige in ihrem Atelier beiseite, rollte große Bögen Malerpapier aus und befestigte sie auf dem Boden. Sie kniete auf ihrer Arbeit, rutschte darauf herum und begann so, auf eine ganz neue Weise darin zu leben. Auf dem Tisch oder einer Staffelei zu malen impliziert immer eine gewisse Distanz, und sei sie noch so klein – eine Armeslänge –, doch als Jennet nun auf ihrer Zeichnung herumkrabbelte, kam sie ihr näher, als befände sie sich selbst in der Landschaft. Sie entwickelte dadurch ein Gefühl für den inneren Raum der Zeichnungen und konnte sie mit einem besseren Verständnis der verschiedenen Blickwinkel gestalten. Ein Gemälde, das in einer Galerie oder einem Salon hängt, wird normalerweise aus einer bestimmten Entfernung angeschaut, doch die Betrachter ihrer Fresken würden diesen mit jeder Stufe näher kommen, bis sie auf dem Treppenabsatz direkt davorstanden. Unter solchen Bedingungen war es schwieriger, Maßstab und Perspektiven richtig hinzubekommen, und Jennet brauchte lange, bis alles stimmte.

Sie konnte es sich auch nicht leisten, Fehler zu machen. Das Medium, für das sie sich eben wegen seiner Beständigkeit entschieden hatte, verzieh nichts und würde ihr wenig Gelegenheit bieten, sich etwas noch einmal anders zu überlegen.

Nachdem sie alle Vorentwürfe zusammen hatte, zeichnete Jennet sie erneut in der tatsächlichen Größe als Konturzeichnungen auf Entwurfpapier, jenes feste gelbe Papier, das Ingenieure und Architekten für Pläne und Karten verwenden. Dann fertigte sie von jedem Quadratmeter dieser Pläne eine einzelne, ebenfalls maßstabsgerechte Zeichnung an. Mehr als einen Quadratmeter, so dachte sie sich, würde sie wohl im Laufe eines Tages nicht malen können. Als alle Zeichnungen fertig waren, perforierte sie die Konturen mit einem metallenen Schneidrädchen. Dann wurden die Blätter zusammengerollt und nummeriert. Außerdem erstellte sie Farbkarten und beschriftete sie, denn sie wusste, dass sie gegen die Uhr arbeiten würde.

Als Nächstes galt es, die Wände vorzubereiten. Von entscheidender Bedeutung war, dass sie ein gutes Stück über dem Erdboden lagen und daher nicht feucht waren. Ein Gutachter bestätigte, dass sie solide waren, und ein Bauarbeiter schlug den bestehenden Putz bis auf das Mauerwerk herunter. Nachdem die Backsteine mit Wasser und Drahtbürste gesäubert worden waren, mussten die Wände über den Treppenabsätzen gemäß den strengen Regeln der klassischen Freskomalerei neu verputzt werden. Hier landete Jennet einen Glückstreffer. Als sie sich eines Tages mit Dermot, ihrem alten Freund aus der Kensingtoner Zeit, über ihr Projekt unterhielt, stellte sich heraus, dass sein Schwager Gipsermeister war. Roddy McNamara hatte sein Handwerk in Dublin gelernt, wo er georgianische Gesimse und

Rosetten restauriert hatte. Er wünschte sich Veränderung und würde aufgeschlossen sein. Das würde er auch sein müssen: Normalerweise soll der Putz an einer Wand so dicht wie möglich sein und so schnell wie möglich trocknen, doch der Putz für Freskomalerei muss porös bleiben. Roddy musste sich seinen gewohnten Rhythmus abgewöhnen, die elegante ausholende Bewegung des rechten Arms, den gleitenden Strich über die Oberfläche, und stattdessen den Putz an die Wand klatschen und mit kräftigen Kellenschlägen verteilen.

Roddy begriff von Anfang an, worum es ging. Während der Zeit ihrer Zusammenarbeit in dem Haus in der Mount Street waren Jennet und er ein engagiertes Team und wechselten sich dabei in der Rolle von Meister und Schüler, Wissenschaftler und Techniker, Hohem Priester und Akolyth ab. Jennet hatte den sinnlich-konkreten Aspekt des künstlerischen Prozesses schon immer geliebt, die Gerüche, Struktur, Beschaffenheit des verwendeten Materials, und bei diesem gemeinschaftlichen Unterfangen spielte der gekonnte Umgang mit dem Material eine besonders große Rolle. Ihre Recherchen hatten natürlich auch die technischen Details der Freskomalerei umfasst, die Herstellung des Kalkputzes, das Mischen der Pigmente, und Ersteres hatte sie Roddy erläutert. Zusammen taten sie einen Baustoffhändler auf, bei dem es Breikalk gab, der mindestens ein Jahr lang eingesumpft gewesen war. Die römischen Verputzer hatten drei Jahre eingesumpften Kalkputz verwendet, damit ihre Decken nicht rissig wurden, doch im London des zwanzigsten Jahrhunderts wäre das ein zu perfektionistischer Anspruch gewesen. Roddy und Jennet mischten den Kalk mit Sand und Marmorstaub zu Mörtel, für jede Schicht in etwas anderer Zusammensetzung. Ein Teil Breikalk zu drei Teilen grobem Sand für den Spritzbewurf, für die Ausgleichsschicht das gleiche Mischverhältnis mit feinerem Sand und für die Malschicht ein Teil Breikalk zu einem Teil sehr feinem Sand mit etwas Marmorstaub. Nur reinster, mit destilliertem Wasser gelöschter Kalk war geeignet. Roddy und Jennet waren penibel wie Chirurgen.

Roddy war ein ruhiger Mensch, sparsam mit Worten, er und Jennet unterhielten sich selten über etwas anderes als die Arbeit. Doch ihre Beziehung war inniger als eine normale Freundschaft, geprägt von ihrem gemeinsamen Engagement und gegenseitigem Respekt. Sie bewunderte die Gewandtheit, mit der er arbeitete, den minimalen Kraftaufwand, seine Verlässlichkeit, seine Geduld. Er zeigte ihr, wie sie den Verputz selbst auftragen konnte, was sie in der letzten Phase des Arbeitsvorgangs auch würde tun müssen, und der saubere, sandig-feuchte Geruch sollte in ihrer Erinnerung immer mit einem Gefühl der Freude und mit ihm verbunden sein.

Nachdem die ersten beiden Verputzschichten aufgetragen waren, konnte Jennet mit ihrer eigenen Arbeit beginnen. Sie fing im ersten Stock an und befestigte mit Roddys Hilfe ihr Entwurfzeichenpapier auf der zweiten Putzschicht, sobald diese sich gesetzt hatte. Mit einem kleinen Musselinbeutel voll Kalkstaub pauste sie nach althergebrachter Methode die perforierten Umrisse der Zeichnung auf den Putz und bestrich sie dann mit in Kalkwasser gelöstem ockerfarbenem Pigment. Jetzt sah sie den gesamten Entwurf an seinem Bestimmungsort. Am nächsten Tag stellte sie sich auf eine Trittleiter und brachte auf der oberen linken Ecke der Wand unter Roddys Anleitung die letzte Putzschicht auf. Dann begann sie diese, so schnell sie konnte, mit der Wasserfarbe zu bemalen, bevor der Verputz trocknen konnte.

Wunderschön, diese Farben, von Hand so fein gemahlen, wie es nur ging. Morgenfarben für den ersten Stock: Taubenblau, hellstes Rosa, hellstes Grau, und der neue Himmel in ganz sanftes Blau getaucht. Krapprosa, Kobaltblau, Marsschwarz, mit reinem Wasser gemischt, leuchtend auf dem blendenden Weiß des Putzes. Am ersten Tag malte Jennet Himmel und Hügel, am zweiten noch mehr Himmel, am dritten und vierten Fluss und Parklandschaft, am fünften und letzten Tag Brüstung und Garten. Am Ende jedes Arbeitstages schnitt sie den überschüssigen Putz der obersten Schicht weg, um am nächsten Tag an der richtigen Stelle ansetzen zu können. Es glich in vielfacher Hinsicht einem Puzzlespiel: die Zeichnung in Erinnerung zu behalten, während sie abschnittsweise mit Putz bedeckt wurde, die weiterführenden Linien im Kopf zu haben, sodass die Hänge der Hügel bruchlos, die Baustämme nicht zerteilt sein würden. Obwohl er sich zunächst seltsam anfühlte, war dieser durch Abschnitte diktierte Rhythmus dem zugrunde liegenden Bild angemessen, und Jennet setzte ihn malerisch noch zusätzlich um, indem sie auf jedes Bild ein Gitter ähnlich den Sprossen eines riesigen Fensters malte.

Roddy kam immer dann wieder, wenn beim nächsten Treppenabsatz die zweite, feinere Putzschicht aufgebracht werden musste und Jennet Hilfe beim Aufstellen von Leiter und Gerüst brauchte, doch die meiste Zeit war sie in dem Haus in der Mount Street allein. Kaspar war nach New York gereist, um sich dem Durcheinander nicht auszusetzen. Jennet hatte versprochen, die Landschaftsbilder bis zu seiner Rückkehr fertig zu haben. Jeden Morgen überließ sie die Kinder Mabel Harris und flüchtete, radelte die King's Road entlang, durch den Hyde Park und ließ sich dann mit dem Schlüssel, den Kaspar ihr gegeben hatte, in die Stille des leeren Hauses ein. In dem dunklen Treppenhaus arbeitete sie im Licht einer Bogenlampe, und manchmal verstrich ein ganzer Tag, ohne dass sie es recht bemerkte. Draußen auf der Straße wechselten sich sanfter Mairegen und Sonne ab, ohne dass Jennet es mitbekommen hätte, so sehr war sie in die Erschaffung ihrer eigenen Welt mit deren sich wandelndem Himmel versunken. Nach den zarten Tönen der Morgendämmerung die kräftigen Mittagsfarben: Topasgelb, Smaragdgrün, Azurblau. Und schließlich das letzte der drei Bilder, der Abend: Lila, Blauviolett, Apricot und Bernstein. Wenn sie zu müde geworden war, um weiterzuarbeiten, und in dem künstlichen Licht doppelt zu sehen begann, richtete sie sich auf, reckte sich und streifte ihre staubigen Kleider ab, die sie in einem Haufen neben ihren Farben und Pinseln liegen ließ. Dann ging sie nackt in Kaspars in schwarzem Marmor gehaltenes Badezimmer, wo sie duschen durfte. Minutenlang stand sie unter dem fließenden Wasser und wusch sich Mörtel und Farbe ab, spürte den harten Strahl auf ihren festen Brustwarzen, das Glühen ihrer Haut. Es waren immer zusammengelegte frische Handtücher da, von einer Hausangestellten gewaschen, die kam und ging, ohne Jennet zu stören, weiße Handtücher, die zehnmal so groß waren wie die steifen, fadenscheinigen Dinger, die Jennet gewohnt war, und nach dem Duschen wickelte sie sich in eines davon und spazierte wie ein Eindringling oder eine Wiedergängerin durch Kaspars verlassene Zimmer.

Es war ein schuldbewusstes Vergnügen, das sie dabei empfand, doch das Gefühl von Vergnügen überwog. Das ganze stille Haus in ihrem Besitz, der Brancusi, der Malewitsch. Es mochte still sein, doch ruhig war es nicht, es schien von angehaltenem Atem erfüllt, wie in den Sekunden vor einem Erdbeben, wenn alle Tierstimmen in Erwartung des Bevorstehenden verstummen. Diese Spannung erregte Jennet. Vor einem großen Spiegel in Kaspars Ankleidezimmer ließ sie das Handtuch fallen und betrachtete sich, sah zu, wie ihre Hand über ihre Brüste und zwischen ihre Beine wanderte und dachte, dass sie Kaspars Bitte um ein Selbstporträt wohl entsprechen würde.

Doch zunächst musste sie mit den Landschaftsbildern weiterkommen. Sie gefielen ihr. Wenn sie im sanften Abendlicht des Frühsommers nach Hause radelte, erfüllte der gerade fertiggestellte Abschnitt ihre Gedanken, und morgens freute sie sich auf den bevorstehenden Abschnitt wie auf ein wundervolles Geschenk. Als kleine Überraschung für Kaspar und um ihm das Gefühl zu geben, dass er bekam, wofür er bezahlte, beschloss sie, auf jedem Bild ein spezielles Detail einzufügen: einen Springbrunnen, einen Pfau, einen kleines Segelboot, das den Fluss hinabtrieb.

Während der Zeit, als Jennet an den Freskos arbeitete, erlitt Richard Mallow seinen ersten Schlaganfall. Lorna versuchte aus irgendeinem Grunde erst gar nicht, Jennet von Sherborne aus, wo sie mittlerweile hingezogen waren, anzurufen, sondern sie schrieb ihr. Sherborne war Lornas Idee gewesen, es sollte ihr als Sprungbrett dienen, hier war sie hingezogen, nachdem ihr Vater gestorben war, es war der einzige andere Ort in England, den sie kannte. Sie und Richard hatten dort von seinen Ersparnissen eine hässliche Doppelhaushälfte gekauft. Ihre 1949 verstorbene Mutter war all die Jahre bei ihrer Schwester geblieben, doch das Haus von Lornas Tante hatten irgendwelche Cousins geerbt.

Als sie Lornas Brief las, war Jennet klar, dass sie Richard eigentlich besuchen sollte, doch ihr derzeitiger Lebensrhythmus hatte etwas so Bestechendes, dass sie sich nicht dazu durchringen konnte, ihn zu unterbrechen. Die Schlüssel zu jemand anderes Haus in der Tasche, viele Stunden ohne Kinder, gute Gründe, sich nicht ablenken zu lassen. Morgen für Morgen aus dem Haus zu gehen, erst abends zurückzukommen und zwischendurch in einer arkadischen Welt von Licht und Schatten und Farbe zu arbeiten – warum sollte sie da irgendetwas dazwischenkommen lassen? Außerdem hatte ihr Kaspar einen Termin gesetzt, sie musste noch das letzte Bild planen, und ihr Vater würde sich erholen. Wenn sie mit der Arbeit fertig war, würde sie ihn besuchen, aber nicht jetzt.

Leonard Kaspar kehrte früher als geplant zurück, ließ sich unangekündigt ein und kam leise die Treppe in den dritten Stock herauf, wo Jennet gerade sauber machte und die Deckel auf ihre Farbtöpfe schraubte. Die letzte Ecke des dritten Bildes fehlte noch. Sie hörte seine Schritte, ehe sie ihn sah, und erschrak.

Ich habe noch nicht mit Ihnen gerechnet, sagte sie.

Ich bin ungeduldig geworden, sagte Kaspar. Er blickte zu dem fast fertigen Fresko hinauf. Abendlicht, so wie draußen. Haben Sie die anderen schon gesehen?, fragte sie. Nein. Nicht richtig. Ich habe nicht hingeschaut. Ich wollte, dass Sie sie mir zeigen.

Gut, sagte sie. Ich wasche mir nur schnell die Hände, ja?

Jennet ging in die Toilette unten. Kaspars Badezimmer zu benutzen wäre in seiner Gegenwart ein zu intimer Akt gewesen. Sie erschauerte bei dem Gedanken, nackt dort gestanden zu haben. Irgendwie steigerte seine Anwesenheit noch die eigenartige Stille im Haus, das laufende Wasser klang wie ein Wasserfall. Sie überprüfte ihr Spiegelbild: das zerzauste Haar teilweise aus dem Band gelöst, mit dem sie es zusammenhielt, auf der Wange vier zarte lilafarbene Streifen, da sie sich während des Malens eine Wimper aus dem Auge gewischt hatte, auf ihrem Hemd Farbe und Mörtel. Es war ein abgelegtes Hemd von David, früher einmal weiß und schick, mit anknöpfbarem steifem Kragen. Es muss das Hemd einer Schuluniform gewesen sein, dachte sie etwas zusammenhanglos, zögerte die erneute Begegnung mit Kaspar so lange hinaus, wie sie dort stehen bleiben und sich das kalte Wasser über die Finger rinnen lassen konnte. Jetzt fühlte es sich an wie ein Bestandteil einer Rüstung, Davids Brustharnisch, zu ihrem Schutz ausgeliehen.

Sie hatte David in den letzten Wochen kaum gesehen. Er blieb seit einiger Zeit bis spätabends bei Corinne, denn er wollte, wie er sagte, seine derzeitige produktive Arbeitsphase nutzen. Auf dem Heimweg von Corinne machte er noch in seinen Lieblingspubs Halt, und wenn er schließlich nach Hause kam, hatte Jennet, von ihrem Tagewerk auf angenehmste Weise erschöpft, längst der Schlaf übermannt. Wenn sie frühmorgens aufstand, schlief er noch fest, den Mund leicht geöffnet wie *El Muerto*, in die Decken verheddert und ungeachtet seiner Umnebelung durch Schlaf und Whisky schön und verwundbar.

An manchen Morgen wäre sie am liebsten wieder zu ihm ins Bett geklettert, hätte ihn mit ihrem lebendigen Körper geweckt, seine schläfrige Wärme in sich hineingezogen, darauf gewartet, dass er die Augen öffnete, sie anlächelte, auf ihre unzweideutige Einladung hin in sie hineinglitt. Doch sie tat es nie. Immer riefen Kinder, musste Frühstück gemacht werden, bevor Mabel eintraf und die Kinder übernahm, vor allem aber war da die unwiderstehliche Verlockung der Bilder in der Stille des Hauses in der Mount Street. Es ist keine Zeit für die Liebe, dachte sie, trotzdem war sie froh, den schlafenden David neben sich im Bett zu haben, und an dem Abend, als Kaspar vorzeitig zurückkam, tat es ihr irgendwie gut, Davids altes weißes Hemd an sich zu spüren.

Als Jennet in die Diele hinaustrat, öffnete Kaspar gerade eine Flasche Champagner, drehte und ruckelte sanft an dem bauchigen Korken. Eine Taufe, sagte er. Meine private Vernissage. Er hatte sämtliche Lampen eingeschaltet, und nachdem er Jennet den Champagner in einem so feinen und fragilen Glas gereicht hatte, dass es schien, als könnte schon der Druck der Lippen es zerbrechen, reichte er ihr den Arm. In dieser absurden Manier, wie ein Paar, das durch den Mittelgang der Kirche schreitet, gingen Jennet und Kaspar die Treppe zum ersten Absatz hinauf. Kaspar musterte das Fresko eingehend, sagte aber nichts. Jennet trank ihren Champagner aus. Kaspar nahm ihr das Glas ab und stellte es auf eine Stufe. Dann drehte er den Arm ein wenig, sodass ihre Hand in seine glitt, und führte Jennet zum zweiten Treppenabsatz hinauf, wo er lange stehen blieb, schweigend, still. Auf dem dritten Treppenabsatz hob er ihre Hand an den Mund und küsste sie. Und plötzlich, schockierenderweise, sank er vor ihr auf die Knie, umklammerte ihre Oberschenkel mit den Armen und presste seinen Kopf an den Saum von Davids Hemd. In dieser Haltung verharrten sie mehrere Minuten, die Jennet endlos erschienen, und als er schließlich den Kopf hob, sah sie, dass seine Augen leuchteten. Ich wusste, dass es richtig war, auf Sie zu vertrauen, aber sie haben meine Erwartungen übertroffen.

London zu Beginn der Hundstage. Die Kinder der Heatons japsten nach Luft, die matten Fliegen, zu müde, um zu summen, starben auf den Fensterbrettern. Jennet erbat sich für das letzte Fresko einen

Aufschub von Kaspar und mietete mit seinem Geld über die Sommermonate ein Haus in Cornwall. Wenn sie in den drückend heißen Nächten wach gelegen hatte, in der Stadt eingesperrt, hatte sie das kobaltblaue Meer vor sich gesehen und sich mit jeder Faser danach gesehnt. Das Haus, für das sie sich entschied, rund drei Kilometer westlich von St. Ives gelegen, war groß, groß genug für sie alle: Mabel Harris würde sie begleiten und sich um die Kinder kümmern, Freunde würden zu Besuch kommen, Margaret Metcalf mit ihren Söhnen, ja vielleicht sogar ihre Eltern, dachte Jennet. Sie schrieb Lorna und lud die beiden ein, doch Lorna antwortete, Richard sei zu schwach zum Reisen.

Traumhaft, die beiden Monate, die folgten. Ein Tag nach dem anderen entrollte sich vor ihnen wie topasgelbe Seide, strahlende, durchweg sonnige Tage, bis die letzte Augustwoche dann heftige Stürme brachte. Da war das Meer eisengrau, Schaum gischtete in hohem Bogen empor und brodelte weiß unter der Wasseroberfläche. Doch danach noch einmal vierzehn Tage wolkenloser Himmel über ultramarinblauem Wasser, während sich oben auf den Kliffen die Felder golden verfärbten. Endlose Nuancen von Grün, Grau und Blau. Die Kinder blühten in der sauberen, klaren Luft auf. Bens Haar war von der Sonne wieder flachsblond gebleicht, Vanessas Blässe honigfarben überhaucht, Sarah braun und rund und munter – eine Freude, sie zu küssen, diese Kinder, deren seidenweiche Haut durch das Meerwasser noch glatter war als sonst. Ist es irgendein atavistischer Sinn, der uns schwimmende Kinder so liebenswert erscheinen lässt? Ihr Vergnügen an den sich kräuselnden Wellen, ihr salziger Geschmack, ihr feines, vom Wasser gesträhntes Haar – das alles liebte Jennet und ebenso die langen faulen Tage, die unverplanten Abende, die gemächlichen Mahlzeiten und das Kerzenlicht, den Schimmer der Muschelschalen, die zarten Farbnuancen von Krebsscheren, das farbenprächtige Schillern frischer Makrelen. Das alles und Jack, der in der Stadt in einem Haus mit nur einem Zimmer wohnte, Maler war und fast täglich den Feldweg entlang zu dem Haus lief, in dem Jennet wohnte.

Die Heatons kannten eine Reihe von Leuten in St. Ives und Umgebung. Seit einem halben Jahrhundert lebten Künstler dort, angelockt von Licht und Landschaft sowie in jüngerer Zeit einer berühmten Künstlergeneration, und weitere kamen wie die Heatons über die Ferien. Davids Freund aus den Pubs von Soho, der Mann, der in einem Wohnwagen lebte, hatte diesen schon so lange auf einem Feld unterhalb von Zennor stehen, dass die Räder von Gras umwuchert waren und Nesseln durch die Bodendielen wuchsen. Die beiden Roberts logierten häufig in einem baufälligen Haus in der Nähe, und andere aus ihrem Kreis kamen und gingen, dieselben Leute, die sich nach Südspanien hatten treiben lassen und weiterhin wie Nomaden durch Frankreich, Italien und England zogen, ein bisschen arbeiteten, Freunde besuchten und irgendwann wieder in London auftauchten, in den Pubs und Bars, in die sie immer wieder zurückkehrten.

Jack Owen war keiner von ihnen. Anders als diese Vagabunden lebte er schon immer in Cornwall. Er war dort geboren, in Truro, wo sein Vater als Bäcker arbeitete, und war nach kurzem Kriegsdienst, einigen Jahren auf einem Fischkutter und einer gescheiterten Ehe wieder dorthin zurückgekehrt. Obwohl er als Kind keinerlei Ermutigung erfahren habe, so erzählte er, sei ihm immer klar gewesen, dass er Künstler werden würde. Er habe nur auf die passende Gelegenheit gewartet. Sie kam, als er, seines unsteten Lebens überdrüssig, eine Stelle als Gehilfe einer bekannten Bildhauerin in St. Ives annahm. Er sei nur wegen seiner Muskelkraft angestellt worden, erklärte er oft: Sie habe jemanden gebraucht, der gewaltige Blöcke von wohlriechendem Bosséholz durch die engen, gewundenen Straßen von St. Ives schleppen und tonnenweise Stein wuchten konnte. Jack Owen, durch das jahrelange Hieven schwer beladener Fischernetze gestählt, entsprach ihren Bedürfnissen, und weder fragte sie danach, noch interessierte es sie, ob er zeichnen oder Stein meißeln konnte. Sie wusste, dass sie das bisschen, was man von ihrer Kunst wissen musste, jedermann beibringen konnte. Später allerdings sah sie, mit welchem Geschick und Feingefühl er bei den primitiven Arbeiten, die sie ihm zuwies, Hobel und Feile handhabte. Sie begann ihn richtig auszubilden und bezahlte ihm sogar Kurse an der örtlichen Kunstakademie. Ihr Sohn, ihr einziges Kind, war ihr schon lange entfremdet, und vielleicht füllte Jack da eine Lücke. Wie auch immer, er würde ihr ewig dankbar sein, und obwohl sie langsam alt wurde, zänkisch und ausgelaugt war, hielt Jack ihr die Treue. Während seiner Ausbildung hatte er weiter für sie gearbeitet, und zunächst geglaubt, auch er sei zum Bildhauer berufen, doch mit der Zeit hatte er erkannt, dass er nicht in erster Linie plastisch dachte.

Jack Owen gehörte also nicht der Londoner Clique an, doch in der kornischen Szene, mit der sie verflochten war, hatte er seinen festen Platz, auch wenn er seinem Naturell entsprechend eine gewisse Distanz wahrte. Er kannte die örtlichen Künstler und stellte mit ihnen aus, er unterrichtete Sommerkurse, und er gewann zunehmend an Ansehen. Seine Freunde waren auch mit Jennet und David befreundet, und so liefen sie sich in diesem Sommer unweigerlich immer wieder über den Weg.

Der dreiundzwanzigste August, der heißeste Tag jenes Jahres. Höhepunkt einer langen Folge heißer Tage in einem fremden England, einem neuen Land, in dem die Leute Sandalen trugen und draußen tranken anstatt, wie sonst, schicklich im Tabakqualm der Bars verborgen. Richard Benjamin, der am Tag zuvor aus London gekommen war, berichtete von einer Stadt, die mehr und mehr an Paris erinnerte: Restauranttische auf den Bürgersteigen, Nachtschwärmer, die bis in die frühen Morgenstunden draußen unterwegs waren. In Trevenna hatten Jennet und die Kinder den Tag am Strand verbracht, und abends waren sie ganz erfüllt von all der Sonne und dem Wasser. So sauber wie frisch gebleichte Gebeine wird das Fleisch durch das Meerwasser, glatt und makellos wie das unsichtbare Innere einer Muschel. Am Meer fühle ich mich mutig, hatte Ben einmal gesagt, und Jennet wusste genau, was er meinte: Durch das Zusammenwirken von Luft, kaltem Salzwasser und Sand fällt alles Unwesentliche von einem ab, und ein Kern bleibt zurück, der zumindest für den Moment stärker und reiner ist.

An diesem Tag waren noch andere Menschen da: David, der schon den ganzen Sommer in Trevenna war, so ausgeglichen und liebevoll wie selten, Margaret und Richard Benjamin mit ihren drei Söhnen, Dermot, Corinne, die bei den beiden Roberts untergekommen war, Lewis Delafield, der junge Kunstkritiker, der Jennets erste Ausstellung besprochen hatte, und Elizabeth Foy, eine Freundin von ihm, damals Schülerin der berühmten Bildhauerin. Und Jack Owen. Jennet war Jack inzwischen häufig begegnet, und er war ihr weniger wegen seines kornischen Akzents oder seines guten Aussehens aufgefallen, als wegen seiner ungewöhnlichen Augen. Wie ausgebleichtes Mangan waren sie, so hell, dass sie in der Sonne fast farblos waren, und trotzdem schienen sie selbst dann noch Licht auszusenden, statt es aufzunehmen. Fischförmige, schräg stehende Augen. Jack Owen wirkte eher unauffällig, bis sein Blick einen traf. Als Jennet das zum ersten Mal erlebte, musste sie an jenes Selbstporträt Botticellis denken, auf dem er den Betrachter direkt ansieht und die Weisen aus dem Morgenland, die dem neugeborenen König huldigen, gar nicht beachtet. Der Ausdruck in Jacks Augen war ähnlich kühl und herausfordernd, ja fast unverschämt, und hatte die gleiche beunruhigende Wirkung.

Als es zu dämmern begann, schlug jemand vor, am Strand zu Abend zu essen. Es deutete sich an, dass sich das Wetter ändern würde, und alle wollten den Sommer bis zur Neige auskosten. Jack und Dermot schichteten auf flachen Steinen Treibholz und zerbrochene Spieren für ein Lagerfeuer auf. In Papier gewickelte Makrelen lagen bereit, die in der Glut gegart werden sollten, und jemand hatte aus dem Pub Krüge mit Apfelwein und Bier geholt. Sie blieben bis tief in die Nacht dort sitzen, um das Feuer geschart, auf das sie immer wieder Holz auflegten. Elizabeth Foy spielte Gitarre, Richard und David diskutierten über Leben, Kunst und Verantwortung, so wie sie es ständig taten in jenem Sommer vor dem Einmarsch der Sowjets in Ungarn, als Richard noch nicht seinen Glauben verloren hatte.

Nach Auschwitz Kunst zu schaffen ist unmöglich, zitierte Richard nicht ganz richtig. Deine Arbeit, David, ist zu privat, du hältst dich abseits. Und schau dir an, was Jennet derzeit macht: Sie malt hübsche Bilder auf die Wände eines reichen Mannes …

Meistens parierte David Richards Ernsthaftigkeit mit Spott, doch an diesem Abend war auch er ernst. Kunst nach Auschwitz ist unverzichtbar, sagte er. Wir sind unverzichtbar. Nur Künstler können aus dem Entsetzlichen, das wir erlebt haben, etwas Gutes machen.

Ja, sagt Lewis Delafield, der jünger ist als die anderen, zu jung, um den Krieg selbst erlebt zu haben. Das sehe ich genauso, es sind die Künstler, die uns die Wahrheit zeigen, die die Scherben aufsammeln und die alten Mythen transzendieren …

Seine Stimme, leicht verlegen, verliert sich, und Margaret nutzt die Gelegenheit. Die guten Künstler vielleicht, sagt sie. Die sehr guten. Aber selbst die sind immer noch zu weniger nütze als gute Zahnärzte. Oder gute Sozialarbeiter oder Lehrer oder …

Schäm dich, Margaret, sagt David lachend. Wir sind die allerbesten.

Jack Owen sagt nicht viel. Wie Jennet ist er aufmerksam, folgt der Unterhaltung, lächelt still vor sich hin. Erst ganz spät, als die Nacht allmählich der Morgendämmerung weicht, beginnt er mit Jennet zu reden, erzählt ihr, dass er beim Malen gern die Vogelperspektive einnähme. Ich würde gern fliegen lernen, sagt er, ich muss mir die Dinge von ganz weit oben ansehen. Das Meer muss für einen Adler doch völlig anders aussehen als für einen Hai. Von oben oder von unten … Oder auch für einen Schwan, der über die Wasseroberfläche gleitet … Ich will das Meer so malen, wie eine Seemöwe es sieht … Wussten Sie, dass man noch die Umrisse von Feldern aus der Bronzezeit erkennen kann, wenn man diese Gegend überfliegt? Das will ich. Hoch oben sein.

Dieses Kliff da ist doch hoch genug, fordert sie ihn heraus.

Also gut, sagt er und verschwindet im Dämmerlicht, und als sie sich umdreht, sieht sie, dass die anderen gegangen sind, den Pfad hinauf zurück zum Haus, und dass sie hier am Strand jetzt völlig allein ist.

Sie könnte genauso gut allein auf der Welt sein. Auf einmal ist sie von einem Nichts umgeben. Das Wasser hat den Strand sauber zurückgelassen, nichts ist mehr zu sehen, keine zuckenden Scheren, keine ruhenden Muscheln. Alles ist still, das Meer in der Schwebe zwischen Ebbe und Flut, die Bewegung der Wellen ausgesetzt, die Luft unbewegt, als hielte die ganze Welt den Atem an. Luft und Wasser gleichermaßen still, von derselben farblichen Kargheit, demselben milchigen, zartblau angehauchten Licht. Atemlos, tonlos, formlos. Jennet fühlt, wie ihre Körpergrenzen sich in weiße Leere auflösen. Dann hört sie hoch über sich Jack Owen rufen, er ruft ihren Namen, der Schleier der Morgendämmerung beginnt sich zu heben, und sie sieht ihn, wie er sich hoch oben auf dem Kliff mit einer Hand an einem Vorsprung des rutschigen Granits festklammert. Soll ich zu dir runterfliegen?, ruft er, doch ehe sie antworten kann, nein, nein, nein, halt dich fest, Jack, bitte, ihm mit ihrer ganzen Willenskraft festen Boden unter die baumelnden Beine wünschen kann, verschwindet er, und sie erstarrt zur Salzsäule, steht einen Moment lang reglos da, bis sie die Kraft aufbringt, über die Felsen am Fuß des Kliffs zu klettern, auf dessen anderer Seite sie Jack mit gebrochenem Genick finden wird.

Die Felsen sind scharfkantig, doch sie klettert schnell, kraxelt hinüber, ohne sich um ihre aufgerissenen Hände zu scheren, die Vision seines zerschmetterten Körpers vor Augen. Als sie die nächste kleine Bucht erreicht, erinnert sie sich, dass das Kliff auf dieser Seite nicht steil, sondern terrassenförmig abfällt. Jack steht auf dem Strand und erwartet sie lachend. Er hat einen Stock in der Hand, den er in die Luft schleudert wie ein Jongleur seine Keulen. Der Stock landet wieder in seiner Hand. Habe ich dich geängstigt? Tut mir leid, Mrs Heaton, ich wusste nicht, dass ich Ihnen etwas bedeute.

Du bist ein Idiot, sagt sie, und er stimmt ihr zu. Aber schau her, ich habe dir doch von diesen Umrissen aus alten Zeiten erzählt. Er tänzelt mit seinem Stock auf dem Sand herum und zeichnet die Silhouette eines Pferds, eines riesigen Pferds mit wehender Mähne, die Vorderbeine im Galopp gehoben. Jacks Strich ist schnell, sicher, kräftig. Da, sagt er, wieder neben ihr stehend, dieses Pferd läuft schon immer diesen Strand entlang. Seit über tausend Jahren. Komm. Ich zeig es dir. Ich zeig dir, wo man es hören kann.

Sie folgt ihm das terrassenförmige Kliff hinauf, und an steilen Stellen und Felsüberhängen nimmt er sie an der Hand. Oben empfängt die beiden ein Dickicht aus Farn, Brombeeren und Ginster, durch das sich ein schmaler, über Jahre hinweg von Dachsen ins Gebüsch getrampelter Pfad zieht. Dahinter kurzes Gras, hart von der wochenlangen Trockenheit, doch jetzt vom Frühtau benetzt. Aus dieser Höhe ist Jacks Pferd klar zu erkennen, doch dahinter hängt noch der vom Meer kommende Dunst, und am Horizont stehen Wolken. Leg dich hin, sagt Jack. Leg dich aufs Gras. Press dein Ohr auf den Boden. So. Hörst du nicht die galoppierenden Hufe? Doch, natürlich hörst du sie. Und all die anderen? Phönizier, Römer, Blechschmiede … Und die Geräusche der Lebenden, der Würmer, die in ihren Höhlen unter der Erde gerade erwachen?

Was Jennet hört, ist Vogelgezwitscher und dahinter der Herzschlag der See, ein An- und Abschwellen tief unter ihr, als hätte sich der Rand des Kliffs abgelöst, eine Insel oder Teil eines Eisbergs, oder als wäre das brandende Meer dabei, das Kliff zu unterspülen. Ihr wird ganz schwindlig. Und dann sieht sie die Grashalme, die sich plagenden Insekten, die blühenden Grasnelken, den wilden Thymian, Strandnelke und Krätzenkraut, sie riecht die Erde und könnte sie, wenn sie wollte, auch schmecken. Sie dreht sich auf den Rücken, blickt in den aufklarenden Himmel und in Jacks transparente Augen, während er sich zu ihr herabbeugt, um sie zu küssen.

Drei Wochen später brachte Jennet David, Mabel und die Kinder zum Zug nach London und machte das Haus in Cornwall für die Übergabe fertig. Es fiel ihr schwer, es zu verlassen, denn für sie barg das Haus die Essenz dieses Sommers, ihrer Zufriedenheit. Nicht nur ihrer eigenen Zufriedenheit, auch der von David und den Kindern, der Jack mit seinen sanften Küssen nichts hatte anhaben können. Dieser Sommer hatte die Familie wieder zusammengeführt, sie mit Honigfäden umsponnen, wo sie sonst unter der Belastung des Alltags zu zerfasern drohte. Jennet hatte sich David seit der Geburt der Zwillinge nicht mehr so nahe gefühlt. Paradoxerweise hatte Jack sein Teil daran. Sie hatte ihn fast jeden Tag gesehen, aber nur selten allein. Sie wollte nicht mehr von ihm, als an die Fülle der Liebe erinnert zu werden. Dank Jack entwickelte sie wieder einen Sinn für die Möglichkeiten im Leben, entdeckte sie den Luxus von Gefühlen wieder. Er bewahrte sie davor, zu der effizienten und gefühllosen Maschine zu werden, die sie manchmal schon zu sein befürchtete, wenn sie zwischen Schule, Einkaufsladen und Atelier hin und her eilte, die Zeit in Vielfachen von Minuten maß, das Geld in Pennys abzählte.

Jack weckte ihre Zuversicht wieder. Damals reichte Jennet das. Sie war immer Realistin gewesen und wusste, dass sie von dem ausgehen musste, was sie hatte, nicht von dem, was hätte sein können. Außerdem war sie von Natur aus treu. Trotzdem tat es weh, sich von Jack verabschieden und die letzten Reste des feinen Sands aus dem alten Bauernhaus fegen zu müssen, das innerhalb weniger Wochen zu weit mehr als nur einem Dach über dem Kopf geworden war, eher glich es einem Bienenstock, der in seiner Zellstruktur das durchscheinende Gold des Glücks trug.

Doch sie musste fort. Ihre unabgeschlossene Arbeit wartete auf sie, David zog es in sein Atelier, Ben musste wieder in die Schule. Außerdem schob sie schon viel zu lange einen Besuch bei ihrem Vater vor sich her. Also sammelte sie die herrenlosen Socken und die Muscheln ein, legte den Schlüssel unter die Fußmatte und fuhr mit dem gebrauchten Morris Twelve, den sie über Leonard Kaspar gekauft hatte, zu ihren Eltern nach Dorset.

Richard Mallow: vertrocknet, ausgehöhlt, wie eine uralte Kokosnussschale. Wie konnte ein Mann, der früher über einen Meter achtzig groß gewesen war, so rasch auf die Größe eines Kindes zusammenschrumpfen? Lorna hatte Jennet mit keinem Wort auf ihren Vater vorbereitet: eingefallen und verhutzelt, durch abgestoßene, weiß gestrichene Metallstäbe in der grausamen Parodie eines Kinderbettchens festgehalten. Warum denn Gitterstäbe?, fragte Jennet. Damit er nicht aus dem Bett fällt, sagte ihre Mutter.

Das Zimmer, in dem Richard lag, war von dem Geruch nach Babypuder und Urin erfüllt, vermischt mit Zigarettenrauch, Medizin und säuerlichem Altmänneratem. Jennet küsste ihren Vater auf die hohle Wange und nahm seine Hand. Seine Fingernägel waren so lange nicht geschnitten worden, dass sie krumm gewachsen waren, verkalkte gelbe Nägel, unter denen Schmutz saß. Sie dachte daran, wie pingelig er als gesunder Mensch gewesen war, wie sorgsam er seine Haut mit Trumper's Extract of West Indian Lime betupft hatte, wie makellos weiß sein steifer, hoher Kragen auch dann noch gewesen war, als in seinem häuslichen Leben schon eine gewisse Verwahrlosung eingesetzt hatte. Jetzt hatte er Essensflecke auf seinem blauen Pyjama. Jemand hätte ihm die Nägel schneiden sollen, sagte sie. Dann mach es doch selbst, antwortete ihre Mutter.

Nach einer Reihe leichter Schlaganfälle war Richard halbseitig gelähmt, sein Geist war weniger in Mitleidenschaft gezogen worden, auch wenn Lorna klagte, er sei wirr im Kopf und spreche nur noch stockend. Er redet endlos vom Krieg, sagte sie. Von seinem Krieg, nicht dem letzten. Als wäre er noch dort, auf dem Schlachtfeld in Frankreich, er scheint vergessen zu haben, dass er seit fast vierzig Jahren hier in England ist, in Sicherheit. Mein Gott, wenn ich denke, wie lang ich schon mit ihm verheiratet bin! Diese Träume, die er früher immer hatte, die Albträume, sind mit voller Kraft wiedergekommen, mitten in der Nacht brüllt er wie am Spieß, manchmal schreit er etwas auf Französisch, *pas là, pas là!* Wenn ich Barbara nicht hätte, wüsste ich nicht, wie ich das bewältigen sollte.

Barbara war ebenfalls in Sherborne, sie hatte ihre Stelle in London aufgegeben, um ihren Vater zu pflegen. Sie war so von Wut und Groll erfüllt, dass sie Jennet nicht in die Augen sehen konnte. Jedes Wort, das sie sagte, wurde durch zusammengekniffene Lippen hervorgepresst. Ich hoffe, du hattest einen schönen Urlaub, sagte sie.

Nach dem Abendessen, als Richard mit einem feuchten Waschlappen gewaschen worden war, Lorna es sich mit einer Tasse Tee gemütlich gemacht hatte und Barbara zum hundertsten Mal zwar nicht in Worten, doch in Taten ihre Leidensgeschichte erzählt hatte, schlüpfte Jennet auf die leere Straße hinaus und stand eine Weile in dem steinernen Kabäuschen, das für einen alten Klosterbrunnen gebaut worden war. Sie zündete sich eine Zigarette an und lehnte sich an die Steinmauer, betrachtete die Muster, das die Straßenlampen auf das nasse Pflaster warfen, ein Gesprenkel heller Ellipsen, und dachte bei sich, wie schnell doch ihre glückliche Stimmung verflogen sei. Sie hatte Cornwall erst am Morgen verlassen, doch schon jetzt kamen ihr die letzten Wochen wie ein Traum vor. Dies war die Realität, der sterbende Mann in seinem gestrichenen Käfig, nur mehr Haut und Knochen, bloß die Augen noch lebendig, flehend. Und wenn er schließlich starb, würde ihre Mutter, grausam wie eine

Lageraufseherin, die Nächste sein, die ihr Selbstaufopferung abverlangte. Direkt gefolgt von der fetten, kläglichen Barbara, der unschuldigen, aber hoffnungslosen Vanessa, dann dem quecksilbrigen, entnervenden David, und so ging es weiter, ein ganzes Sortiment an Fesseln. Und keine Chance, sich von ihnen zu befreien, was vielleicht ja auch recht so war. Doch als Jennet an diesem Abend im Nieselregen von Sherborne die Augen schloss, um sich noch einmal in jenen Zustand schwebender Weiße am Strand von Trevenna zurückzuversetzen, konnte sie die Tränen nicht unterdrücken.

Stäbe und Gitter. Roste, Flechtwerk, Netze, Schleier. Es waren nicht nur die Stäbe an Richard Mallows Bett, an die Jennet dachte, als sie nach der Sommerpause wieder zu malen begann, sondern auch die vielen Parallelen: die Kreuzschraffur schwarzer Dornen über gefrorenem Wasser, die sie im vorangegangenen Jahr gemalt hatte, die Fenstersprossen auf Kaspars Freskos, die bleigefassten Fenster in Litton Kirkdale, Geländer in London, das Drahtgeflecht eines Ofenschirms, Filmaufnahmen aus den Konzentrationslagern, Davids Erinnerungen, Stacheldraht vor dem Himmel. Die Gitter aus Jennets Londoner Phase spiegeln einen Geisteszustand wider. Seine Wurzeln reichen weit zurück: zu den von Mauern durchzogenen Landschaften ihrer Kindheit, den Fensterausblicken, die sie schon immer mochte, den *Dickicht*-Gemälden aus dem Jahr 1954. Doch in den Jahren danach hatte sich um diese Wurzeln herum eine Art Verhärtung gebildet, wie eine Hülle zum Schutz eines zarten Kerns.

Im Rückblick ist die Entwicklung von Jennets Werk nicht ganz geradlinig. Vom heutigen Standpunkt aus könnte man sich fragen, was aus jenem magischen Umgang mit Licht und Weiße wurde, der ihr Gemälde *Eis und Wasser* charakterisiert. Hörte sie nicht auf diese Weiße, vernahm sie nicht deren Ruf? Welche Traurigkeit schob sich zwischen jene inspirierende Wahrnehmung des ausgesetzten Herzschlags der See und die Gestalt, die Jennet ihr letztlich gab? Wäre sie eine Romanfigur, gäbe es darauf vielleicht eine einzelne Antwort. Verhinderte Liebe womöglich. Eine unglückliche Ehe. Aber im wahren Leben ist die Antwort komplexer. Bedürftigkeit, Unsicherheit und Angst spielen mit hinein, mangelnde Selbstkenntnis. Kein vorsätzliches Augenverschließen, sondern ein verstellter Blick, ein verschwommenes Selbstbild, das erst durch die Zeit, durch Tod oder Weisheit klarer wird. Doch ein solches Maß an Erkenntnis hätte Jennet damals, als so große Anforderungen an ihre Zeit gestellt wurden, nicht erlangen können. Diese Anforderungen mögen ihr wie die Gitterstäbe eines verschlossenen Käfigs vorgekommen sein, selbst geschaffene Gitterstäbe: Angst, Verantwortung, ein Hang zum Prädeterminismus, ein übereifriges Sich-ins-Schicksal-Ergeben. Doch es gab noch andere Faktoren. Jennet Mallow war keine naive Künstlerin, war nicht unempfänglich für Einflüsse von außen: Sie war mit einem Maler verheiratet, die meisten ihrer Freunde waren Maler, und das Gespräch drehte sich oft um Abstraktion und die Fragen, die sich daraus für die gegenständliche Malerei ergaben. Konnte man über das schwarze Quadrat und die leere Leinwand noch hinausgelangen? Hatte die Malerei überhaupt noch eine Zukunft? Bis zu einem gewissen Grad reflektieren die Bilder aus Jennets Londoner Phase die Diskussionen jener Zeit. Aber eben nur bis zu einem gewissen Grad. Jennet hielt sich von den vorherrschenden Strömungen weitgehend frei, sie folgte einem inneren Drang, ihr verlässlichster Führer war stets ihr Instinkt. Und der hieß sie in jener Phase eben Gitter und Stäbe malen.

Aber zuerst musste sie Kaspars Fresken fertigstellen. Schon damals war ihr klar, dass die Landschaftsbilder letztlich nebensächlich waren, nur eine Fingerübung, auch wenn sie ihr Spaß gemacht hatten und hinsichtlich des meisterhaften Umgangs mit Licht und Farbe ihren besten Werken in nichts nachstehen. Doch das letzte Fresko, das Selbstporträt, war eine Herausforderung, und es machte sie nervös.

David Heaton knüpfte unterdessen wieder an seine früheren Erfolge an. Die beiden Porträts, die Corinnes Mann in Auftrag gegeben hatte, waren 1955 noch nicht fertig, doch er hatte andere Bilder gemalt, einen Hl. Sebastian, ein Porträt von Dermot in Uniform und die *Krähen*-Serie – gequält wirkende grobe schwarze Pinselstriche, noch unter dem Eindruck Spaniens entstanden –, die ausgestellt und verkauft worden waren. Und er war ein beliebter Dozent. Die Bewunderung seiner Studenten ließ ihn aufblühen, und er profitierte vom täglichen Kontakt mit anderen Künstlern. Jennet hatte mit ihrer Vermutung, dass er in England glücklicher sein würde als in Spanien, richtig gelegen. Zwar trank er jeden Abend bis zur Bewusstlosigkeit, doch das nahm sie hin – sie akzeptierte, dass er das Trinken genauso exzessiv betrieb wie alles andere in seinem Leben, genauso draufgängerisch und gedankenlos. Wenigstens war er nicht mehr von jener gefährlichen Wut erfüllt, die er in Santiago in sich gehabt hatte. Zwar machte es sie traurig, dass sie nur so wenig Zeit miteinander verbrachten, doch es gab immer noch Momente, in Cornwall etwa, wo David funkelte wie ein Diamant und die ursprünglich zwischen ihnen bestehende Anziehung wieder aufflammte.

Diese Momente wie auch ihre Erinnerungen an das Begehren ließ Jennet in ihre Studien für das Selbstporträt einfließen. Sie betrachtete sich in einem hohen Spiegel, studierte ihren Körper wie jemand Außenstehendes: als erotisches Objekt, aber mit leidenschaftslosem Blick. Sie hatte gesehen, wie er auf Davids Bildern aussah: schutzlos, verwundbar, exponiert. Sie musste nun einen Weg finden, ihren Körper auf eine Weise zu malen, die weder verschämt noch exhibitionistisch war.

Die Unlauterkeit von Leonard Kaspars Motiven war ihr keineswegs entgangen. Sie wusste, dass sie ein anstößiges, erregendes Besitzgefühl bei ihm auslöste, doch auch wenn Jennet es sich ungern eingestand, wirkte seine Erregung umgekehrt durchaus auch aufreizend auf sie. Sie hätte den Auftrag ablehnen oder noch einmal darüber verhandeln können. Dass sie es nicht getan, sondern vielmehr das Für und Wider abgewogen hatte, während sie sich vor seinem Spiegel berührte und nackt durch sein leeres Haus lief, war seinerseits auf verstörende Weise erregend.

Früher im Jahr hatte Jennet in einem Club in der Dean Street einmal eine brasilianische Tänzerin gesehen. Sie war mit David und einigen Freunden dorthin gegangen, um einen Geburtstag zu feiern, und sie alle sahen fasziniert zu, wie die Frau sich bewegte, von einem unwiderstehlichen Trommelrhythmus getrieben, der ihren Körper gleichsam zu versklaven schien. Wenn die Musik abbrach, hörte sie auf zu tanzen und nahm im Stehen, außer Atem, den Beifall entgegen. Doch kaum ertönte der nächste Trommelschlag, begann sie von Neuem, schwang und schüttelte Hände, Füße und Hüften, sodass Lichtsprenkel über die dunkle Bronze ihrer Haut tanzten und die dicken Ketten um Fuß- und Handgelenke klirrten. Am Anfang trug sie ein afrikanisch anmutendes Phantasiegewand und einen kunstvoll mit Perlen bestickten Turban, der ihre Körpergröße und ihr flächiges Gesicht noch betonte, doch als die Musik sich steigerte, entledigte sie sich einer Lage bunter Seide nach der anderen, bis sie schließlich nur mehr mit einem scharlachroten Stoffdreieck bekleidet vor ihren Zuschauern stand. Über ihre Haut zogen sich wie Tränenspuren Rinnsale von Schweiß. Jennet spürte die zunehmende Aufgereiztheit der Tänzerin wie auch der Männer, die ihr zusahen, und empfand selbst Ähnliches, während die Frau die Hüllen abwarf, teilte das Gefühl großer Lust und zugleich Scham, als die Tänzerin trotzig ihr schönes Kinn emporreckte und das gebannte Publikum fixierte, wie um zu sagen, dass sie trotz ihrer gefesselten Beine und ihrer nackten Brüste niemandem gehörte.

Anschauen und besitzen. Das zwiespältige Verhältnis von Bild und Betrachter. Besitzt der Mann, der einen Akt besitzt, auch die Porträtierte selbst? Solcherlei Fragen beschäftigten Jennet angesichts Davids Porträts von ihr und der Besitzansprüche, die Kaspar in seiner Funktion als Käufer implizit geltend machte: Inwieweit sollte ein Körper überhaupt den Blicken preisgegeben werden, und wem gehörte er dann?

Details aus Jennets Studien fanden sich in späteren Gemälden wieder – etwa die hinter einem zerrissenen Schleier sich deutlich abzeichnende Brust –, doch das Fresko für Kaspar war das einzige Bild, auf dem sie sich jemals selbst nackt malte, und auch hier entzog sie sich in gewisser Weise dem Blick. Die nackte Frau auf ihrem Bild ist nur von hinten vollständig zu sehen, ihr Gesicht und die rechte vordere Körperhälfte sind als verschwommene Reflektion in einer Scheibe sichtbar, die ein beschlagener Spiegel oder ein dunkles Fenster sein könnte. In ihrer Linken hält die Frau ein von Farbflecken übersätes weißes Herrenhemd. Auf der rechten Seite des Gemäldes steht ein Mann im Abendanzug in einer Tür. Licht fällt auf den schwarzen Stoff seines Jacketts und seine Lacklederschuhe, doch sein Gesicht ist im Schatten verborgen.

Diese dürre Beschreibung vermag den beunruhigenden Effekt des Bildes kaum zu vermitteln. Womöglich liegt er in dessen Dualitäten begründet: die nackte Frau und der bekleidete Mann, der sowohl Geliebter oder auch Eindringling sein könnte, der Kontrast zwischen der verschleierten Vorderansicht der Frau und ihrem klar erkennbaren verführerischen Rücken. Dass ihre Geschlechtsteile nur undeutlich zu sehen sind, zwingt den Betrachter, sich zwischen Zustimmung und Enttäuschung zu entscheiden. Man wird auf die Probe gestellt: Würde man die Frau, wenn man es könnte, zwingen, sich umzudrehen und einen anzusehen? Das Gefühl, als Betrachter in das Gemälde mit einbezogen zu werden, wird durch die uneindeutige innere Perspektive noch verstärkt. Schaut die Frau im Spiegel sich selbst an oder den Betrachter? Beobachtet der Mann im Abendanzug, dessen Augen man nicht sieht, unbemerkt ebenfalls die Frau? Die akkurat dargestellten Details – die ausgefransten Hemdsärmel, zum Beispiel, oder die leicht gerötete Haut zwischen den Gesäßhälften der Frau – sowie die Tatsache, dass die Figuren lebensgroß sind, vermitteln beim Betrachten des Bildes zudem den Eindruck, man habe die Tür zu einem Zimmer geöffnet, von dessen Existenz man nichts wusste, als man die Treppe zum obersten Stockwerk von Leonard Kaspars Haus hinaufstieg, eines Zimmers, zu dem man eigentlich keinen Zugang hat.

Doch von den verwirrenden, erotischen Aspekten einmal abgesehen, ist es einfach ein sehr schönes Bild. Jennet verwendete für die Wand und den Vorhang im Hintergrund die gleichen sanften Freskofarben – Apricot, Bernstein, Lila – wie für die drei Landschaftsbilder, und die Farbnuancen der Haut sowie das im Nacken zu einem losen Knoten geschlungene Haar wirken absolut realistisch. Als Kaspar das fertige Bild sah, fuhr er mit dem Finger von oben bis unten über das Rückgrat der Frau.

Im Februar 1956 hatte Vanessa einen Fieberkrampf, der sie stark schwächte und vorübergehend ihrer ohnehin nur sehr beschränkt vorhandenen Sprache beraubte. Sie wurde zur Untersuchung und Beobachtung ins Kinderkrankenhaus in der Great Ormond Street eingewiesen. Während sie dort war, erlitt Richard Mallow einen letzten, verheerenden Schlaganfall. Lorna brach ihre eigene Regel und rief Jennet an, um ihr zu sagen, dass sie auf dem schnellsten Wege nach Sherborne kommen müsse, wenn sie ihren Vater noch einmal lebend sehen wolle. Außerstande, Vanessa allein zurückzulassen, zauderte Jennet einen Tag lang, dann nahm sie sie aus der Klinik und fuhr, die Kleine in Decken gehüllt auf dem Rücksitz, mit ihr nach Dorset.

Richard war im Krankenhaus, wieder in einem Gitterbett. Er lag in seinen Kissen wie eine nicht verhüllte Leiche, mit geschlossenen Augen und hängendem Unterkiefer, als wäre das Band, mit dem normalerweise das Kinn hochgebunden wurde, gerade nicht aufzufinden. Seine Haut war klamm und grau wie Haferschleim. Nur sein keuchender, unregelmäßiger Atem und sein gelegentliches leises Stöhnen zeigten, dass er noch nicht tot war. Jennet wachte die ganze Nacht bei ihm, saß unbequem auf einem hochlehnigen Stuhl, Vanessa in ihre Arme gebettet, und es kam ihr vor, als würden der sieche Mann und das Mädchen in ihren flachen Atemzügen – jeder einzelne davon aus Gründen, die sich den Lebenden nicht erschlossen, und doch gleichermaßen trostlos und untröstlich – zu einer Einheit verschmelzen, Kind und Vater, Erzeuger und Gezeugte, außerhalb der Reichweite von Sprache und Verstand, einen Leidensweg beschreitend, dessen Ausgang doch längst feststand. Gegen vier Uhr morgens schlief Jennet erschöpft ein, und als sie wieder aufwachte, war zwischen den zugezogenen Vorhängen ein schmaler grauer Lichtstreifen zu sehen. Vanessa lag friedlich in ihren Armen, die Augen weit offen, und ihr Vater, ebenfalls friedlich, war tot.

Nach Richards Tod half Jennet ihrer Mutter, seine Kleider und Papiere auszusortieren, und bei dieser Gelegenheit stieß sie auf seine gesammelten Predigten, seine Gedichte und seine Tagebücher, von deren Existenz sie bis dahin nichts gewusst hatte. Schmeiß den ganzen Plunder weg, sagte Lorna, doch Jennet nahm die Aufzeichnungen mit nach Hause und las sie in den folgenden Monaten nach und nach, um einen Mann trauernd, den sie, wie ihr jetzt klar wurde, kaum gekannt und zweifellos vernachlässigt hatte. Sich ihm über seine unzensierten Schriften nachträglich anzunähern hieß, einen völlig anderen Mann als den zu entdecken, den sie zu seinen Lebzeiten für gegeben genommen hatte. Ob Richard Mallow seine privaten Aufzeichnungen vernichtet hätte, wenn er besser auf seinen Tod vorbereitet gewesen wäre? Oder hätte er sie so aufbewahrt wie Jennet die ihren, halb versteckt, mehr oder weniger geheim gehalten, einerseits dazu gedacht, gelesen zu werden, andererseits sich dem Zugriff verwehrend, wie eine Tür mit der Aufschrift »Privat« oder eine schlangenförmige Skulptur, auf der steht »Nicht berühren«?

Jennet las Richards Tagebücher Wort für Wort. Als Kind hatte sie ihren Vater geliebt, ihn als Verbündeten gegen ihre wütende, frustrierte Mutter betrachtet – ein ausgeglichener Mensch, der Bücher und Kenntnisse weitergab, aber stets unbeteiligt und distanziert war. Im viktorianischen Zeitalter aufgewachsen, war Richard kein Mann, der seinen Gefühlen Ausdruck verlieh. Jennet hatte ihn nie die Worte »Ich liebe dich« sagen hören. Und doch waren seine Tagebücher von Liebe erfüllt: seiner Liebe zu Lorna, als sie noch jung war, zu seinen Enkelkindern, vor allem zu Vanessa, die er als eine Art Gottesgeschenk betrachtete, und, am überraschendsten, zu einem jungen Mann in seinem Regiment, der in der Schlacht an der Somme gefallen war. Für ihn hatte Richard Sonette geschrieben, Sonette über die Schönheit und vergeudete Jugend dieses namenlosen Mannes und der vielen Tausend, die gefallen waren wie er. Immer wieder gab es lange Auslassungen über die Schrecken des Krieges, den Schlamm, die Barbarei, die eiternden Wunden, die peinvollen, unerträglichen Gräuel. Nicht zuletzt waren Richards Aufzeichnungen auch eine quälende Dokumentation seiner Bemühungen, das Sterben zu rechtfertigen und sein Leben durch die Kontemplation der Todesangst Christi im Garten Gethsemane wieder zu heiligen, und seines grundlegenden Scheiterns. Wieder und wieder hatte Richard in seinen Jahren als Pfarrer darum gekämpft, die kleine Flamme des Glaubens, die ihn am Ende des Krieges das geistliche Amt hatte ergreifen lassen, erneut zu entfachen, doch es war ihm nicht gelungen. Zum Schluss schrieb er einfach nur, dass nichts mehr geblieben sei. Nichts. Ödnis. Unendliche Leere.

Kunstwerke sind unendlich einsam, hat Rilke einmal sinngemäß geschrieben, und Einsamkeit ist ein dominantes Element in Jennet Mallows Londoner Gemälden. Die Bilder weisen enge Begrenzungen auf, Umrandungen, Kästen, Rahmen. Und doch wirken sie keineswegs beklemmend, im Gegenteil: Ihre Begrenzungen haben widersinnigerweise etwas Befreiendes. Im Innern jedes Kastens oder Käfigs befindet sich ein außerordentlich schönes, anregendes, isoliertes Bild, das gerade deshalb, weil es eingesperrt ist, besonders heftig mit den Flügeln schlägt – der Verlust der Freiheit beweist, dass es die Freiheit gibt. Ein Falke, der in einem Vogelhaus eingeschlossen ist, trägt mit seinem traurigen Körper und den grausam gestutzten Flügeln das Ideal des Fliegens gleichsam in konzentrierter Form in sich.

Betrachtete man bei der zwei Jahre nach Jennets Tod veranstalteten Retrospektive im Guggenheim Museum ihre gesammelten Londoner Bilder, Arbeiten aus über zehn Jahren, die in dem spiralförmigen Raum chronologisch gehängt waren, dachte man unwillkürlich an Musik. An die *Goldberg-Variationen*, zum Beispiel. Eine perfekte, eigentlich ganz einfache Melodie, die in ineinandergreifenden, immer weiter ausholenden Windungen ausgesponnen wird, so wie ein Glasmacher mithilfe einer Glasmacherpfeife aus geschmolzenem Sand und Soda ein zerbrechliches Meisterwerk schafft.

Zunächst waren da die Gesichter, die Kinder und der alte Mann, und die identifizierbaren Porträts. Sind die Gesichtszüge anfangs klar herausgearbeitet – das Delafield-Porträt ist so detailliert und von solch durchscheinender Farbigkeit, dass es an elisabethanische Miniaturen erinnert und den Porträtierten wie einen melancholischen Dichter im Bann der Heideröschen aussehen lässt –, so werden sie in der Folge geisterhafte, flüchtige Eindrücke wie aus einem Traum. Später malte Jennet Teile eines menschlichen Körpers – es war ihr eigener: Unterarm, Brust, Hals, Schulter, gebeugter Ellbogen, Kniegelenk, Knöchel, alle einzeln, als wäre der Körper zerhackt worden. Es gab zwei Serien, die erste schonungslos realistisch, die zweite eher impressionistisch. In der einen sieht man die Körperteile hinter einem gemalten Drahtgeflecht, als wären sie in einem Fliegenschrank eingeschlossen, in der anderen Serie sind sie von getuschtem Stacheldraht überzogen.

Mit der Zeit wurden die gemalten Gitter und Geflechte durch echte ersetzt, die Jennet auf Holzbretter klebte oder nagelte, sodass die Bilder eine dritte Dimension gewannen, zu tatsächlichen Käfigen wurden. Zugleich wurden die Gemälde größer. Die Köpfe hatte sie in kleinen Formaten gemalt. Die letzten Bilder aus Jennets Londoner Phase, die vergitterten Landschaften aus dem Jahr 1967, sprengen mit rund zweieinhalb mal fünf Metern das gängige Format.

Parallel zu den größer werdenden Formaten – und bis zu einem gewissen Grad durchaus in Verbindung damit – wuchs Jennets Ansehen. 1956 war sie noch relativ unbekannt, zehn Jahre später war sie berühmt. Warum? Es gibt mehrere Gründe. Der vielleicht unwesentlichste hat nichts mit ihrer Arbeit zu tun, sondern ist schlichtweg ein glücklicher Zufall: Ihre produktivste Zeit fiel mit einem kulturellen Energieschub in Großbritannien zusammen.

Großbritannien im Jahr 1956, dem Jahr der Suez-Krise und des Ungarischen Volksaufstandes, aber auch dem Jahr von »Rock Around the Clock« und *Blick zurück im Zorn*, war ein Land im Umbruch, in dem man allem Neuen mit Begeisterung entgegensah. Neue Kleider, neue Musik, ein neues Establishment, neue Kunst: Im Januar jenes Jahres wurde in der Tate Gallery die Ausstellung »Modern Art in the United States« eröffnet, in der zum ersten Mal Werke des Abstrakten Expressionismus gezeigt wurden. Neue Zeitschriften, einige Jahre später die erste farbige Sonntagsbeilage, und alle wollten irgendwie ihre leeren Seiten füllen. Wer eignete sich da besser für eine Titelseite als eine schöne junge Frau, die ihren eigenen Weg als Künstlerin ging? Und dann auch noch eine junge Frau, die romantischerweise mit einem fotogenen Maler verheiratet war, sodass für diejenigen Leserinnen und Leser, die sich keinen Deut für die Kunst interessierten, aus der Lifestyle- und Herzschmerz-Perspektive berichtet werden konnte. Wie Jennet stand auch David Heaton Anfang der Sechzigerjahre im Rampenlicht – plötzlich wurden sie beide hofiert, doch vor allem wurden ihre Werke der Öffentlichkeit bekannt gemacht.

Patrick Mann machte sich das geschickt zunutze. Er hatte eine Begabung dafür, Beziehungen zu knüpfen, und wusste immer genau, mit wem er sprechen musste und wie er die größtmögliche Aufmerksamkeit erregen konnte. Jennets zweite Einzelausstellung, die im Dezember 1957 in seiner Galerie stattfand, war die erste Salve in einem Feuerwerk sensationeller Erfolge, das Patrick in die Wege geleitet hatte. Zur Feier der Ausstellungseröffnung gab Leonard Kaspar eine Party in einem Haus in der Mount Street, die Jennet mehr Angebote einbrachte, als sie je hätte realisieren können. Sie lehnte Dutzende von Aufträgen für Wandgemälde ab. Zum ersten Mal in ihrem Leben konnte sie malen, was sie wollte, und sicher sein, dass hundert Käufer Schlange stehen würden, um sich das jeweilige Bild unter den Nagel zu reißen.

Doch sie kauften nicht deshalb, weil sie Jennet in der Zeitung sahen. Die Käufer der kulturellen Institutionen kamen unter anderem, weil Jennet Britin war – was insofern einer gewissen Ironie nicht entbehrt, als sie oft sagte, dass sie sich nie sonderlich britisch gefühlt habe und sich in jener Zeit unsicher gewesen sei, wo sie überhaupt hingehören wollte. Trotzdem, die nationale Identität war ein Verkaufsargument für Kuratoren, die zu einer Zeit öffentliche Gelder ausgaben, als »Britishness« ein neues Marketingkonzept war und sich vor allem über den Unterschied zum Amerikanischen definierte. In den Fünfzigerjahren walzten die großen amerikanischen Maler im Verein mit der industriellen und der militärischen, der politischen und der ökonomischen Phalanx die restliche Welt nieder. Elvis Presley, Coca-Cola, Jackson Pollock, Hollywood. Kein Wunder also, dass das kleine England, dem so oft in liebenswürdigem Ton mitgeteilt wurde, dass es bequem im Bundesstaat Texas Platz fände, nach eigenen Helden Ausschau hielt.

Jennet war eine ideale Kandidatin, denn sie war nicht nur jung und weiblich, sondern malte auch in einem ganz eigenen und zugleich international vermittelbaren Stil. Auch David Heaton profitierte von dieser leicht verzweifelten Aufwallung von Nationalstolz, doch aus anderen Gründen: Das spezifisch »Englische« seiner Malerei, das er zehn Jahre zuvor durch seine Umsiedelung nach Spanien hatte ablegen wollen, arbeitete jetzt ganz entschieden für ihn. 1960 wählte der British Council für eine Wanderausstellung, die in verschiedenen osteuropäischen Ländern gezeigt wurde, ihn als Vertreter der jungen Maler aus.

Zeit und Ort waren also mitverantwortlich für Jennet Mallows Ruhm. Und natürlich das Glück, zu einer Zeit schön zu sein, als der äußere Eindruck wichtig war. Doch waren dies nicht die wichtigsten Gründe. Dass Jennet Mallows Bilder sich verkauften und ihr Platz unter den bedeutendsten Künstlern des zwanzigsten Jahrhunderts bis heute unangefochten ist, hat in erster Linie den einfachen Grund, dass sie brillant war und herausragende Werke geschaffen hat. Man schaue sich nur *Klares Glas* an. Reines Leuchten, Anmut, Harmonie. Niemand anders konnte so malen.

Ruhm und Glück also. Reicht das nicht? Es sind beides keine Garanten für ein erfülltes Leben, aber das heißt nicht, dass sie nicht von Bedeutung wären. Für Jennet waren sie von größter Bedeutung, denn sie verschafften ihr mehr Zeit, mehr Raum und schließlich Unabhängigkeit. Nach dem Erfolg ihrer zweiten Ausstellung wurde eine vom Arts Council geförderte Wanderausstellung veranstaltet, und im September 1959 folgte Jennets erste Ausstellung in New York, bei Hagopian's in der Madison Avenue. Jennet verdiente jetzt genug, um die ersehnte Haushaltshilfe zu bezahlen und ein Haus zu kaufen. Das war ihr nicht nur deshalb wichtig, damit die Familie mehr Platz hatte, sondern auch, weil sie hoffte, einen Ort zu finden, wo sie sowohl wohnen als auch malen konnte. Ihr Atelier in Battersea war angesichts der immer größeren Formate, in denen sie arbeitete, zunehmend ungeeignet. Nachdem sie sieben Jahre lang in Formaten gearbeitet hatte, die – von Kaspars Fresken einmal abgesehen – in jeden Salon passten, verlangte es sie jetzt nach größerer Ausdehnung. Es war, als müssten die Gitter und Geflechte, um jeglicher klaustrophobischer Anmutung entgegenzuwirken, nun durch schiere Größe ausgeglichen werden. Nicht zuletzt waren die großen Formate auch eine Reaktion auf die Nachfrage seitens der Kuratoren. Jennets frühe Werke waren für private Räume geschaffen, die späteren eher für öffentliche.

David Heaton nutzte 1959 nach wie vor Corinne Goldings Atelier in der Nähe des Portman Square. Es sei praktisch, sagte er, doch er brauche es ohnehin nicht oft, da er in Stockwell seinen eigenen Raum habe. In seinem Leben hatte sich ein Rhythmus eingespielt, an dem er nichts ändern wollte: Er stand spät auf, unterrichtete vier angenehme Nachmittage die Woche ihn vergötternde Studenten und hatte trotzdem noch genug Zeit für seine eigene Arbeit, die nun auch Porträts umfasste. Zeit für Freunde und lange Nächte. Besonders Letzteres. Ihm gefiel das, Jennet weniger. Liebst du mich, David?, fragte sie ihn einmal. Moment mal, sagte er. Was ist denn das für eine blöde Frage, natürlich liebe ich dich.

Wenn sie ein Haus fände, dachte sie, das groß genug wäre, ein mehrstöckiges, von einem klaren, nördlichen Licht durchflutetes Haus, dann könnten David und sie beide ihr Atelier dort haben und wären nicht mehr so oft getrennt. Während der Schulzeit wäre es still in diesem Haus, die Kinder wären tagsüber weg, und vielleicht würden David und sie sich gelegentlich nachmittags lieben, nach einem arbeitsamen Vormittag. Es war schon so lange her, dass sie sich am Tag geliebt hatten. Ein schlichtes, harmonisches Leben erträumte sie sich: Stunden klösterlich-intensiver Arbeit in der summenden Stille eines Refugiums, das dadurch noch sicherer wurde, dass sie es mit David teilte, ihre Sehnsucht nach der Weite von Himmel und Meer durch die in Cornwall verbrachten Sommer gelindert, und zwischen David und ihr eine wachsende Nähe, während sie, selbstbewusst und erfolgreich, allmählich älter wurden.

Allein zu sein ist leicht, wenn man jung ist. Es ist leicht, wenn die unbegrenzt vor einem liegenden Jahre voller Möglichkeiten sind und aus jeder Zufallsbegegnung Liebe werden kann. Doch Alleinsein ist nicht mit Einsamkeit zu verwechseln. Als Kind hatte Jennet viel Zeit allein verbracht, und als junge Frau war sie sich selbst genug gewesen. Mit Mitte dreißig begriff sie allmählich, wie kurz das Leben war.

Vor seinem Tod hatte Jennet nicht geahnt, wie sehr ihr Vater ihr fehlen würde. Sie hatte ihn in den letzten Jahren so selten gesehen. Er war ihr ähnlich fern wie Gott, sie liebte ihn, wenn überhaupt, eher abstrakt und dachte kaum an ihn. Wie erschütternd, nun festzustellen, dass ihr Vater seit seinem Tod ständig gegenwärtig war. Sie spürte ihn hinter sich, er beobachtete sie bei der Arbeit und beurteilte sie, so wie er es immer getan hatte: streng, aber nicht unfreundlich. Sie sah ihn aus dem Augenwinkel. Doch seine Gegenwart hatte nichts Tröstliches. Vielmehr war sie ein Vorwurf, eine Warnung, eine Erinnerung daran, wie wenig Zeit ein Leben umfasste und wie viel davon man in Einsamkeit verlor. Jennet wusste, dass Richard Mallow in seinem Unglauben einsam gewesen war und dass seine Frau jetzt einsam war, wie auch schon während ihrer gesamten Ehe. Zwei Leben, die nicht miteinander verbunden waren.

Einsamkeit wahrzunehmen erschreckte Jennet. Weniger bei sich selbst als bei anderen Menschen: Lorna, Barbara, Vanessa. Und bei David, der immer noch und immer wieder das Vergessen suchte, seine Albträume in seinen Gemälden von gequältem Fleisch vergrub. Der Tod ihres Vaters öffnete ihr die Augen, und es war seine Stimme, die ihr befahl, zu handeln, zu retten, was sie hatte, bevor es zu spät war.

Fleisch, Knochen, Sehnen, Blut. Hirn, Herz und Seele. Ein ganzer Mann, jeglicher Mann, ein Mann im wahren Leben, nicht auf dem Papier. Ein Mann wie David Heaton, ein aus Widersprüchen, komplexen Strukturen und Verbindungen, Proteinen, Molekülen und Zellen bestehendes Ganzes. Solch ein Mann lässt sich in geschriebene Worte fassen, doch geht dabei eine Dimension verloren. Mit welchen Worten David Heaton beschrieben wurde, hing davon ab, wer ihn beschrieb. Charismatisch, mochten etwa seine Freunde sagen, aber unberechenbar. Großzügig und geizig, talentiert, aber verschwenderisch, rücksichtslos gegenüber sich selbst und anderen. Ja, und unglaublich attraktiv, mochten Liebende hinzufügen, jedenfalls ehe der Alkohol seine Spuren hinterlassen hatte. In seiner besten Zeit hätte David mit seinem Blick das Herz einer Statue zu erweichen vermocht.

Jennets Biograph hätte andere Worte wählen können – zerstörerisch, egoistisch, zum Untergang verdammt –, doch hätte er damit unbequeme Wahrheiten ignoriert. Es ist ein Problem: Wie porträtiert man einen Mann, der sich von einem Tag zum anderen, von einem Moment zum anderen verändert wie ein Chamäleon auf einem Regenbogen? Jennet hat ihn natürlich selbst porträtiert, aber sie war nicht auf das schwerfällige Instrument der Sprache angewiesen. Da sind die Zeichnungen, die sie im Laufe ihrer zwanzigjährigen Ehe anfertigte, der Akt von 1952, das kalte Gesicht von *El Muerto* und das 1956 entstandene Porträt von David hinter gemalten Gitterstäben. Und dann gibt es jene Studie des malenden David, die sie Anfang September 1960 fertigstellte, kurz vor dem Unzug in das neue Haus. Es ist das letzte Porträt, das Jennet von ihm malte, und ihre Gefühle für ihn kommen darin präzise zum Ausdruck. Zärtlichkeit, Verzweiflung, Angst und Hoffnung. David sitzt auf einem hochlehnigen Stuhl vor einem grauen Hintergrund, vielleicht der Wand seines Ateliers. Sein Gesicht ist leicht zur Seite gedreht, doch die Augen blicken den Betrachter unverwandt an. Der eine Arm liegt auf der Stuhllehne, die aus einer losen weißen Manschette ragende Hand hängt herab, die andere Hand hält ein Brett, auf dem die Zeichnung einer Frau befestigt ist. Zu dieser Zeit hatte David Jennet als Motiv wiederentdeckt, die gezeichnete Frau ist also vermutlich sie. Ihre Verbindung miteinander ist in dem Bild zu spüren.

Sind schon die Hände auf dem Gemälde außergewöhnlich – die langen, knochigen Finger, scheinbar locker und doch angespannt, sind so realistisch dargestellt, dass man meint, sie müssten gleich aus der Leinwand greifen –, so ist es das Gesicht noch viel mehr. Wer David Heaton kannte, dem geht es richtig unter die Haut. Das ungekämmte Haar ist immer noch dunkel wie ein Wald in der Dämmerung, nur an der hohen Stirn beginnt es sich etwas zu lichten. Die schwarzen Augenbrauen, die schmale Adlernase. Der Mund ohne die Andeutung eines Lächelns, auf der Unterlippe eine Linie in kräftigerem Rot, als hätte er sich daraufgebissen oder als wäre sie aufgesprungen. Der struppige Bart, den er sich seit einem Jahr stehen ließ, in scharfem Kontrast zum hochgeklappten Kragen. Das eine Ohr ist sichtbar, es steht ein bisschen vom Kopf ab. Und dann die Augen: tieftraurig, düster. Es ist unverkennbar, dass die Frau, die diese Augen und den Ausdruck darin malte, den Porträtierten liebte.

Bridge House. Niemand wollte die alte Bruchbude am Ende des Cheyne Walk, das Haus war unbrauchbar, heruntergekommen, ja halb verfallen, mit großen Löchern im Boden. Doch es hatte riesige Zimmer, mannshohe Fenster und einen schmiedeeisernen Balkon, und an einer Pergola im Garten behauptete sich eine kümmerliche Kletterpflanze. Jennet fand es wunderbar. Es war ein Überlebender inmitten neuer Gebäude, ein Flüchtling: Es hätte auf den Marktplatz eines französischen Dorfs gepasst. Hier, an der Ecke einer dunstigen Londoner Straße wirkte es fremdländisch und bei aller Baufälligkeit irgendwie trotzig. Außerdem strömte durch die hohen Fenster das Licht vom Fluss mit seinen Grau- und Grüntönen, seinem Silber und Blau herein und hinterließ scheckige Muster an der Wand, als wäre das trübe Flusswasser mit dicken Pinselstrichen aufgebracht worden. Die Fenster waren von steinernen Faschen umrahmt, und an manchen hingen noch die zersplitterten Überreste alter Fensterläden.

Eine echte Ruine, sagte David. Stimmt, aber Roddy wird sie herrichten, versicherte ihm Jennet, und sie dachte an Roddy MacNamaras Stetigkeit und Kraft, an seinen sauberen, sandigen Geruch, an seine Schultern unter dem weißen Overall. Wer wäre besser geeignet als er, dieses Haus zu einem Ort der Ruhe und Zuflucht zu machen?

Vanessa ist mit acht Jahren zart wie eine Pusteblume. Helles, flaumiges Haar um ein schmales weißes Gesichtchen, die Augen von einem fahlen Blau. Sie kann jetzt laufen und spricht sogar ein bisschen, vielleicht würde sie mehr reden, wenn es mehr gäbe, was sie gern sagen würde. Mit dem Verstehen hat sie jedenfalls keine Probleme. Aber für gewöhnlich ist sie still, antwortet auf Fragen eher mit einem Nicken oder Kopfschütteln als mit Worten. Da ist sie ganz die Tochter ihrer Mutter. Jennet behielt ihre Meinung als Kind auch meistens für sich, allerdings verbarg sich hinter ihrem Schweigen ein äußerst reger Verstand, während Vanessas Schweigen eher Leere suggeriert. Wie ihre Mutter in diesem Alter ist Vanessa am glücklichsten, wenn sie Papier und Buntstifte zur Hand hat, schon bevor sie sprechen lernte, malte sie gern. In der Zeit, als Jennet sie ins Atelier mitnehmen musste, konnte sie Vanessa so immer gut beschäftigen: Sie setzte sie einfach mit Zeichenblock und einer Handvoll dicker Wachsmalstifte irgendwohin, doch auch jetzt noch sitzt Vanessa stundenlang an dem Tisch im Spielzimmer und bedeckt ein Blatt nach dem anderen mit ihrem bunten Gekritzel.

Schuldgefühle wegen Vanessa bilden einen der Grundtöne in Jennets Leben. Seit drei Jahren besucht die Kleine eine Sonderschule in der Sloane Street, wo sie sich, soweit Jennet weiß, durchaus wohlfühlt. Sie hängt sehr an Mabel, die sie jeden Morgen mit dem 19er-Bus zur Schule bringt und sich nachmittags, in den Ferien ganztags, zu Hause um sie kümmert. Und doch sind da so viele Kompromisse. Die Schulgebühren sind saftig: Einer der größten Vorteile von Jennets Erfolg ist, dass sie genug verdient, um sie bezahlen zu können. Sie sagt sich, dass die Schule ihrer Tochter guttut. Sie sagt sich, dass die engelsgleiche Mabel mit ihren schwingenden Hüften und schlanken Fesseln, die eine ähnliche Verlässlichkeit und Wärme ausstrahlt wie Jennets heiß geliebte, unvergessene friesische Rinder, der ideale Mutterersatz ist. Besser als die echte Mutter, erlaubt Jennet einer inneren Stimme zu behaupten. Doch der Ausdruck in Vanessas Augen, wenn sie morgens in die Schule gekarrt wird, straft diese Sirenenstimme Lügen. Schick mich nicht fort, sagt er, lass mich bei dir bleiben.

Es ist ein Ausdruck, den Jennet auch in den Augen ihres Sohnes sah, wenn sie ihn als kleinen Jungen in die Schule brachte. Im Gegensatz zu Vanessa fasste Ben es in Worte: Geh nicht weg, Mummy. Wenn du mich lieben würdest, dann würdest du mich nicht an diesem kalten Ort zurücklassen, nicht einfach weggehen. Ben ist jetzt älter und hat gelernt, seine Gefühle zu verbergen, aber manchmal huscht dieser verletzte Ausdruck noch über sein Gesicht – wenn sie zu beschäftigt ist, um ihm ihre ungeteilte Aufmerksamkeit zukommen zu lassen, oder wenn er weiß, dass sie ihm nicht zuhört. Sie kennt diesen Ausdruck nur zu gut. Sie hat ihn in den Augen ihres Vaters gesehen, jedes Mal wenn sie nach einem ihrer seltenen Besuche wieder fuhr, auch damals in Sherborne, als sie ihn zum letzten Mal bei Bewusstsein erlebte. Bei Lewis Delafield hat sie diesen Blick kürzlich ebenfalls gesehen. Manche Leute allerdings schauen nie so drein: Corinne zum Beispiel. Oder Sarah. Sarah ist das Gegenteil von ihrer Schwester, sie hat einen Wust dunkler Locken statt Vanessas dünnem Gezausel und jauchzt und tanzt und hüpft durchs Leben, nichts scheint sie zu belasten, und sie lässt nicht zu, dass sich irgendetwas ihrem Willen in den Weg stellt.

Sarah macht es nichts aus, wenn Jennet nicht zu Hause ist, doch den anderen Kindern schon. Bring mir was mit, sagt Sarah, Ben hingegen schmollt, und Vanessa wirkt verwirrt, als wäre sie sich nicht sicher, ob Jennet wiederkommt. Was hätte Jennet tun sollen? So viele Kompromisse. Sie redete sich ein, dass sie ihren Kindern doch Sicherheit erkaufe. 1960 reiste sie zweimal nach New York, einmal nach Zürich und einmal nach Frankfurt, und 1961 vertrat sie Großbritannien auf der Biennale in Venedig. Im darauffolgenden Jahr flog sie nach Rio de Janeiro und nach Neu Delhi. Ihr Leben wurde immer betriebsamer. Es gab Vernissagen, Partys, offizielle festliche Anlässe. Sie brauchte wieder mehr Zeit zum Malen. Irgendwo musste sie Abstriche machen.

Die Biennale in Venedig? David Heaton ist empört, und einen Moment lang zeigt er es auch. Schließlich ist er doch der spannendste Maler der britischen Szene. In der Whitechapel Gallery ist gerade eine Ausstellung namens New Faces zu Ende gegangen, die neue Entwicklungen in der Porträtmalerei sowie vielversprechende neue Maler feierte. David war der unangefochtene Star der Schau. Es wurden drei seiner neueren Porträts von Jennet gezeigt, ein anrührendes von Davids Mutter in der Zeit, als sie von einer Krebserkrankung genas, und die beiden zusammengehörigen Porträts von Corinne und Victor Golding. Lebensgroß, in voller Statur – man war sich einig, dass dies Davids beste Arbeiten waren. Victor im dunkelgrauen Anzug, Corinne nackt. Victor mit einem Ellbogen auf das schöne marmorne Kaminsims gestützt, eine Zigarette in der erhobenen Hand, im Hintergrund sein Canaletto, Corinne vor dem gegenüberliegenden Kamin, eine Hand an der Hüfte, die andere an den Kopf gehoben, als wollte sie sich das Haar zurückstreichen. Oder als hätte sie Kopfschmerzen, sagte Jennet, als sie das Bild zum ersten Mal sah.

Du bist ja bloß eifersüchtig, spottete David.

Stimmt, ein bisschen schon, gab sie zu. Warum hast du Victor mit Kleidern gemalt, aber Corinne ohne?

Weil Corinne viel hübscher ist als Victor. Außerdem hast du dich für Kaspar ja auch nackt gemalt.

Jennet war überrascht. Sie hatte damals mit David über das Bild gesprochen, und er hatte keine Vorbehalte geäußert. Wie auch, wo er selbst doch ihren Körper immer wieder der Öffentlichkeit präsentiert hatte? So auch in der Whitechapel Gallery: auf dem Boden kauernd, fröstelnd unter der laufenden Dusche, auf einem zerknitterten Laken liegend. Was denn der Unterschied zwischen diesen Bildern und dem Gemälde für Kaspar sei, wollte sie wissen.

Wer dein Selbstporträt sieht, antwortete David, wird annehmen, dass du Kaspars Geliebte warst. Es womöglich noch bist. Und, bist du es?

Jennet dachte daran, wie Kaspar manchmal durch ihr Atelier in Battersea schlich – seine weichen, unbehaarten Hände. Kaspar kommt gern unangemeldet bei ihr vorbei und findet ganz offensichtlich, dass das sein gutes Recht ist. Mit jedem Kauf, den er tätigt, wächst sein Besitzgefühl. Er geht mit den geübten, zügigen Handbewegungen eines Blackjack-Croupiers die an der Wand lehnenden Leinwände durch. Was gibt's Neues?, fragt er. Er will immer das Vorkaufsrecht haben. Jennet stört es, dass er in ihren unfertigen Arbeiten herumschnüffelt, es suggeriert eine Nähe, die sie nicht verspürt. Sie fühlt sich in seiner Gegenwart befangen: Es gibt ganze Bereiche in seinem Leben, zu denen sie keinen Zugang hat, zum Beispiel weiß sie nichts über seine Kindheit oder darüber, was er bei seinen langen Auslandsaufenthalten tut. Sie weiß nicht, ob er Geliebte hat. Aber sie weiß, dass Kaspar – bislang – nicht ihren leiblichen Körper begehrt. Wenn er sie anfasst, wenn er ihre Hand nimmt oder den Arm um ihre Taille legt und sie irgendwohin führt, ist es die Berührung des Besitzers, nicht des Verehrers. Auf dieselbe Weise fährt er auch mit dem Finger über die Seite der schönen bronzenen Tänzerin von Marini, die er erst kürzlich erworben hat. Er fasst die Dinge, die er gekauft hat, gern an.

Corinne Golding auf Davids Gemälde lädt dazu ein, sie zu berühren. Sie ist sehr schön anzusehen: ihre festen Brüste, die langen weißen Beine, der messingne Schimmer des Schamhaars, ihr amüsierter, verführerischer Blick, der leicht geöffnete Mund. In der Whitechapel Gallery zog dieses Gemälde viele Bewunderer und potenzielle Käufer an, und es bewegte andere Frauen dazu, sich David Heaton als Modell anzubieten. Die Tate Gallery kaufte das Bild von Jennet unter der Dusche. Der Familienvorstand einer äußerst vermögenden Bankerfamilie mit hervorragenden Verbindungen beauftragte David, Porträts der gesamten Familie zu malen, von seiner neunzigjährigen Mutter bis hin zu seinem Enkel. Dreizehn Porträts: viel Zeit und viel Geld. David hatte eine Glückssträhne und wusste es, doch etwas nagte an ihm, vielleicht hätte er sich mehr gefreut, wenn Jennet nicht auch so erfolgreich gewesen wäre.

Oder sogar noch erfolgreicher. Venedig also? Prestige und Ehre und, ganz wichtig, Beachtung durch den internationalen Markt, was David mehr als alles andere wollte. Die lang zurückliegenden höhnischen Bemerkungen über seinen spezifisch englischen Stil fuchsten ihn noch immer. Vor zehn Jahren hatte sich David als Vorläufer einer wichtigen Bewegung gesehen, einer neuen Kunst, in der die lange Tradition der figürlichen Malerei neue Bedeutung gewinnen und zum Ausdruck bringen würde, was in einer gefährlichen neuen Welt gesagt werden musste. Mochte er sich auch über Richard Benjamin lustig machen, so missachtete er ihn doch keineswegs. In den Trümmern Nachkriegseuropas war Kunst laut Benjamin sinnlos, wenn sie nicht einem moralischen Zweck diente. Was in aller Welt sollte nach diesem Grauen, diesem Gemetzel – das nach allem menschlichen Ermessen weitergehen würde – das Porträt einer Dame der Gesellschaft für einen Sinn erfüllen?

Bei seiner Umsiedelung nach Spanien im Sommer 1950 war David von Entschlossenheit beflügelt gewesen. Es sollte ein neuer Anfang für ihn sein, ein neues Kapitel, in dem er den Albtraum seiner früheren Erlebnisse in universelle Bedeutung ummünzen würde, so wie Picasso das Leiden der Basken in ein Bild umgemünzt hatte, angesichts dessen niemand, der bei klarem Verstand war, den Krieg noch gutheißen konnte. Mit dem Lazarus-Gemälde und dem uniformierten Toten hatte David begonnen, seine Gedanken und Gefühle in seiner Malerei zum Ausdruck zu bringen. Doch diese Bilder waren von einem schmierigen Kritiker als provinziell abgetan worden. David hatte übernationale Kunst schaffen wollen. Und was war in den zehn Jahren seither geschehen? Seine Genialität und Leidenschaft waren in Bildern von nackten Frauen, insbesondere seiner eigenen Frau, verläppert. Ein großer Teil seiner Lebensenergie war in den Brauntönen und dem Rosé ihrer Haut aufgegangen. David erinnerte sich daran, wie die elisabethanischen Dichter den sexuellen Höhepunkt sahen, als ein Verströmen der Lebensgeister, eine Verschwendung kostbarer, endlicher Ressourcen. Das war es, was falsch gelaufen war: Statt seine Kräfte zu verausgaben, hätte er sie aufsparen und dazu nutzen sollen, in Kadmiumrot und Neapelgelb die Wahrheit zu verbreiten. Doch er hatte sie auf all die feinen Brauntöne, die korallenfarbigen Falten und Mulden von Jennets Körper verschwendet.

Und jetzt Venedig. Jetzt war Jennet – mit der er infolge einer Entwicklung, die nicht ganz seinem eigenen Willen entsprochen hatte, verheiratet war, Jennet, die er auf seine Weise liebte – Mutter der Kinder, die er liebte, Teilzeitmalerin, die in den Stunden arbeitete, die ihr nach Haushalt und Kinderversorgung verblieben. Ebendiese Jennet also war aus den Reihen der britischen Künstler ausgewählt worden, um die Besten von ihnen in Venedig zu vertreten. Der britische Pavillon würde ein Schrein sein, der von ihren seltsam gedämpften Bildern mit all den Gittern und Stäben erfüllt war. David wünschte, er könnte neidlos stolz auf sie sein, doch bei allem Bemühen gelang es ihm nicht.

Venedig im Mai also, so schön wie auf den Bildern, zur Eröffnung der Biennale. Jennet in einem Kleid von Jean Muir und David, der sich einen Champagner nach dem anderen von den Tabletts der vorbeigehenden Kellner nahm, bis er nicht mehr stehen konnte. Es war

Lewis Delafield, der ihn auffing, als er strauchelte. Lewis war gekommen, um über die Biennale zu schreiben und Jennet zu preisen. An den Wassern des Canale Grande saß ich und weinte, sagte David, und das tat er tatsächlich, bis ihn Lewis und ein Portier die Hoteltreppe hochschleiften und ins Bett brachten.

Lewis Delafield, der Jennet Mallows erste Ausstellung im Jahr 1953 besprochen hatte, war ihr Fürsprecher geblieben und zum Freund geworden, als sie sich zwei Jahre später in Cornwall persönlich kennengelernt hatten. Er lebte dort mit Elizabeth Foy zusammen, die als äußerst vielversprechende neue Bildhauerin galt, später dann aber die allseitigen Erwartungen enttäuschte, als sie ins Kloster ging. Ihre Bekannten waren schockiert, empfanden es als wahre Verschwendung, außerdem wussten sie, dass Elizabeth Lewis liebte. Doch dieser hatte etwa ein halbes Jahr zuvor eine andere Frau geheiratet, Deirdre, eine seltsame Wahl. Seltsam deshalb, so fanden seine Freunde, weil sie ernst und langweilig war und sich offensichtlich nicht für Kunst interessierte. Jennet allerdings dachte sich, als sie Deirdre kennenlernte, dass sie eine schöne Frau sei und dass sie Lewis womöglich gerade deshalb gefiel, weil sie nicht Teil der überdrehten Welt war, in der er arbeitete.

Lewis. Ein kluger, eigenartiger, sensibler Mann, deutlich jünger als Jennet, die ihn deshalb zunächst nicht ganz ernst nahm, als wäre er der kleine Bruder eines ihrer Freunde. Zu jung, um im Krieg gewesen zu sein, auch wenn er in Malaya gedient hatte. Doch wiederum alt genug, um in den späten Fünfzigerjahren zum anerkannten Kritiker der zeitgenössischen Kultur geworden zu sein, der stets etwas Maßgebliches zu sagen hatte. Lewis hatte eine angenehme Stimme, eine rege Mimik und die Gabe, sich klar auszudrücken, doch ohne die manchmal damit einhergehende Neigung, zu sehr zu vereinfachen. 1960 bat man ihn, eine Fernsehsendung über Barbara Hepworth zu machen. Sie kam gut an, und bald erschien Lewis, der vor der Kamera begeistert, aber stets natürlich war, regelmäßig als Interviewer und Moderator im Fernsehen.

Irgendetwas an Lewis erinnerte Jennet an David, ein bisschen nur. Vielleicht waren es seine dunklen Augen mit ihrer seltsam variierenden Farbe, die dunkler zu werden schien, wenn er müde oder wütend oder verliebt war. Er hatte Davids keltisches, dunkles Haar, doch im Gegensatz zu diesem auch den Körperbau eines Kelten, kompakt und drahtig, während David mager und knochig war.

Lewis. In London ein Freund, dem man auf Abendeinladungen begegnete, den man auf einer Ausstellung begrüßte, der verlässlich hervorragende Kritiken schrieb. Ein engerer Freund in Cornwall, wo er sich oft aufhielt, da Elizabeth ihm ihr altes Cottage zur Nutzung überlassen hatte, als sie sich hinter die Mauern der Karmeliterinnen zurückzog. Das Cottage lag am Rand eines Dorfs in der Nähe von Trevenna, dem Haus, das Jennet seit zehn Jahren jeden Sommer mietete, und Lewis kam in diesen Sommern oft vorbei und ging mit ihr schwimmen oder angeln oder redete stundenlang über sich und die Malerei. Deirdre Delafield konnte Elizabeths Cottage, in dem es weder fließendes Wasser noch Strom gab, nichts abgewinnen, sodass Lewis auch nach seiner Heirat oft allein dort war.

Lewis gehörte wie Patrick Mann und Leonard Kaspar zu den Menschen, die Jennets künstlerische Größe schon erkannt hatten, bevor sie vollständig zum Ausdruck kam. Patrick pflegte zu sagen, er habe in dem Moment, als David ihm ihre beiden *Fenster*-Gemälde sowie die *Blaue Schüssel mit Zitronen* gezeigt habe, gewusst, dass Jennet genialisch veranlagt sei. Auch Kaspar erkannte es und tat viel, um sie zu fördern. Es war größtenteils ihm zu verdanken, dass Jennet 1957 den Auftrag von der Weltbank erhielt. Diese Männer hatten beide persönliche Motive: bei Patrick war es reines Gewinnstreben, bei Kaspar war es der Wunsch, als Connaisseur alles Raren und Kostbaren zu gelten. Lewis Delafield jedoch liebte Jennets Bilder allein um ihrer selbst willen, er fand, dass Jennet unter den zeitgenössischen Malerinnen und Malern zu den Besten gehörte und nutzte jede Gelegenheit, das auch zu sagen.

Eines der Themen, über die Lewis oft sprach, war das Wesen bedeutender Kunstwerke. Sein 1968 von der Oxford University Press posthum veröffentlichter Essay über die Frage, wodurch sich große Kunst auszeichnet, bleibt bis heute das letzte Wort zu diesem Thema. Er argumentiert darin, dass eine undefinierbare, aber zugleich unverkennbare Qualität das Werk eines Genies von allen anderen unterscheidet, so gelungen oder gefällig Letztere auch sein mögen. Persönliche Präferenzen und Geschmack spielen dabei keine Rolle – so muss man etwa Malewitschs Malerei nicht lieben, um zu erkennen, dass sie bedeutend ist. Auch Zeit und Genre sind Delafield zufolge irrelevant: ein Bison in einer Höhle in Altamira, Piero della Francescas *Auferstehung Christi*, ein in einem Grabmal in Giseh gefundener Porträtkopf aus Kalkstein, Mondrians *Komposition* aus dem Jahr 1930, ein irdener Weinkrug eines unbekannten Töpfers – allesamt Meisterwerke, unabhängig von Zeit und Ort. Nachdem er die ganz eigene Qualität solcher Kunstwerke für undefinierbar erklärt hatte, versuchte Lewis sie mithilfe von Begriffen wie Integrität, Aufrichtigkeit, Reinheit der Intention dann doch zu definieren. Das Wort »Seele« vermied er tunlichst, da ihm bequeme Anleihen beim Mystizismus missfielen, doch ist es indirekt in seinen Texten präsent, hinter dem eng verwandten Wort »spirituell« verborgen. Anders hätte er von dem Geist, der großer Kunst innewohnt, nicht einmal ansatzweise sprechen können. Allerdings gab es ohnehin keine Worte, die voll und ganz hätten vermitteln können, was letztlich eine Frage von Instinkt und Wahrnehmung war. Die Begriffe, die Lewis in Ermangelung anderer Möglichkeiten verwenden musste, waren abgenutzt und ungenügend, das war ihm wohl bewusst. Insbesondere das Wort »Genie«. Aber wie sonst hätte er ausdrücken können, was er als innere Wahrheit von Jennets Werk begriff?

Hätte sich Lewis auch ohne ihr Werk in Jennet verliebt? Wohl nicht: Für ihn waren die Frau und ihr Werk untrennbar. Er hatte vermutlich nicht vorgehabt, auch die Frau zu lieben, doch er konnte nicht anders, von dem Augenblick an, wo er jede Objektivität verlor und Jennet nicht mehr von ihrer Malerei scheiden konnte, war es unvermeidlich.

Auf der Riva degli Schiavoni in der opalisierenden Morgendämmerung: Jennet ist müde und zutiefst beschämt, gedemütigt von ihrem Mann. So viele Menschen hatten in dieser Nacht zusehen können, wie ihr Mann sich betrank. Das hast du nicht verdient, flüsterte Lewis, und weil sie in diesem Moment dachte, dass er wohl recht hatte, weil sie so müde war, weil Loyalität ermüdend war, weil Lewis liebenswürdig und an ihrer Seite war, dort auf der Riva degli Schiavoni, wo die Sonne die Wolkenschleier zu durchbrechen begann, Dunst und Wasser hingegen in Schattierungen von Grau und Perlmutt noch miteinander verschmolzen waren, fasste sie mit beiden Händen nach seinem Gesicht, zog es zu sich herunter und küsste ihn heftig, bis sie spürte, wie sein Körper reagierte und er hart wurde.

Der müde Portier schloss ihnen auf, und sie gingen auf Lewis' Zimmer, wo Jennet ihr blaues Seidenkleid auszog, sich auf Lewis' ordentlich gemachtes Bett legte und er sie liebte: überrascht und dankbar und ziemlich schnell.

David, der um die Mittagszeit mit Kopfschmerzen aufwachte, schleppte sich in Harry's Bar, um seinen Kater zu bekämpfen und gleich für den nächsten zu sorgen. Jennet gab derweil ein Interview, und Lewis fuhr mit dem Zug nach London zurück, wo seine Frau ihm mitteilte, dass sie schwanger war. Die Nachricht erschütterte ihn, denn er hatte die ganze lange Heimfahrt über geplant, ihr zu sagen, dass er sie verlassen müsse. Unterdessen hobelte Roddy MacNamara am hinteren Ende des Cheyne Walk alte Eichenbretter für neue Dielen glatt und verputzte die hohen Wände von Jennets Haus. Wirst du sie bemalen?, fragte er. Auf gar keinen Fall, sagte sie. Es soll alles weiß gestrichen werden, schlichte altmodische weiße Tünche.

Außer in Vanessas Zimmer. Als Jennet diesen kleinen quadratischen Raum mit weißen Wänden sah, musste sie an die Zellen in einem Waisenhaus denken und machte sich sofort auf den Weg zu Peter Jones, wo sie Stoffe und Tapete mit einem rosa Zweigmuster für den Kokon ihrer kranken Tochter kaufte. Die anderen Familienmitglieder konnten das krasse Weiß verkraften, doch nicht Vanessa. Fast zehn war sie jetzt, ihr blondes Haar hatte einen grünlichen Schimmer und fiel ihr in einem Pony in das ernste Gesicht.

Unter Roddys Aufsicht nahm das alte Haus allmählich Gestalt an und wurde zu dem, was Jennet brauchte: zu einem Ort, an dem man sich konzentrieren konnte, kühl, ruhig, friedlich, erfüllt vom Licht des Wassers und dem Schreien der Möwen. Die Seelen von Schiffbrüchigen, heißt es in den alten Volkserzählungen, und sie klingen wirklich verlassen und gequält, diese suchenden, kreisenden Möwen.

So nah am Fluss zu leben heißt, von den unwirtlichen Seiten der Stadt in gewisser Weise abgeschirmt zu sein, so als trüge der Fluss Spuren der Felder, durch die er geflossen ist, und die Verheißung des Meers in sich. Selbst in der Hitze Londons hat der Fluss unter der Kopfnote von Schlamm und Abwasser einen salzigen, sauberen Geruch. Und wer in seiner Nähe lebt, hat unbewusst am Rhythmus von Ebbe und Flut teil.

In dem Haus am Cheyne Walk lernte Jennet den Fluss kennen. Sie war ihm dankbar. Wie ein Fluchtweg aus Wasser verband er sie mit anderen Orten als der schmutzigen Stadt, und er brachte ihr die tägliche Wohltat seines Lichts. Als sie das erste Mal an diesem Fluss gewohnt hatte, in Hammersmith im Winter nach Bens Geburt, hatte sie ihn nicht gemocht. Damals schien er Nebel und Übelwollen, Krankheit und Schwefel auszudünsten. Jetzt konnte er zwar an trüben, grauen Tagen, wenn er kalt und träge an ihrer Tür vorbeikroch, immer noch feindselig sein, doch im Großen und Ganzen hatte sie ihren Frieden mit ihm gemacht. Er war ein Glied in der langen Kette von Kompromissen, die sie eingegangen war: Stadt statt Land, England statt Spanien, sanftes statt grelles Licht, David in guten wie in schlechten Zeiten.

Es hatte eine Zeit gegeben, in der Jennet die verschiedenen Stränge ihres Daseins säuberlich voneinander hatte trennen können, doch jetzt waren sie unentwirrbar in das Leben anderer Menschen verwoben. Sie hatte sich anpassen und verändern müssen, und mit ihr hatte sich auch der Fluss gewandelt, der jetzt leichter, weniger schwerfällig schien, während zugleich infolge eines neuen Gesetzes die Londoner Luft sauberer wurde. Jennet konnte die Stadt jetzt ertragen, ja, durch ihr weiß gestrichenes Haus und die Nähe fließenden Wassers begann sie sogar, sie zu mögen.

Der Fluss fand allmählich seinen Weg in ihre Malerei. Zwar war Jennet nie wirklich eine urbane Malerin gewesen, doch erinnerte sie sich noch gut an den Eindruck, den sie 1947 von London gehabt hatte, als sie zum ersten Mal dort wohnte. Kräftige weiße Vertikale, horizontale Balken in Grau, Grün und Braun. Fünfzehn Jahre später, als sie eine persönliche Beziehung zu dem Fluss entwickelte, begann sie seine Linien klarer zu erkennen, insbesondere die Gitterstrukturen, die durch Brücken über dem Wasser und neben Gebäuden gebildet wurden. In ihrem Werk aus den Sechzigerjahren, in dem sie die Möglichkeiten geometrischer Formen weiter erkundete, sind London und der Fluss sehr präsent.

Auch in den zwei oder drei Jahren nach Venedig malte Jennet Bilder, über die sie Gitter legte. *Später Nachmittag, Dezember 1962* zeigt einen rauchigen Himmel unter einem Gitterwerk aus echten, blattlosen Kirschzweigen. Zwei andere, im selben Jahr vollendete Bilder, *Zelle 1* und *Zelle 2*, sind von Holzkästen mit einer Vorderseite aus Maschendraht umschlossen. Der Höhepunkt dieser Serie ist das hoch gelobte Bild *Flussgott*, 1964 gemalt und heute Teil der Sammlung Philips, ein langer grünlich grauer, golden gesprenkelter Streifen unter schwarz angemalten Metallstäben, die an Brückenträger erinnern.

Nach *Flussgott* wurden Draht und Holz zunehmend durch die weicheren Materialien Schnur und Faden ersetzt. Die *Chelsea*-Serie, Jennets Hommage an Whistler, umfasst mehrere Studien in Grau und Blau, die jeweils von einem Netz aus feiner grauer Seide bedeckt sind. Abgesehen von der Verwendung von Seide sind diese Bilder insofern bedeutsam, als Jennet hier mit der Verdünnung von Farben zu experimentieren begann, was sie auch in den folgenden Jahren weiter tun sollte.

Jenes andere so oft gemalte Gewässer, die Lagune von Venedig, tauchte in Jennets Werk – ungeachtet ihrer Bewunderung für Whistler und für Turners spätere Gemälde – nicht auf, außer vielleicht als private Anspielung in dem großartigen *Isola*. Das wäre zumindest eine mögliche Interpretation, die Jennet jedoch niemals bestätigte. Sie schenkte das Bild 1967 Lewis Delafield. Es ist sehr schön, ein geisterhaftes Perlmutt und Grau, von einem so hauchzarten Schleier verhüllt, dass er aus Spinnwebfäden bestehen könnte.

Die genannten und die folgenden verschleierten Gemälde haben etwas Ikonenhaftes, ähneln Andachtsbildern, die in Tempeln oder Kapellen vor unbefugten Blicken geschützt werden. Ihre Bedeckungen sind Ikonostasen, die das Heilige abschirmen, die bestickten Vorhänge vor einem Tabernakel. Und es klingt noch anderes in ihnen an, eine gewisse Fragilität, als wären die hinter ihnen verborgenen Bilder zu empfindlich, um längere Zeit dem Tageslicht standzuhalten.

Doch im Gegensatz zu heiligen oder empfindlichen Bildern sollten Jennets Gemälde durch ihre Bedeckungen nicht dem Blick entzogen, vielmehr sollten sie gesehen werden. Der Sinn der Netz- und Seidenbedeckungen war es, den Gemälden eine neue Dimension hinzuzufügen und die Illusion von Wolken und Dunst zu verstärken, die in Jennet Mallows Werk aus dieser Periode nahezu allgegenwärtig ist. Und doch haben diese Schleier auch etwas Symbolisches, so wie in ihrem späteren Werk die gespannten Schnüre und Drähte. In Museen werden Jennets Gemälde oft mit zurückgeschlagener oder halb aufgezogener Bedeckung gehängt, um die darunterliegende Malerei sichtbar zu machen und die Besucher davon abzuhalten, die Schleier selbst anzuheben. Doch selbst wenn diese transparent oder gar zur Seite geschoben sind, atmen sie Ambiguität, sind enthüllend und verhüllend zugleich.

Jennet hat den sakramentalen Aspekt ihrer Kunst nie benannt, doch sie hatte ihn durchaus im Kopf. Das zeigt sich in ihren letzten Gemälden ganz deutlich. In den Sechzigerjahren allerdings war das Metaphysische nur implizit vorhanden, die Gemälde selbst sind abstrakt. Sie verändern sich im Laufe der folgenden Jahre, ins neue Jahrzehnt hinein: die Farbpalette von Morgen- und Abenddämmerung weicht Hunderten verschiedener Weißtöne. *Flussgott* ist von Wärme und Sonnenreflexen erfüllt, die weniger als zehn Jahre später, nämlich 1972 entstandene *Klippenwand* hingegen ist kalt, leer, weiß. Die folgenden Gemälde haben alle etwas Eisiges. Sie gehören einer antarktischen Zeit an, Jennets persönlichem weißem Süden.

Im Eis eingeschlossen. Jedes Gefühl eingefroren. Die salzigen Tränen kristallin. Lewis Delafields erstes Kind, Guy, wurde 1962 geboren, als Lewis von blinder Qual erfüllt war und das Verlangen nach Jennet Mallow in ihm wuchs wie ein Tumor. Während seine Frau mit jedem Tag schwerer wurde und freudige Pläne für das erwartete Kind schmiedete, marterte er sich mit Erinnerungen an Jennet. Jennet, die aus ihrer hinabgeglittenen blauen Seide stieg, Jennets geschmeidiger, gebräunter Körper. Jennets Brüste, ihre weiche Haut, als sie unter ihm lag, ohne Widerstand zu leisten. Jennet, von David Heatons Bildern wohlbekannt, doch noch viel schöner, wenn er sie in den Armen hielt. Deirdre mit ihren von blauen Adern durchzogenen Brüsten, aus denen eine milchige Flüssigkeit tröpfelte, begehrte er nicht mehr, er begehrte nur noch Jennet. Jennet und ihre Zauberkräfte, Jennet, die so meisterhaft über Form und Farbe gebot. Otterschlank, eisvogelflink, und an jenem Morgen in Venedig so frisch und kühl wie eine Lilienblüte.

Doch Jennet liebte Lewis nicht. Sie gehörte zu David und glaubte an das Versprechen, das sie ihm gegeben hatte. Sie wusste, dass Lewis liebeskrank war, doch sie dachte, dass er darüber hinwegkommen würde, und einstweilen ging sie ihm, wenn es möglich war, aus dem Weg, und wenn nicht, dann neckte sie ihn. Wenn sie sich schwesterlich oder kumpelhaft verhielte, so ihre Hoffnung, würde Lewis irgendwann aufhören, sie als Geliebte zu sehen, und einfach wieder ein Freund sein. Und jenen frühen Morgen in Venedig würde er hoffentlich irgendwann vergessen. Bei ihr löste die Erinnerung daran nur Reue aus.

Im Frühjahr 1965 rief Jennets Schwester Barbara sie an, um ihr mitzuteilen, dass sie heiraten werde. Du klingst überrascht, sagte sie zu Jennet. Das ist eine Frechheit.

Oh nein, sagte Jennet rasch. Ich finde es wunderbar. Das ist wirklich eine tolle Nachricht.

Barbara arbeitete seit Richards Tod als Hausmutter in einem Internat in der Nähe von Sherborne, und ihr Zukünftiger war ein seit kurzem pensionierter Lehrer dieser Schule. Mit seinen achtundsechzig Jahren war er zwei Jahre älter als ihre Mutter. Er war noch nie verheiratet gewesen. Jetzt wollte er mit einer Braut zum Stammsitz seiner Familie in Schottland zurückkehren. Aber das ist doch so weit weg, sagte Jennet. So weit von Mutter entfernt.

Genau, sagte ihre Schwester. Deshalb rufe ich dich an.

Die Hochzeitsbilder stecken in einem Umschlag, den Jennet zusammen mit anderen Fotos in einer Schachtel von Aquascutum aufbewahrt. Barbara, dick wie eh und je, in einem mädchenhaften Hochzeitskleid, neben ihr der weißhaarige, bereits gebeugte Lionel.

Lionel McPhail. Eine strahlende Lorna Mallow im breitkrempigen Hut, David Heaton mit geistesabwesendem Gesichtsausdruck, Jennet in einem topmodernen Op-Art-Hänger, und die Kinder, Sarah, Vanessa, Ben. Die Mädchen sind als Brautjungfern gekleidet, doch ohne das Bindeglied des blauen Satins, den sie beide tragen, würde man sie kaum für Schwestern, geschweige denn für Zwillingsschwestern halten. Sarah ist mit ihren dreizehn Jahren gut entwickelt, hat ein rundes fröhliches Gesicht und einen Wust dunkelbrauner Locken, während Vanessa, die neben ihr steht, nur halb so groß wie ihre Schwester ist und etwas Schemenhaftes hat. Sie hatte den größten Teil des vergangenen Winters an unklaren Beschwerden gelitten und konnte nach wie vor nicht länger als ein paar Minuten stehen, ohne gestützt zu werden. Ben ist mittlerweile siebzehn und größer als sein Vater.

Lorna weinte und tobte nach der Hochzeit. Alle, die ich je geliebt habe, sind tot oder weg. Harold, mein armer, geliebter Bruder. Mein Bruder und mein Vater, meine Mutter und meine Schwester, und jetzt lässt mich Barbara allein. Du, Jennet, du hast mich nie wirklich geliebt, du warst immer zu beschäftigt mit deiner ach-so-besonderen Malerei, du kommst ja kaum auch nur mal zu Besuch, es ist mehr als offensichtlich, dass dir nichts an mir liegt.

Was Lorna sagte, stimmte, das musste Jennet insgeheim zugeben. Sie war einmal im Jahr auf dem Weg nach Cornwall mit den Kindern nach Sherborne gefahren, und Lorna war manchmal über Weihnachten nach London gekommen. Aber es vergingen oft Monate, ohne dass Jennet ihre Mutter sah, und wenn sie an Lorna dachte, erfüllte sie das Wissen darum, dass Barbara bei ihr war, mit Erleichterung. Jennet hatte die genaueren Umstände des Lebens ihrer Schwester und ihrer Mutter verdrängt. Doch sie konnte nicht so tun, als wären sie ihr nicht bekannt. Die Bridgenachmittage und die Ausflüge ins Kino, die gelegentlichen vormittäglichen Wohltätigkeitskaffeekränzchen, der Arbeitskreis Heimatgeschichte. All diese traurigen Frauen, die immer noch auf die Liebe hofften, selbst wenn sie in der etwas angemoderten Form eines Lionel daherkam. Auf Lorna Mallows Toilettentisch standen eine kristallene Puderdose mit fleischfarbener Quaste und ein lilafarbenes Töpfchen mit Deckel, in dem sie ihre ausgekämmten Haare aufbewahrte. Jennet hatte den Deckel einmal in einem unbeoachteten Moment angehoben und die dünnen Haare gesehen, verfilzt wie heruntergefallenes Material aus einem nachlässig gebauten Vogelnest.

Du könntest zu uns kommen, schlug sie kleinlaut vor, und Lornas Miene hellte sich sofort auf. Das ist eine gute Idee, ich denke schon immer, dass es schön wäre, in London zu sein.

Durch ihr schlechtes Gewissen wehrlos gemacht, konnte Jennet nichts sagen, als Lorna deutlich machte, dass ihr etwas Längerfristiges als ein Besuch vorschwebte. Ich suche mir selbst etwas, murmelte sie vage. Wenn ich mich erst mal eingewöhnt habe. Vielleicht gehe ich auch nach Jamaika zurück. Aber ihr habt ja jede Menge Platz. Und ich könnte mich nützlich machen. Zuallererst in deinem Atelier.

Und was genau würdest du da tun?, fragte David.

Die Hintergründe malen, vielleicht? Kleine Details. Ich war mal ein echtes Ass mit dem Pinsel. Was meinst du denn, wo Jennet das herhat?

Irgendwie ist sie schon mutig, das musst du zugeben, sagte David, während er zusah, wie sich seine Schwiegermutter mit leuchtend rot geschminkten Lippen einem Produzenten von der BBC als die neue Schülerin der Heatons vorstellte. Ja, aber sie macht mich wahnsinnig, antwortete Jennet, die mit der Einschränkung ihres Spielraums haderte. Die klösterliche Stille des Hauses am Cheyne Walk war bedroht. Vanessa war das ganze Jahr über zu krank gewesen, um zur Schule zu gehen, und würde vielleicht nie wieder gesund genug werden, um dorthin zurückzukehren, und jetzt war auch noch Lorna da.

Den ganzen Tag Stimmen, all die Mäuler, die gestopft werden mussten, all die Menschen, die nach Aufmerksamkeit und Zuwendung gierten.

Die Zuflucht klösterlicher Abgeschiedenheit. So anfällig, so leicht besudelt. Ein Nachmittag Mitte Juni, die Sonne vertrieb endlich den Regen, ließ mit ihrem hellen Licht auf Blättern, auf denen noch das Wasser stand, Edelsteine funkeln. Am Tor eine blühende weiße Rose, und der Fluss von der Sonne beglitzert, als wollte er wie Jennet die Eröffnung von Davids Ausstellung feiern, seiner bisher größten und glanzvollsten Ausstellung, in der Redleaf Gallery. Zur anschließenden Party wurden Rockstars und Mitglieder der königlichen Familie erwartet. Jennet war früher als verabredet nach Hause gekommen, wo ausnahmsweise, das wusste sie, niemand außer David sein würde. Sie hatte eine Flasche Champagner mitgebracht, die sowohl als Friedensgabe wie auch als Anerkennung gedacht war, ein Heiltrank, den sie beide brauchten.

Das letzte halbe Jahr war eine Prüfung gewesen. Lornas irritierende Anwesenheit hatte vor allem David aufgebracht. Am meisten hatte ihn geärgert, dass sie ständig unterhalten werden wollte, als wäre sie nur vorübergehend zu Besuch. Vanessa war abermals krank gewesen, und die Prognose für ihre Zukunft war düsterer geworden, sie würde nie allein für sich sorgen können. Auch Bens Zukunft war alles andere als geregelt, er würde in der kommenden Woche die Schule abschließen, hatte aber noch keine Ahnung, was er danach machen wollte. Die üblichen Optionen interessierten ihn nicht, stattdessen redete er vage davon, als Holzfäller nach Kanada zu gehen oder eine Weile lang einfach nur zu reisen. Und David reagierte so, wie immer in schwierigen Situationen, er wandte sich ab und ertränkte die Probleme im flüssigen Bernstein des Whiskys.

Jennets Reaktion hingegen bestand darin, sich noch mehr in ihre Arbeit zu vertiefen. Ihre letzten Gemälde, insbesondere *Flussgott* und *Isola*, waren in den höchsten Tönen gelobt worden. Sie verdiente mehr als genug, um auch ohne Davids Hilfe den Haushalt in Gang halten und Vanessas Betreuung finanzieren zu können. Sie arbeitete am Fuß eines Berges, den sie jetzt glaubte, erklimmen zu können. Bei aller Anerkennung, die ihr zuteil wurde, ruhte sie sich nicht auf ihren Lorbeeren aus, sie wusste, dass sie noch viel weiter kommen konnte. 1964 war sie vierzig geworden, ein Geburtstag, den sie als Zäsur empfand. Sie hatte beschlossen, ihn als Ansporn zu betrachten.

Doch David hatte einen eigenen Kummer. Jennets Selbstvertrauen diente ihr im Alltag zwar durchaus als eine Art Panzer, doch war dieser keineswegs undurchlässig, selbst an den schwierigsten Tagen nahm sie die Gefühle ihres Mannes wahr. Wie hätte es nach all den Jahren auch anders sein können? Sie war schon so lange mit David zusammen, liebte ihn schon so lange, dass sie seine Stimmungen wie ihre eigenen erlebte, sie spürte und verstand, ohne sie erklärt bekommen zu müssen.

Daher wusste sie, dass er enttäuscht war. Als junger Mann war er sich seiner Genialität sicher gewesen, aber jetzt war er so viel älter und hatte ebendiese Genialität an Porträts verschwendet, deren Erfolg sein Fluch war. Jedes hochgelobte Gemälde zog weitere Aufträge nach sich, er war in eine Tretmühle geraten und wusste insgeheim, dass nur seine eigene Schwäche und seine Ängste ihn davon abhielten, sich aus ihr zu befreien. Die Angst zu scheitern. Die Angst, die Versprechen, die er sich selbst als junger Mann gegeben hatte, nicht halten zu können. Angst vor dem Vergleich mit Jennet. Er befürchtete, sie könnte tatsächlich die bedeutendere Malerin sein. Und was wäre er dann? Nur mehr der Mann der Künstlerin, ein Mann, der ein bisschen Geld mit Aktgemälden und Porträts flüchtiger Berühmtheiten verdiente, aber seiner eigentlichen Vision nicht einmal ansatzweise nahekam. Kunst nach Auschwitz ist unmöglich. Er erinnerte sich daran, wie Richard Benjamin das in Cornwall gesagt hatte, andere hatten es seither wieder gesagt, und jedes Mal hatte er erklärt, dass sie irrten. Aber was würden die Männer, die er auf den blutbefleckten Stränden Kretas sterbend zurückgelassen hatte, heute sagen, wenn sie in der Redleaf Gallery wiederauferstünden? Würde beim Anblick von Davids Porträt des Bassisten der Rolling Stones wieder Hoffnung in ihnen aufkeimen?

Dass Jennet von Davids Gefühlen wusste, hieß nicht, dass sie mit ihm sympathisierte. Im Gegenteil, sie fand ihn zu nachgiebig sich selbst gegenüber. Sie hätte in den schlechten Zeiten gern etwas praktische Unterstützung von David erhalten, und seine Trinkerei langweilte sie nur noch. Das war ihr vermutlich anzumerken, sie war in letzter Zeit zweifellos etwas reserviert gewesen. Sie hoffte, diese Kluft am Tag der Eröffnung von Davids Ausstellung überbrücken zu können. Sie freute sich darauf, in vierzehn Tagen nach Cornwall zu fahren. Dort, in Trevenna, würden David und sie wieder Freunde sein, vielleicht sogar Liebende. Heute würde sie einen ersten Schritt in diese Richtung unternehmen. Daher der Champagner und ihre unangekündigte frühere Heimkehr. Sie würden auf seinen Erfolg trinken, sie würden sich küssen und sich dann zusammen für die Party zurechtmachen. Sie hatte ein neues Kleid, das David noch nicht kannte. Es hatte einen Reißverschluss auf dem Rücken, sie würde seine Hilfe brauchen.

Es war still im Haus, als sie die Tür aufschloss. Sie rief im Flur nach David, doch er antwortete nicht. Sie nahm an, er sei wohl weggegangen, obwohl er gesagt hatte, er werde den ganzen Tag zu Hause sein. Sie war enttäuscht. Der Gedanke an die geplante Begegnung in dem leeren Haus hatte sie irgendwie erregt, so als wäre David nicht ihr Mann, sondern ihr Geliebter. Es war Monate her, dass sie sich zum letzten Mal geliebt hatten, und seine Abwesenheit war frustrierend. Na gut, dann würde sie eben das Beste aus der Situation machen und noch ein bisschen arbeiten. Sie ging die Treppe hinauf zu ihrem Atelier. Ihr Ort des Rückzugs und Friedens, weiß gestrichen, aufgeräumt und an einem Juninachmittag wie diesem lichtdurchflutet.

Die Tür stand sperrangelweit auf. Sie sah David in einem Armsessel am Fenster sitzen. Seine Augen waren geschlossen, offenbar hatte er sie weder gesehen noch ihre leisen Schritte auf der Treppe gehört. Er trug bereits seinen Abendanzug, ein scharfer Kontrast von schwarz und weiß, sein Haar noch schwarz, wenn auch mittlerweile von silbernen Strähnen durchzogen. Sein Kopf war nach hinten geneigt, dunkel vor dem hellen Fenster und der weißen Wand, auch der Stoffbezug des Sessels war weiß. Und zwischen seinen Beinen, mit dem Rücken zur Tür, kniete eine Frau im weißen Kleid. Ihr Kopf hob und senkte sich rhythmisch. Ihr Haare waren fächerförmig auf seinem schwarzen Schoß ausgebreitet wie die goldenen Strahlen einer Monstranz. Davids Gesicht verzerrte sich. Und dann musste sich Jennet wohl bewegt haben, oder eine Diele knarrte, denn er öffnete die Augen und sah sie in der offenen Tür stehen. Zu spät. Er stieß stöhnend Jennets Namen aus, und Corinne hob den Kopf, drehte sich um, schaute Jennet an. In ihrer Miene war keinerlei Verlegenheit zu erkennen, nur Triumph. Ihre nassen Lippen glänzten, als sie lächelte, und ihr feines Haar glitt an seinen eigentlichen Platz zurück, goldenen Federn gleich.

Später in der Redleaf Gallery war Corinne wieder da, mit Victor, ihrem Mann. Victor war mittlerweile steinreich, angeblich gehörte ihm halb London. Er war für seinen Dienst an der Öffentlichkeit in den Adelsstand erhoben worden – Corinne wurde nun Lady Golding genannt. Sie war sehr ansprechend in Balenciaga gekleidet und von einer Traube von Männern umgeben, die Victor mit Besitzerblick im Auge behielt.

Jennet hätte nicht zu Davids Vernissage gehen müssen, sie hätte Unwohlsein vorschützen können, doch sie war nicht bereit, Corinne merken zu lassen, wie schockiert sie war. Also hatte sie Mabel Harris den Reißverschluss ihres Kleides für sie zumachen lassen und stand nun erhobenen Hauptes neben David.

Auch Lewis Delafield war in der Redleaf Gallery. Er war nun schon so lange so hoffnungslos in Jennet verliebt, dass seine Liebe einer Verletzung glich, einer Wunde an Hand oder Seite, die nicht heilen wollte. An diesem Abend in der Galerie sah Jennet seinen Schmerz, denn sie schaute ausnahmsweise einmal genau hin, erinnerte sich an das Licht einer Morgendämmerung und an gestammelte Liebesworte. Ich werde bald in Cornwall sein, sagte sie plötzlich. Die meiste Zeit allein. Und du? Wirst du in Elizabeths Cottage sein? Wollen wir uns vielleicht treffen? Wenn du Lust hättest, fände ich das schön.

Der Hintern eines Mannes über ihr, grünlich im Mondlicht, in entschlossener Auf- und Abbewegung, der hektisch wedelnde weiße Stutzschwanz eines Terriers, der in einem Loch scharrte. Lewis war so eifrig, so unterwürfig, er liebte sie so verzweifelt. Er hätte alles getan, was in seiner Macht stand, um Jennet glücklich zu machen, aber er konnte sie einfach nicht dazu bringen, sich in ihn zu verlieben. Stattdessen entwickelte sie heftige Schuldgefühle, und während Lewis sich in ihr abmühte, wandte sie das Gesicht ab.

Man soll da Trost suchen, wo man ihn findet, dieser zynische Spruch fiel ihr jetzt ein, und sie glaubte tatsächlich, Trost zu brauchen, bloß war ihr nicht klar gewesen, welchen Preis sie dafür würde bezahlen müssen. Sie war in diesem Sommer nur mit Vanessa in Trevenna. Lorna war zu Barbara gefahren, Ben reiste über Land nach Indien, Sarah war mit Freunden in Italien. David war, so vermutete Jennet, mit Corinne Golding unterwegs, möglicherweise in Frankreich. Nach der Party in der Redleaf Gallery und einem anschließenden Abendessen im Restaurant waren David und Jennet zusammen zum Cheyne Walk zurückgelaufen, hatten ihre Abendkleidung abgelegt und waren zu Bett gegangen. David hatte seit dem Moment, wo sie ihn mit seinem Schwanz in Corinnes Mund gesehen hatte, kein Wort mit ihr gesprochen.

Wenn sich Jennet von der Ateliertür hätte abwenden können, wenn sie still die Treppe wieder hätte hinuntergehen und das Haus verlassen können, dann hätte sie es getan, doch sie konnte es nicht, und so hatte sie jetzt das Gefühl, dass eine Konfrontation erfolgen musste. David hätte lieber so getan, als hätte Jennet nichts gesehen. Er war ein bisschen verlegen, gab sich aber nonchalant. Ziemlich gut besucht, die Vernissage, findest du nicht? Und dann, wie bei einem ganz normalen Schlafengehen: Gute Nacht, Vogel. Schlaf schön.

David, sagte Jennet, nachdem sie mehrere Minuten auf seinen Atem gehorcht hatte, du musst es mir sagen, du musst mir sagen, wie lange das … Seit wann hast du … Seit wann?

Und du musst etwas kapieren, sagte er. Er war plötzlich verärgert und hellwach. Das bedeutet überhaupt nichts. Corinne und ich, wir kennen uns schon so lang und gut, wir sind einfach Freunde.

Und Geliebte, das wart ihr schon, bevor du mich kennengelernt hast, denkt Jennet, spricht es aber nicht aus, das Bild vor Augen, wie Corinne ihm an dem Abend, als Jennet David kennenlernte, die Hand auf die Schulter legte. Und sie erinnert sich an den Ruck in ihrem eigenen Leben, an die Begierde, die plötzlich in ihr aufgeflammt war, als David sie an jenem Abend berührte. Ihre jetzigen Gefühle kann sie kaum benennen, sie sind zu verworren. Erschütterung ist dabei, der Ekel der unfreiwilligen Voyeurin und Ärger. Wut darüber, dass ihr Ort des Friedens missbraucht worden ist. Und Eifersucht natürlich. Aber auch ein schlechtes Gewissen: Eine kleine Stimme zischelt ihr hartnäckig etwas von Heuchelei ins Ohr, von einem Hotelzimmer in Venedig, von sanftem Licht auf dem Körper eines fremden Mannes. Und plötzlich hat sie das Bedürfnis nach Veränderung, den Wunsch, nach all den Kompromissen der letzten fast zwanzig Jahre einen Stein ins Rollen zu bringen.

Geh doch zu ihr, sagt sie. Du kannst sie haben, wenn es das ist, was du willst.

Na gut, sagt er. Mach ich. Wenn es das ist, was du willst, Jennet.

Jetzt also die schmerzliche Schönheit der Natur, das raue, reinigende Meer und lange Spaziergänge allein. Schmale, von hohen Böschungen gesäumte Sträßchen, vor tausend oder mehr Jahren mit Stein und Soden und Granitblöcken gepflastert, Heckenrosen, Weidenröschen, salzige Luft. Langsamere Spaziergänge mit Vanessa an der Hand. Im Meer ist das Mädchen, dessen dünne Haarsträhnen auf dem Wasser treiben, blass wie eine Nixe. Und Lewis Delafield knapst immer wieder Tage ohne Deirdre und die Kinder ab, um Jennet gequält zu lieben und einseitig Pläne für eine gemeinsame Zukunft zu schmieden.

Im August kommen Deirdre und die Kinder für einen Monat nach Cornwall. Nun lernt Jennet die Kleinen kennen: Guy mit seinen vier Jahren ist stämmig und fröhlich, Fabia, zwei, ernst und dunkeläugig wie ihr Vater. Vanessa liebt die beiden und will so viel Zeit wie möglich mit ihnen verbringen, und die zwei scheinen sie ebenfalls zu lieben. Vanessa hatte bisher nur selten mit Menschen zu tun, die jünger und weniger stark waren als sie, und Jennet sieht, wie sie mit ihnen spielt, mit ihnen malt und, still wie sie ist, das Geplapper der beiden genießt.

Für Jennet ist es offensichtlich, dass Deirdre ihren Mann sehr liebt. Sie gleicht einem Fan am Bühneneingang, der es nicht fassen kann, dass er seinem Star tatsächlich begegnet. Auf ihre Weise ist sie eine schöne Frau, rothaarig mit milchweißer Haut, doch sie ist sich ihrer Schönheit nicht bewusst, ist schüchtern und zaghaft. Ja sogar langweilig und damit als Gegenstück zu ihrem leicht erregbaren, leidenschaftlichen Mann durchaus erstaunlich, es sei denn, er hätte genau das gewollt: eine Frau, die ihn bewundert und ihn niemals infrage stellen wird.

Jennet will nicht, dass Lewis über Deirdre redet, der Treulosigkeiten sind weiß Gott auch so schon genug. Sie merkt, dass Lewis nicht weiß, was er will. Er spielt mit diversen Selbstbildern: Familienvater, Avantgarde-Intellektueller, Fernsehstar, Einsiedler in Cornwall. Jetzt hat er sich mit Herz und Seele in seine Liebesaffäre gestürzt, und

Jennet sieht die Gefahren, die darin lauern. Er ist zu leidenschaftlich, zu verzweifelt. Er kämpft um Zeit mit ihr, als wäre es die Luft, die er zum Leben braucht. Er geht große Risiken ein, während sie Diskretion will, er ruft sie zu jeglicher Uhrzeit an, lässt Deirdre allein und kommt mitten in der Nacht durch die Dunkelheit zu Jennet gestolpert.

Wenn Lewis sie liebt, erinnert sich Jennet an David. Ihr Körper erinnert sich an ihn, auch gegen ihren Willen, und Lewis' Mund, seine Hände, sein Penis fühlen sich so fremd an wie ein abgebrochener Zahn. Mit ihm ist sie immer angespannt, denn sie weiß, dass er ihre Dankbarkeit und Zuneigung niemals wird in Liebe verwandeln können, sosehr er sich auch bemüht. Und obwohl sie weiß, dass sie dadurch die Macht hat, ihm wehzutun, redet sie sich alle möglichen Halbwahrheiten ein, die sie vorübergehend entlasten. Er ist im Liebestaumel, sagt sie sich. Er wird schon wieder zu sich kommen. Und er kennt sie ja kaum: Lewis glaubt, sie sei ihre Malerei, er ist mehr in seine Vorstellung von ihr als in die wirkliche Jennet verliebt, interessiert sich nicht für ihre Vergangenheit. All die starken Bande in ihrem Leben – die Kinder und ihre Mutter, ihre Erinnerungen an bestimmte Orte, ihre allem Vorgefallenen zum Trotz tiefe Verbundenheit mit David – erscheinen Lewis wie bloße Spinnfäden, die sich ganz einfach zerreißen lassen.

In diesem Sommer in Trevenna will Lewis nichts anderes sehen als Jennet, die so liebevoll mit ihrer schwächlichen Tochter umgeht und endlich ohne ihren zügellosen Mann ist. Die entzückende Jennet, von schönem Geist und schönem Körper, durch ihre Zurückhaltung nur umso anziehender. Lewis findet ihre Distanziertheit aufregend. Er hält sie für einen integralen Bestandteil künstlerischer Größe. Wenn Jennet den Blick von ihm abwendet, stellt er sich vor, dass ihre Augen, im Gegensatz zu dem normalen, von drögen Alltagssorgen verschleierten Blick, von einem Leuchten erfüllt sind, einer Vision künftigen Lichts. Jennet weckt ein nie gekanntes Verlangen in ihm, er begehrt sie stets und ständig, und doch ist er, wenn er sie dann tatsächlich in den Armen hält, jedes Mal erstaunt und atemlos.

Aber auch Lewis hat seine Bande, und sie sind fest geknüpft. Er hat Jennets Bitte entsprochen und Deirdre nichts von ihnen erzählt. Aber natürlich wird sie es herausfinden. Vielleicht weiß sie es auch schon: Seine Geistesabwesenheit in den Wochen, als sie bei ihm in Cornwall war, hätte auch die vertrauensvollste Ehefrau misstrauisch gemacht. Wenn Lewis sie mit der Wahrheit konfrontiert, wird sie sehr verletzt sein.

Eine angespannte, schwierige Zeit also, an deren Ende eines Nachts ohne Vorwarnung David erschien. Er kam einfach herein und ging geradewegs die Treppe hinauf ins Schlafzimmer, wo Jennet und Lewis schliefen. Lewis wachte nicht gleich auf, doch Jennet wurde von dem Lärm, den David machte, geweckt. Draußen regnete es, und seine Kleider waren nass. Sie roch die Feuchtigkeit und seine Whisky-Fahne. Er begann sich hastig die Kleider vom Leib zu reißen, erst die Jacke, dann das Hemd, nestelte an seiner Gürtelschnalle, und ehe Jennet aufstehen konnte, lag er neben ihr und schob sie zur Seite. Rück mal ein Stück, sagte er. Mir ist furchtbar kalt.

David, hör auf, sagte sie, doch er stieß ein paarmal sanft mit dem Kopf gegen ihre Schulter, sodass ihr kalte Regentropfen auf die nackte Haut fielen. Rück mal ein Stück, wiederholte er. Er rutschte ein wenig tiefer, sodass sein Mund auf Höhe ihrer Brüste war, und sie spürte, wie er gleich einem Säugling nach den Brustwarzen suchte. Jetzt war auch Lewis wach geworden, er sprang auf, griff nach der Lampe neben dem Bett, schaltete sie ein. David sah lächelnd zu ihm hoch, die aufgesprungenen Lippen rot verschmiert. Er sah aus und roch wie ein Landstreicher.

Verschwinde, rief Lewis.

Sei nicht so unfreundlich, sagte David, immer noch lächelnd. Mir ist kalt. Ich bin sehr müde. Ich tue dir nichts. Außerdem ist das eh mein Bett. Das Mindeste, was du tun kannst, ist, mich zuschauen zu lassen, wenn ihr fickt. So wie Victor. Victor schaut auch zu. Also los, Lewis. Lass mich zuschauen.

Die folgenden drei Monate verbrachte David Heaton in einem psychiatrischen Krankenhaus in Surrey, wo er sich von seinem Zusammenbruch erholte. Jennet bezahlte die Rechnungen. In klaren Momenten versicherte er ihr, alles werde gut werden … Er werde in null Komma nichts gesund werden … Seine besten Bilder stünden noch aus. Du wirst stolz auf mich sein, das verspreche ich dir, Vogel. Ich werde dir zeigen, dass ich zu den ganz Großen gehöre.

Doch solche Momente der Klarheit waren selten, die meiste Zeit redete er irre, und sein Arzt verordnete ihm absolute Ruhe. David leide an einem nervösen Erschöpfungszustand, sagte er, ausgelöst durch Stress sowie wahrscheinlich Drogenmissbrauch, was in Kombination die für rationales Denken zuständigen Hirnareale ausschalte. Jetzt sei sein Verhalten, milde ausgedrückt, asozial. Wie ist denn das zu verstehen?, fragte Jennet. Seine Ausdrucksweise, erwiderte der Arzt steif. Er hat keinerlei Hemmungen.

Corinne in einem Café in der Frith Street, offenbar hat sie sich ein neues Image verpasst. Ihr Haar, das sich früher elegant um ihren Kopf schmiegte, ist immer noch goldblond, doch sie trägt es jetzt länger und ganz gerade, es hängt rechts und links neben ihrem Gesicht herunter wie dicker Brokat. Ihre Augen sind schwarz umrandet, und sie riecht ein wenig nach Moschus, eine Mischung aus süßen Ölen und Gewürzen. Ihr derzeitiger Geliebter ist auch wieder ein Künstler. Er stammt aus New York. Heute Abend findet ein Happening statt, erzählt sie Jennet, mein Gott, die Malerei ist ja dermaßen passé.

Jennet hat Corinne um dieses Treffen gebeten. Sie hat das Gefühl, dass Nachfragen gerechtfertigt sind, sie muss wissen, was im Sommer mit David geschehen ist und was Corinne vorhat. Doch in diesem neuen Café mit den glänzend roten Kaffeemaschinen wedelt Corinne nur mit ihrer Zigarette und lacht.

Nimm das alles nicht so ernst, sagt sie. Aber du nimmst ja immer alles ernst, stimmt's? David und ich, na ja, es tut mir natürlich leid, dass er übergeschnappt ist, aber man kann wohl sagen, dass er sich das selbst zuzuschreiben hat. Keine sonderlich gute Idee, Acid mit Whisky runterzuspülen, aber Mäßigung ist halt nicht sein Ding, war es noch nie, er lebt wild und gefährlich, stimmt's?

Corinne lehnt sich über den Tisch, um Jennet eine Zigarette anzuzünden, und als sie, die Köpfe zueinander geneigt, beide die Flamme abschirmen und ihre Hände sich dabei berühren, kommt es zu einem Augenblick der Intimität, der Jennet anekelt.

Stimmt es, dass ihr Victor habt zuschauen lassen, wenn ihr miteinander im Bett wart? Jennet will Leid in Corinnes Miene sehen, und sie wird ihr dieses Leid selbst zufügen, wenn sie anders nicht aus der Fassung zu bringen ist. Kratzspuren auf ihrer sorgfältig geschminkten Haut, ihr Mund von Hieben blutend.

Ach hör schon auf, Jennet, sagt Corinne weltverdrossen. Wie sich Victor seinen Kick verschafft, geht dich wirklich nichts an.

Aber David geht mich sehr wohl etwas an. Und David ist in einem Zimmer eingesperrt, in dem Drucke von beruhigenden Seestücken an der Wand hängen und das Fenster vergittert ist.

Ich habe doch schon gesagt, dass mir das leidtut. Natürlich tut es mir leid. Aber er kommt bestimmt wieder auf den Damm.

Und dann? Tust du dich wieder mit ihm zusammen? Wirst du Victor verlassen?

Victor verlassen? Du bist so was von naiv, Jennet. Hast du irgendeine Vorstellung, was Victor verdient? Freigebig, freizügig: Victor ist der ideale Ehemann.

Oktober 1966. Eine Schlüsselphase. Es war der Monat, in dem Ben, der sich eigentlich auf der Heimreise von Kaschmir befinden sollte, vergaß, sich bei Jennet zu melden. Seit Ende August war keine Nachricht mehr von ihm gekommen. Jennet hatte getan, was sie tun konnte, in Konsulaten angerufen, besorgte Briefe geschrieben, und die üblichen beruhigenden Worte zu hören bekommen. Teenager. Egozentrisch. Postdienste unzuverlässig, Telefonieren teuer. Der taucht schon wieder auf. Machen Sie sich keine Sorgen. Aber natürlich machte sie sich doch Sorgen, und vor ihrem inneren Auge erschienen immer wieder die gleichen Szenen: in unübersichtlichen Kurven heranrasende Lastwagen, im Geröll eines Berghangs ausgleitende Füße, verzweifeltes Gestrampel in einem reißenden Strom. Als sie einem Beamten des Hochkommissariats Bens Beschreibung durchgab – 1,83 Meter, hellbraunes Haar –, sah sie plötzlich den kleinen Ben so deutlich vor sich, dass sie vor Schmerz aufstöhnte. Wie ein übermaltes Bild, das wieder zum Vorschein kommt, schaute ihr Sohn sie über die Spanne all der vielen Jahre hinweg an, verwirrt, aber letztlich voll Vertrauen. Sie erinnerte sich, wie er in dem ersten Jahr in Santiago auf seinen knuffigen, stämmigen Beinchen den Strand hinaufgestolpert war. Wie klein er damals gewesen war und so fröhlich. Blondes Haar wie Butterspäne und dieses herzhafte, kullernde Kleinkinderlachen. Auch an den verletzten Ausdruck erinnerte sie sich, der manchmal wie ein Schatten über sein Gesicht huschte: nach der Geburt der Zwillinge zum Beispiel oder wenn sein Vater in besonders finsterer Stimmung war. Doch letztlich war es Jennet immer gelungen, die Schatten zu vertreiben und ihn wieder zum Lachen zu bringen. Jetzt empfand sie ihre Machtlosigkeit besonders schmerzlich. Von ihren drei Kindern war Ben ihrem Herzen am nächsten. Sie hätte allein aus der Kraft dieses Herzens heraus mit ihm verbunden sein müssen, doch im vergangenen Sommer war sie in einem unverzeihlichen Maße abgelenkt gewesen. Und selbst als er zwei Wochen später ein Telegramm schickte, in dem stand, dass es ihm gut gehe und er völlig aus dem Blick verloren habe, wie lange es schon her sei, dass er geschrieben habe, kam sie sich vor wie eine Rabenmutter.

Zudem lief sie Gefahr, Sarah zu verlieren. Sarah hatte sich in Italien und in einen italienischen Jungen verliebt, vor allem aber in dessen Familie in Sizilien, bei der sie nun wohnen wollte.

Das ist eine richtige Familie, erklärte sie Jennet. Die sitzen jeden Abend zusammen. Der Vater ist jedes Mal dabei, und die Mutter ist immer zu Hause. Sie kümmert sich um alle und kocht leckeres Essen.

Ja aber, protestierte Jennet, die versuchte, ihre Betroffenheit nicht zu zeigen, ich koche doch auch für euch, oder? Außerdem kannst du einfach nicht so nach Sizilien ziehen. Dazu bist du viel zu jung. Du musst zur Schule gehen.

Du weißt doch, dass ich die Schule hasse. Ich werde nie so gescheit wie du. Und überhaupt kann ich jederzeit mit der Schule aufhören, das kannst du nicht verhindern. Ich will nicht in London sein, so einfach ist das. Wenn du mich lieben würdest, dann würdest du dir wünschen, dass ich glücklich bin. Dass du versuchst, mich hier festzuhalten, beweist nur, dass du mich nicht liebst.

Natürlich liebe ich dich. Aber wärst du dort denn wirklich glücklich? Wärst du glücklich bei dieser Familie und glücklich mit dem Gefühl, dass du deine Zukunft aufgegeben hast?

Ich wäre viel glücklicher als du. Und glücklicher als Daddy. Außerdem würde ich meine Zukunft nicht aufgeben. Das ist genau die Zukunft, die ich haben will: eine richtige Mutter sein, ganz viele Kinder haben und eine gute Ehefrau sein.

Ach Schatz, sagte Jennet. Sarah war immer ein eigensinniges Kind gewesen, draufgängerisch wie ihr Vater und entschlossen wie ihre Mutter, doch ohne deren ausgleichendes Pflichtbewusstsein. Sie einigten sich auf einen Kompromiss: Sarah würde noch ein Jahr in London zur Schule gehen. Aber Sarah hatte das letzte Wort.

Nur damit du es weißt, ich werde auf gar keinen Fall mit Lewis Delafield zusammenwohnen. Ich hasse ihn. Er hat einen riesigen Leberfleck am Kinn.

Sarah, was redest du da?

Ach Mum, stell dich nicht so dumm, sagte Sarah verächtlich. Vanessa hat mir alles erzählt. Wie beschäftigt du in den letzten paar Wochen warst. Glaubst du denn, Vanessa wäre blind und taub? Der arme Daddy.

Ebenfalls im Oktober 1966 begegnete Jennet zum ersten Mal seit fünf Jahren Jack Owen wieder. Er war gereist, hatte an der University of California unterrichtet und im Ausland ausgestellt, sodass sie sich nie über den Weg gelaufen waren. Sommers in Trevenna hatte sie ihn immer vermisst. Sie hatte gehört, dass er in den Staaten erfolgreich war. Man erzählte sich, er habe wieder geheiratet, aber Jack gehörte nicht zu den Menschen, die Weihnachtskarten oder Briefe schrieben.

Als Jennet ihn sah, merkte sie, dass durch seine Abwesenheit eine Leerstelle in ihrem Innern entstanden war, die ihr nicht bewusst gewesen war, bis seine Anwesenheit sie ausfüllte. Es war schwierig, dieses seltsame Gefühl des Wiederfindens zu benennen. Sie hatte Jack Owen nie wirklich gut gekannt, und jetzt, nach all den Jahren, war er praktisch ein Fremder, doch als sie ihn an der Picadilly Station zufällig traf, kam es ihr vor, als hätte sie ihren verlorenen Zwilling wiedergefunden. Doch da war auch noch ein anderes Gefühl, eine körperliche Erregung, die Jennet überraschte, als flatterte an der Schwelle zu ihrem Schoß ein Schmetterling.

Mrs Heaton, wie schön, Sie zu sehen, sagte Jack Owen mitten im Getümmel zu ihr, leicht ironisch und anscheinend keineswegs überrascht. Er war grauer als bei ihrer letzten Begegnung, und von seinen Augenwinkeln gingen kleine Fältchen aus, heller als seine gebräunte Haut. Und immer noch diese Augen, wie vom Meer abgeschliffenes Glas, die sie aus der Ruhe brachten. Er sei auf dem Weg zu Freunden, erzählte er, und werde ein, zwei Tage in London bleiben, um ein paar geschäftliche Dinge zu regeln. Komm doch zum Abendessen vorbei, sagte sie, ginge das? Ja, sagte er. Morgen.

Auf meinem Schreibtisch steht eine Schale – glasiertes Steingut, koreanisch, aus dem sechzehnten Jahrhundert, ein Geschenk des Töpfers Bernard Leach an Jennet Mallow. Unverziert, ganz schlicht, und schlicht vollkommen. Doch sie war nicht als Zierstück gedacht, es ist eine Teeschale, die vor langer Zeit wohl ganz normal benutzt wurde und weniger ihrer exquisiten Form als ihres Inhalts wegen Beachtung fand. Was sie in den Augen ihres ersten Besitzers zu einem sinnvollen, erstrebenswerten Gegenstand machte, war der leere Raum, den sie umfing, nicht dessen Umwandung.

Man denke an Cézannes letzte *Montagne-Sainte-Victoire*-Aquarelle oder an eine chinesische Zeichnung einer Schwalbe im Flug. Ein paar Pinselstriche und ansonsten Leere, aber diese Leere ist erfüllt. Erst durch die Leere wird der Berg real, so wie die Federn den Himmel definieren. Die Leere zwischen den Säulen eines Kreuzgangs gibt der Seele den nötigen Raum fürs Gebet. Man lege den Finger in die Höhlung in der Mitte einer Steinskulptur von Mutter und Kind. Dieser Raum definiert die Beziehung zwischen den beiden: separat und doch untrennbar verbunden.

Im Wohnzimmer von Jennet Mallows Haus am Fluss hält Jack Owen sein Glas ins Licht und schnippt mit dem Fingernagel leicht dagegen, um es zum Klingen zu bringen. Auf einem Sofa neben ihm klagt Lorna über den mürrischen Fahrer eines Busses der Linie 19. Früher in Jamaika haben die Leute immer gelächelt, erzählt sie Jack. Ich weiß gar nicht, warum sie so anders werden, wenn sie nach London kommen.

An einem Tisch am Fenster fädelt Vanessa blaue Perlen auf. Sarah beobachtet Jack. Jennet findet es seltsam, dass die knisternde Atmosphäre weder ihre Mutter noch ihre Töchter zu irritieren scheint. Sie selbst würde sich nicht wundern, wenn ihre Füße Brandflecken auf den Dielenbrettern hinterließen.

Jack ist zu bunt in diesem farblosen Raum. Das Zimmer ist lang und schmal, mit Fenstern an beiden Enden und einem Kamin in der Mitte, vor dem zwei längliche, mit ausgebleichtem Leinenstoff bezogene Sofas stehen. Ansonsten gibt es nur wenige Möbel: einen niedrigen Tisch zwischen den Sofas, Vanessas Klapptisch in einer Fensternische, ein paar dänische Holzstühle und am anderen Ende des Zimmers ein Klavier. David hat früher gern darauf gespielt, ein paar Jazzakkorde gehämmert und Songs zum Besten gegeben, von denen er meistens nur ein paar Zeilen auswendig konnte. Vor dieser Kulisse wirkt Jack in seinen Blue Jeans und dem karierten Wollhemd wie ein Farbklecks. Falls er sich unbehaglich fühlt, lässt er es sich nicht anmerken.

Als es dunkel wird, hilft Jack, die Fensterläden zu schließen. Bevor er und Jennet die Läden zuziehen, stehen sie einen Moment lang nebeneinander und schauen zu, wie das Licht der Lampe auf dem schwarzen Wasser tanzt. Schön hast du's hier, sagt er, und Jennet lächelt über seinen kalifornisch eingefärbten kornischen Akzent.

Das Abendessen zieht sich viel zu lange hin. Jennet wünscht sich die ganze Zeit, sie wäre Lorna und die Mädchen los, die sie an ihrem eigenen Esstisch einengen und sich ständig ins Gespräch einmischen. Die schweigende Vanessa isst ihre Hühnerpastete so langsam, dass Jennet den Impuls unterdrücken muss, sie mit dem Löffel zu füttern. Und doch geht ihr unwillkürlich durch den Kopf, dass sie hier im trauten Kerzenschein wie eine Familie zusammensitzen. Der Gedanke an David in seiner neonbeleuchteten Anstalt versetzt ihr einen Stich. Falls er überhaupt zu Abend isst, wird er mit verschmiertem, stumpfem Besteck von einem dicken grünen Plastikteller essen, und statt Bordeaux aus einem Weinglas wird er lauwarmes Wasser aus einem Becher trinken. In seiner Reichweite wird es weder Glas noch scharfen Stahl geben, nichts, womit er sich etwas antun könnte. Und Ben auf seiner gemächlichen Heimreise irgendwo in der Türkei, was isst er wohl gerade? Diese Mitglieder ihrer Familie, die eigentlich auch wohl aufgehoben hier in diesem Lichtkreis sitzen sollten, befinden sich jenseits davon in der Finsternis, und es liegt nicht mehr in Jennets Macht, sie zurückzuholen.

Hätte Lewis an diesem Abend mit an Jennets Esszimmertisch gesessen und ihre Gedanken lesen können, er wäre verzweifelt gewesen. In seiner Vorstellung hatte er Jennet bereits aus dem Gefängnis ihrer Familie herausgenommen, für ihn gab es nur noch Kleinigkeiten zu regeln. Er ging zwar nicht davon aus, dass sie David nach seiner Genesung wieder zurücknehmen würde, wusste aber, dass bis zu diesem Zeitpunkt keine konkreten Schritte unternommen werden konnten. Ihm war klar, dass Jennet ihn nicht so sehr liebte wie er sie, aber wenn sie erst von ihren Schuldgefühlen und von David befreit war, würde sie es bestimmt bald tun. Und dann würde er es Deirdre sagen. Bis dahin traf er sich mit Jennet, sooft sie es zuließ, und freute sich, wenn sie gelegentlich ihr Bett mit ihm teilte. Sie war sicher nicht die einzige Frau, die Trost in den Armen eines Mannes fand, der sie bewunderte, den sie jedoch nicht lieben konnte.

Bei Jack Owen suchte Jennet keinen Trost. Nie zuvor hatte sie diesen sonderbaren Drang verspürt: anzufassen, festzuhalten, zu schmecken, in sich aufzunehmen. Sie konnte es sich nicht rational erklären, doch an diesem Abend in ihrem Haus am Fluss wusste sie, dass sie ihn berühren musste, damit sein Wiederauftauchen in ihrem Leben zur Realität wurde. Andernfalls würde Jack eine Art Phantom bleiben, ein Geschöpf geboren aus ihrer Einsamkeit, Verwirrung und Not.

Er machte es ihr leicht. Beim Abendessen hatten sie über Bekannte von ihm gesprochen, Künstler in New York, die in so großen Formaten malten, dass sie in Lagerhallen arbeiten mussten statt in Ateliers. Mit Kränen, Flaschenzügen und Gerüsten. Mein Gott, sagte er, dagegen kommt man sich mit seiner kleinen Staffelei so unoriginell vor. Einer dieser Künstler brauche besonders viel Platz, denn er male immer vor Publikum. Für ihn sei Kunst im ganz wörtlichen Sinne ein Zuschauersport und ein Kontaktsport außerdem: Anstelle von

Pinseln benutze er die Hände, manchmal auch den ganzen Körper. Oder die Körper anderer Leute, die er ganz mit Farbe bedecke und dann über die Leinwand rolle.

Mit Kleidern?, wollte Lorna wissen. Normalerweise nicht, sagte Jack. Oh, sagte Lorna. Ich hoffe doch, dass Jennet nicht anfängt, so was in ihrem Atelier zu machen, stellen Sie sich bloß mal diese Schweinerei vor.

Ich würde dein Atelier gerne mal sehen, sagte Jack. Haben Besucher da Zutritt?

Jennet mag es nicht, wenn Leute ihre unfertigen Arbeiten sehen, hob Lorna an, doch Jennet unterbrach sie. Bei alten Freunden ist das anders, sagte sie und hakte sich bei Jack unter.

Als sie Jack die Treppe hinaufführte, kamen ihr die Zimmer hinter den halb geöffneten Türen, an denen sie auf jedem Absatz vorbeikamen, seltsam unvertraut vor: die Zimmer der Mädchen, das von Ben, Lornas Wohnzimmer, Davids kaum benutztes Atelier. Jennet sah das Haus mit Jacks Augen, so als wäre sie die Fremde, nahm das viele Weiß wahr, die Kühle, die es an diesem Herbstabend erfüllte, ihr Gemälde von David, das damals in der Diele hing.

Als sie die Tür ihres stets ordentlichen Ateliers öffnete, fiel ihr Blick als Erstes auf den entweihten Armsessel. Sie hätte diesen Sessel hinausschaffen können, hatte es aber nicht getan: wie ein rituelles Objekt stand er noch immer am Fenster. Sie glaubte nicht, dass sie jemals wieder darauf sitzen würde. Jetzt betrachtete sie ihn ohne Emotionen, durch Jacks Augen, und er erschien ihr nur noch wie ein alter Armsessel. Sie sah ihre Pinsel, wie immer gereinigt und sortiert, die grundierten Leinwände, die Gläser mit leuchtenden Pigmenten, die nach den Spektralfarben geordnet auf einem Holzregal standen. Ihr Gemälde *Isola*, das an einer Wand lehnte.

Während Jack sich äußerst aufmerksam umsah, sprach sie im Geiste die beruhigenden Zauberworte: Viridiangrün, Siena, Caput mortuum, Ultramarinblau. Venezianisches Terpentin, Mohn- und

Safloröl, grobe Leinwand, Bernsteinfirnis. Auch nach all den Jahren noch geben diese Worte ihr Halt, sie sagt sie auf, wie eine Nonne den Rosenkranz betet. Es ist die Magie dieser Worte, die beruhigend wirkt, aber auch die Solidität, die sie vermitteln – noch immer liebt Jennet die Gerüche und Texturen ihres Handwerks. In seiner Ausübung liegt immer etwas Geheimnisvolles: dort etwa steht *Isola*, von Jennet mit nichts als ein paar Schweineborsten an einem Holzstock geschaffen, der in eine Mischung aus feingemahlenen Mineralien und aus Samen gepressten Ölen getaucht wurde. Irdische Dinge, unspektakulär, von ihr zu etwas Wundervollem, Kostbaren geformt.

Jack betrachtete *Isola* eingehend. Das ist ziemlich gut, sagte er schließlich. Warum hast du diese Spitze darüber gelegt. Oder was ist das?

Seide, antwortete sie. Nicht Spitze. Und ich kann es nicht genau sagen. Aus den verschiedensten Gründen. Ich dachte an Nebel. Es erschien mir passend. Ach komm, was soll ich denn auf so eine Frage antworten?

Es gefällt mir, sagte er. Es ist sexy. Wie ein Nachthemd. Es verbirgt und enthüllt zugleich. Wie du. Du verbirgst immer etwas, nur weiß ich nicht so recht was, deine Gefühle? Sogar wenn du ganz offen erscheinst. Wenn ich mit dir zusammen bin, kann ich immer sehen, wie deine Gedanken in einem unablässigen Rhythmus weiterlaufen, ja ich kann es fast hören, wie das stetige Stampfen eines Schiffsmotors unter Deck.

Ich glaube nicht, dass du mich gut genug kennst, um zu wissen, was ich denke.

Das ist es ja eben, ich weiß nicht, was du denkst. Aber ich nehme doch mal an, dass ich Sie ein bisschen besser kennenlernen werde, Mrs Heaton?

Er richtete sich aus der Hocke auf und ging von *Isola* zu dem Regal mit den Farben hinüber. Viridiangrün, sagte er, als hätte er ihre Gedanken gelesen, ungebrannte Umbra, Indigo.

Du mischst deine Farben also selbst?, fragte er. Diese dünnen, durchscheinenden Farben kriegst du wirklich gut hin. Der Typ in New York, von dem ich dir erzählt habe, der mit Körpern malt, der benutzt Acrylfarben, leuchtende Rot-, Blau- und Gelbtöne. Aber wenn man mit den Farben überzogen wäre, die du verwendest, wäre man etwas anderes, ein Irrlicht, ein Geist. Und wunderschön. Das würde ich gerne mal sehen.

Er nähert sich der Stelle, wo sie steht, direkt an der Tür. Seine Präsenz füllt den großen Raum, lässt ihn schrumpfen. Jennet hat einen Käfig vor Augen, in dem ein mächtiger Tiger auf und ab schleicht. Jeder Muskel, den Jack bewegt, spannt etwas in ihr an: Wenn er sich nicht beeilt, wird diese Saite bald reißen. Doch jetzt wendet er sich ab und nimmt etwas von dem mitten im Raum auf Böcken stehenden Tisch. Es ist nichts, nur ein glatter weißer Stein, den sie in Cornwall am Strand gefunden hat. Den knetet er jetzt regelrecht, langsam, mit rhythmischen Bewegungen, wie ein Töpfer einen Klumpen Ton. Ich habe gehört, du triffst dich mit Lewis Delafield, sagt er. Das mit David tut mir leid. Es ist das erste Mal, dass er Davids Namen erwähnt.

Woher weißt du das?, fragt sie. Leugnen erscheint ihr sinnlos. Oh, es gibt keine Geheimnisse in St. Ives, sagt er. Das solltest du wissen, Jennet. Jemand hat dich gesehen, die Leute reden.

Na ja, sagt Jennet nach kurzem Schweigen, es bedeutet mir nichts.

Gut, sagt er. Das freut mich.

Er kommt auf sie zu, immer näher, bis er nur noch wenige Zentimeter entfernt ist und sie seine Wärme spüren kann. Erinnerst du dich an diesen Morgen auf dem Kliff?, fragt er. Ich denke oft daran. Seine Stimme ist ein bisschen rau, als wäre seine Kehle plötzlich wund, die Augen jetzt verschleiert, beschlagenes Glas.

Jack, sagt sie, als er ihre Hand nimmt und sie küsst, jeden Finger, ganz langsam, einen nach dem anderen. Dann dreht er die Hand, umfasst das Handgelenk, und Jennet berührt mit einem Finger ganz zart seine Lippen. Er nimmt ihn sacht zwischen die Zähne, und dabei sieht er ihr die ganze Zeit in die Augen. Sie nimmt seinen Herzschlag als ihren eigenen wahr, hört die Stille in dem Raum, aus dem die gesamte Luft entwichen zu sein scheint. In der Ferne hört sie eine Tür schlagen und draußen auf der Straße Stimmen, aber das alles ist meilenweit entfernt, in einer anderen Welt. Viel lauter ist der Klang dieser straff gespannten Saite und das Pochen ihres Blutes. Jack, sagt sie noch einmal, und er nimmt sie in den Arm, und seine Augen, diese verstörenden Augen, sind schließlich und endlich geschlossen.

St. Ives ist eine eher gewachsen als gebaut wirkende Stadt: Wie ein Ameisenhaufen besteht sie aus zahlreichen Schichten und engen Gängen, verborgenen Hohlräumen hinter hohen Wänden, Sackgassen und unerwarteten Biegungen. Im Laufe der Jahre haben die Einwohner aus dem begrenzten Raum zwischen dem von Granitblöcken durchsetzten Heidemoor und dem umgebenden Meer das Beste gemacht. Haben ihm Platz für kleine versteckte Gärten und Dachterrassen abgerungen oder auch nur für ein, zwei Stühle auf dem oberen Absatz einer Steintreppe, die zu einer Haustür führt. Ein seltsamer Ort, in gewisser Weise in sich selbst gekehrt, ein Kuddelmuddel kleiner Steinhäuser inmitten der Weite. Aber schön. Weiß gestrichene Mauern und graue Schieferdächer ohne unpassende bunte Farben dazwischen, kopfsteingepflasterte Gassen und immer wieder, durch eine Lücke zwischen den Häusern oder am Ende eines von Mauern gesäumten Weges, der Blick aufs Meer.

Und in einem dieser Steinhäuser, einem winzigen, primitiven Häuschen, wohnte Jack Owen. Als Jennet Mallow in seinem Bett erwachte – er war bereits aufgestanden und gegangen – blinzelte sie in ein Licht, das ihr vage bekannt vorkam, ein Licht, das sich seine Leuchtkraft vom nahen Wasser borgte. Es war weder das Flusslicht Londons noch das klare, harte Meerlicht von Santiago de las Altas

Torres, ja nicht einmal das Licht ihres Sommerhauses am Kliff, dem die umliegenden Felder eine gewisse Sanftheit verliehen. Dieses Licht hier barg das Glitzern gischtbenetzter Pflastersteine und die Reflektion weißer Mauern in sich: ein atlantisches Licht, vertraut und doch nur diesem Ort eigen.

Wenn Licht einen Klang hätte, so wäre es in St. Ives der Schrei der Seemöwe, beharrlich und allgegenwärtig, melancholisch selbst an den schönsten Sommertagen. Zuweilen scheint es, als gehörte die Stadt in Wahrheit diesen Vögeln, in deren Gefieder sich das von Grau durchzogene Weiß widerspiegelt, die die Straßen in Besitz nehmen und mit ihren schwermütig dreinblickenden gelben Augen über den Hafen wachen. Auf Jack Owens zerknittertem Laken liegend, lauschte Jennet den Möwen und fragte sich, ob sie schimpften oder applaudierten. Die kalte Morgenluft wehte durchs offene Fenster wie eine Fahne. Ausnahmsweise einmal ließ Jennet ihren Verstand hinter ihren Sinnen zurücktreten: Licht, Klang, Luft strömten herein und durch sie und über sie hinweg wie klares Gebirgswasser und weckten sie an diesem strahlenden neuen Morgen vollends auf.

All ihre Sinne, denen sie nie zuvor derart freien Lauf gelassen hat. Ihr Gesicht ist von Jacks Bartstoppeln leicht zerkratzt, ihre Lippen vom Küssen aufgeblüht, sein Samen eine warme Liebkosung zwischen ihren Beinen. Sie ist feucht und wund, aber was sie verspürt, ist das Gegenteil von Schmerz. In der Erinnerung ist ihre Lust beinahe so heftig wie in dem Augenblick, als sie sie erlebte, so als berührte ihr Geliebter sie immer noch tief in ihrem Körper. Ach Jack, sagt sie laut. Sie weiß nicht, ob sie in der vergangenen Nacht überhaupt ein Auge zugetan haben, die Stunden sind zu einem einzigen, langen, schweifenden Entdecken verschmolzen. Jacks Mund, sein Schwanz, seine Zunge, die die Stelle größter Lust bei ihr findet, den Gipfel, das Zentrum, mit dem jeder einzelne ihrer Nerven verbunden ist. Sie hatte nicht gewusst, dass diese Nerven so singen konnten. Eine Offenbarung: dass das Denken ausgeschaltet werden und das

Bewusstsein ihrer selbst sich in reine Selbstwahrnehmung verwandeln konnte, ganz unkompliziert, nur mehr mit dem Bedürfnis verbunden, diese unvorstellbare Lust zu empfangen und zu geben.

Jacks Laken sind fleckig und schmuddelig, und das Zimmer, in dem er isst und schläft, ist ein einziges Durcheinander aus Papier, Flaschen, Aschenbechern, ungespülten Tellern, Bierkrügen, zusammengeknüllten Kleidern und, in einer Ecke, Teilen eines alten Fahrrads, das er zusammenzubauen versucht. Jennet stört sich nicht daran. Sie schwelgt in Jacks Geruch, der in den Laken hängt. Als sie aus dem Bett steigt, hebt sie seine Kleider vom Boden auf und legt sie zärtlich zusammen, räumt ansonsten aber nichts auf. Sie hat das Gefühl, dass zu viel Häuslichkeit ihn abschrecken könnte.

Als sie am Abend zuvor ankam, wirkte er überrascht. Es war eine lange Fahrt von London nach St. Ives, und unterwegs hatte sie inständig gehofft, Jack allein anzutreffen. Er hatte nie von einer Ehefrau gesprochen, und deshalb hatte Jennet die entsprechenden Gerüchte ignoriert – er hätte ja wohl kaum vergessen, ihr zu erzählen, dass er verheiratet war. Außerdem konnte er es gar nicht sein. Er hatte vom Augenblick ihrer ersten Begegnung an gewusst, dass er zu Jennet gehörte. Sie war es, die anfangs blind gewesen war und das nicht gesehen hatte.

Nach dem ersten Mal in ihrem Atelier, etwas ungelenk auf dem blanken Holzfußboden, hatte Jennet gewusst, dass sie verliebt war. Sie hatte es gewusst, weil ihr Körper es ihr sagte und weil sie sich noch nie so gefühlt hatte. Schon da, halb ausgezogen, in unbequemer Haltung und nervös, weil sie befürchtete, ihre Mutter oder ihre Töchter könnten etwas mitbekommen, wusste sie, dass sie mit Jack zusammen sein musste. Mit David zu schlafen hatte selbst in ihren besten Zeiten nicht diese Unbedingtheit gehabt, und bei Lewis war sie immer ein Stück weit unbeteiligt geblieben. Bei Jack hingegen war sie mit Herz und Seele dabei, in gemeinsamer Intensität mit ihm vereint. Sie spürte, dass er den Augenblick voll und ganz annahm, und dadurch konnte sie sich hingeben, ohne irgendetwas zurückzuhalten. Es war eine wahre Erlösung.

Könntest du doch nur die ganze Nacht hierbleiben und auch morgen noch, flüsterte sie ihm später zu. Bald, wisperte er ihr ins Haar, na klar. Aber heute Nacht habe ich noch einiges zu tun, und ich muss morgen wirklich nach Hause. Ich rufe dich an. Bald. Wenn du nicht zu beschäftigt bist, könntest du ja mal eine Weile zu mir kommen.

Am nächsten Tag rief er nicht an, aber das brachte sie nicht aus der Ruhe. Sie hatte nicht damit gerechnet. Zwischen ihnen herrschte ein Einverständnis, aufgekommen an einem Augustmorgen auf einem Kliff und letzte Nacht durch die Liebe besiegelt, das jenseits aller Konventionen lag. Und dennoch. Nach drei Tagen, in denen sie nichts anderes hatte tun können, als jede Sekunde ihrer Zeit mit Jack wieder und wieder durchzuspielen, hielt sie es nicht mehr ohne ihn aus. Nachdem sie ihre Termine einschließlich eines Vortrags in der Royal Academy of Art abgesagt und sich Lornas Missfallen zugezogen hatte, machte sie sich rasch auf den Weg, bevor sie es sich noch einmal anders überlegen konnte. Sie kündigte ihm ihr Kommen nicht an.

Und Jack war überrascht, doch er freute sich. Mrs Heaton!, sagte er vergnügt und nahm sie in den Arm. Er war nicht zu Hause gewesen, als sie spätabends bei ihm angekommen war, und sie hatte schon befürchtet, dass sie in den Pubs nach ihm würde suchen müssen. Doch sie hatte gerade erst ein paar Minuten gewartet und überlegt, was sie tun sollte, da sah sie ihn in seinem farbverschmierten Hemd mit einer Flasche Milch in der Hand das schmale Gässchen heraufkommen. Ach, sein Duft an diesem blauen Hemd, dessen wohltuende Wirkung ihr bereits vertraut war.

Hast du vor, länger zu bleiben?, fragte er sie später. Ewig und drei Tage, sagte sie, an seine Schulter geschmiegt. Oh, sagte er, schön.

Einen richtigen Plan hatte sie nicht, wie denn auch? David war nach wie vor im Krankenhaus, sollte aber rechtzeitig vor Weihnachten entlassen werden. Jennets Gewissensbisse waren immerhin so groß, dass sie ihm eine sanfte Wiedereingewöhnung ermöglichen wollte. Aber bis dahin wollte sie jede freie Sekunde mit Jack in seinem Bett verbringen, so viel war klar, und bis Dezember gab es nichts, was sie daran hindern würde. Danach, so dachte sie vage, würde sie versuchen, das Haus in Trevenna zu kaufen und dafür das in London zu verkaufen. Es war so schön hier in Cornwall, das silberne Licht, die atmenden, bewegten Farben des Wassers.

Als sie an diesem ersten Morgen erwachte, war sie vollkommen glücklich. So ruhig und entspannt hatte sie sich seit der Zeit in Santiago nicht mehr gefühlt. Hier bin ich zu Hause, sagte sie sich inmitten des Durcheinanders von Jack Owens Zimmer. Endlich bin ich zu Hause.

»Eine Idee wieder zur Unmittelbarkeit der Sinnenwahrnehmung zurückzuführen, zur Solidität von Gegenständen«, schrieb George Eliot in *Middlemarch*. Man stelle sich vor, es gäbe die Dichotomie der linken und rechten Hand nicht, man stelle sich eine harmonische Verbindung von Geist und Körper, Verstand und Wahrnehmung, Erfahrung und Logik vor. Die Verschmelzung der wunderbaren Klarheit des abstrakten Denkens und des hartnäckigen Pulsierens des Gefühls. Nicht das Transzendieren des Sinnlichen durch das Denken, wie es in der Meditation angestrebt wird, sondern eine vollständige Vereinigung von beidem, wie wenn eine Note von verschiedenen Stimmen gesungen oder von Geigen- und Cellobogen gespielt wird. Man stelle sich vor, und sei es nur im Gebet, Gedanke und Wort wären eins. Nun ja, vorstellen kann man sich das, es zu erreichen ist nicht so einfach.

Auf der Kunstakademie hatte Jennet Mallow gelernt, dass man einen Gegenstand nicht malen konnte, wenn man zu angestrengt darüber nachdachte – über den Gegenstand selbst und darüber, wie man ihn malen sollte, weniger über den Aufbau des Bildes. Der Vogel werde auf dem weißen Blatt nur dann zum Leben erwachen, wenn der Instinkt dem Künstler die Hand führe. Die Erfahrung hatte sie jedoch gelehrt, dass der Instinkt auf die vorherige akribische Betrachtung angewiesen war. Allein aus dem Gedächtnis exakt zu zeichnen war unmöglich. Die besten Zeichnungen basierten auf wiederholtem genauem Hinsehen, bevor der unbefangen geführte Stift das Blatt auch nur berührte.

Eine solch akribische Betrachtung ist ein Akt der Verehrung. Um ein bedeutendes Gemälde zu schaffen, eines, das sich von einer Buchillustration oder einer Fotografie abhebt, ist allerdings mehr als das erforderlich. Ein geniales Werk ist wie ein Gebet, das erhört wurde. Absicht und Ausführung sind eins geworden, Wahrheit paart sich mit Originalität, Empfindung mit Rhythmus, Seele mit Körper, Herz mit Vernunft. Die Vorstellung eines Gegenstands mit dessen Realität.

Jennet Mallows Werk aus der Zeit vor ihrer Liebe zu Jack Owen war zweifellos bedeutend – ja im Fall von *Santiago*, *Isola* und *Flussgott* sogar genial –, manchmal aber etwas zu schematisch und intellektuell. Diese Unzulänglichkeit war Jennet bewusst – »angekränkelt mit des Gedankens Blässe«, sagte sie sich oft, wenn sie vor einem halb fertigen Gemälde stand und sich wunderte, was daran nicht stimmte. Völlige Hingebung war ihr als Frau wie als Künstlerin immer schwergefallen, doch jetzt war sie wie Finn MacCool mit seinem Laub aus Gold und seiner Gischt aus Silber endlich reich genug, um ihre sorgsam gehüteten Vorbehalte in den Wind zu schlagen.

Es wäre eine grobe Vereinfachung, die Entwicklungen in Jennets Malerei mit ihren neuen Erfahrungen in Jack Owens ungemachtem Bett zu erklären. Doch die kurze Zeit, die sie mit ihm verbrachte, stellte zweifellos eine Wende dar.

Sie kann nicht viel mehr als vier Wochen umfasst haben, diese Zeit. Jennet zählte nicht die Tage, die sie bei Jack verbrachte, doch als David Heaton in der ersten Dezemberwoche aus dem Krankenhaus entlassen wurde, war sie wieder in London. Vier oder fünf Wochen in St. Ives also, im frühen Winter. Regen, der in diamantenen Perlen von der Wasseroberfläche abprallte und den Sand am Porthmeor Beach mit winzigen Löchern übersäte, kleine Fischerboote im Hafen, dessen Granitmauern unter der graugrünen Wasseroberfläche von Seetang befingert werden. Die Seemöwen mit ihren runden, zitronengelben Augen, ihr unaufhörliches, einsames Geschrei. Wäsche, aufgehängt an Stöcken, die aus den Häusern ragen, Fischgerüche, Seilrollen, das trampelnde Geräusch von Gummistiefeln am frühen Morgen, das Klirren von Tassen und Gläsern abends in den Pubs. Oberhalb der kleinen Stadt das Grasland mit seinen vielen von Flechten überzogenen Steinen, in der Ferne, wo das Land endet, die steil abfallenden Klippen von Zennor. Und immer das wechselnde Licht: Silber, Zinn, Perlgrau, Austernschale.

Grautöne auch in Jacks Augen: Stahl, Mondlicht, unerwarteter Sonnenschein mitten im Regen. Stell dir vor, sagt sie mitten in der Nacht zu ihm, den Körper so eng wie möglich an seinen geschmiegt, die Fußsohle an seinem Fußgewölbe, stell dir vor, wir könnten für immer in diesem Bett bleiben, in diesem Zimmer. Ich fände das schön, wenn wir wie Liebende in Pompeji wären, über die sich plötzlich die Asche ergoss, sodass sie auf ewig eins wurden. Jack lacht und sagt, ja, aber ich glaube, wir würden irgendwann Hunger kriegen. Ich würde keinen Hunger kriegen, denkt Jennet, ich habe in diesem Bett alles, was ich brauche, mit diesem Mann, der mir Welt genug ist. Doch sie spricht es nicht aus, denn sie weiß, dass Jack allzu heftige Liebesbeteuerungen abwehren würde, auch wenn er sie liebt, und das tut er ganz bestimmt.

Als David Heaton aus dem Krankenhaus kam, war er hager und grau, aber offensichtlich wieder besser beieinander und ruhig. Kaum zu Hause angekommen, schloss er sich in seinem Atelier ein, das er, wie er sagte, jetzt regelmäßig nutzen wolle. Es gebe da etwas, woran er unbedingt arbeiten wolle, sagte er zu Jennet. Im Krankenhaus waren seine Möglichkeiten begrenzt gewesen, doch es war ihm gelungen, ein paar Zeichnungen anzufertigen, hauptsächlich Vorstudien in Holzkohle für eine neue Serie, die er im Kopf hatte. Gethsemane, der Kalvarienberg, Judas, der Christus beim letzten Abendmahl herausfordernd anblickt. Er zeigte Jennet den Stapel Zeichnungen: gezackte Linien, weitere Vögel mit scharfen Schnäbeln und Krallen, schmerzerfüllte Männergesichter.

Dass eine Frau, die bereits drei Kinder hatte, schwanger sein konnte, ohne etwas davon zu ahnen, ist vielleicht seltsam. Andererseits hatte Jennet nie einen wirklichen Bezug zu den Abläufen in ihrem Körper gehabt, die ohnehin unregelmäßig waren. Als monatelang ihre Periode ausblieb, nahm sie an, dass sie in die Wechseljahre gekommen war. Wenn sie überhaupt einen Gedanken daran verschwendete, dann den, dass ihr Körper paradoxerweise genau zu der Zeit alterte, wo sie sich weiblicher und fruchtbarer fühlte als je in jüngeren Jahren. Wobei sie diese Fruchtbarkeit auf ihre Malerei und ihr Gefühlsleben bezog, nicht auf die buchstäbliche Zeugung von Leben. Sie war vorsichtig. Sie benutzte ein Diaphragma. Sie wollte nicht noch ein Kind.

Am Ende war die Diagnose unausweichlich. Sie kam im Februar 1967, als Jennet bereits im vierten Monat schwanger war. Vier Monate. Oktober. David war damals im Krankenhaus weggesperrt gewesen, aber da war Lewis gewesen und später dann Jack.

Von der Praxis des Frauenarztes fuhr Jennet zum Richmond Park, der nächste Ort, der ihr einfiel, wo sie spazieren gehen konnte, bis sie ihre Fassung wiedergewonnen hatte. Sie hätte unmöglich gleich nach Hause fahren können, wo David oder Lorna ihr womöglich ihre Bestürzung angesehen hätten.

In ihrer ersten Panik wollte sie das Ding einfach nur loswerden, ohne irgendjemandem davon zu erzählen. Wie sollte sie das erklären, und wem? Eine so unübersehbare Peinlichkeit. All die Leute, vor denen sich das nicht verbergen ließe. Geschwätzige Leute, die sich an jedem Skandal erfreuten, und ihr Bauch würde unterdessen mit jedem Tag dicker werden, grausig. Eine Vollbremsung wäre nicht schwer gewesen: ein diskreter Arzt, der bereit war, sich für eine entsprechende Belohnung über die Vorschriften hinwegzusetzen, keine Fragen, eine naheliegende Lösung.

Doch als sie so im dunstigen Licht der tief stehenden Februarsonne durch Gestrüpp und Farnkraut stapfte, überlegte sie es sich anders. Der Schock, die unerwartete Schwangerschaft hatte jäh die Erinnerung an Bens ungeplante Zeugung und ihre damaligen vagen Überlegungen geweckt, ihn abzutreiben. Heute, neunzehn Jahre später, war der Gedanke daran, wie leicht es hätte passieren können, dass ihr schöner, geliebter Sohn nie zur Welt gekommen wäre, ganz entsetzlich. Etwas in Jennet sträubte sich dagegen, Leben zu verhindern. Im Übrigen hatte sich dieses hier bereits gut eingenistet. Wenn sie es umbringen wollte, war es höchste Zeit. Noch ungefähr eine Woche, und sie würde seine ersten flatterigen Bewegungen spüren. Es würde schon ein Gesicht haben. Und dieses Gesicht, da war sie sich ganz sicher, würde Jacks Züge tragen. Das sagte ihr der Instinkt, wenn nicht sogar die Vernunft. Warum hätte es sie überraschen sollen, dass eine so leidenschaftliche Liebe ihre schwachen Abwehrmechanismen fortgeschwemmt und darauf bestanden hatte, Früchte zu tragen? Dieses Aufwallen verlangte nach einem dauerhaften Beweis, so wie eine gewaltige Flut Wahrzeichen hinterlässt, Steine, die vom Meeresgrund auf Bergspitzen gehoben wurden.

Jacks Kind. Als solches hatte es in der Zukunft, die sie sich vorstellte, ein Zuhause. Es wäre ein Siegel auf ihrer Liebe. Je länger sie darüber nachdachte, desto mehr wünschte sie sich – und glaubte es schließlich sogar fast –, das Kind sei bewusst gezeugt worden. Jack würde sich riesig freuen. Sie sehnte sich danach, es ihm zu erzählen, aber er war gerade in Amerika, und eine solche Neuigkeit teilte man jemandem nicht am Telefon mit.

In der Zwischenzeit würde sie ihr Kind feiern. Ein Wintersegen, eine moralische Bestätigung, neues Leben, eine neue Zukunft. Die Peinlichkeit blieb, doch Jennet beschloss, erhobenen Hauptes dazu zu stehen.

Die Erste, der Jennet es erzählte, war Sarah. Eine Woche nach ihrem Arztbesuch, als sie das Geheimnis eigentlich noch niemandem anvertrauen wollte, stellte Sarah ihr eine direkte Frage. Sie waren in Jennets Schlafzimmer, und Sarah sah ihrer Mutter dabei zu, wie sie sich für eine Abendgesellschaft umzog. Sie hatte das schon als Kind gerne gemacht und tat es auch jetzt noch hin und wieder: mit den Flaschen auf Jennets Frisiertisch herumspielen, Lippenstifte ausprobieren, sich etwas von dem Schmuck aussuchen, den Jennet in einem Kästchen aufbewahrte, das ursprünglich Sandelholzseife beherbergt hatte. Die Auswahl war nicht groß. Richard Mallows Uhrenketten, Ohrringe, ein goldenes Armband, das Leonard Kaspar ihr geschenkt hatte, ein viktorianischer Opalring von Patrick Mann. Während Sarah die Uhrenketten durch ihre Finger gleiten ließ, fragte sie: Ma? Ich will ja nicht unverschämt sein, aber wirst du nicht ein bisschen fett?

Also erzählte Jennet es ihr, beinahe erfreut, jemanden zu haben, und sei es ihre eigene Tochter, der sie sich anvertrauen konnte. Sarah war angewidert. Sie war nicht so naiv zu glauben, dieses Kind könne von ihrem Vater sein. Du bist so alt, sagte sie. Viel zu alt, um eine Schlampe zu sein.

Von Sarahs Reaktion immer noch erschüttert, doch absurderweise zugleich ermutigt, beschloss Jennet am nächsten Tag, es David zu erzählen. Ich bin schwanger, sagte sie ganz unvermittelt: Was sollte es bringen, es noch länger hinauszuzögern. Er saß im Wohnzimmer am Klavier, und sie hatte ihm gerade einen Gin Tonic gebracht, der erste Drink des Tages, die beste Zeit, so schien ihr, um es ihm zu eröffnen. Das Ganze vorher in Gedanken durchzuspielen, hatte ihr nicht geholfen. Es gab keine Möglichkeit, die Neuigkeit abzumildern oder für ihn erträglicher zu machen. Er sah sie an, als hätte er nicht recht gehört. Wir waren doch schon ewig nicht mehr zusammen im Bett? Ich weiß nicht, ob ich dich richtig verstehe. Und dann verstand er oder glaubte jedenfalls, verstanden zu haben. Von Delafield?, fragte er.

Nein, sagte sie, entschlossen, durchweg bei der Wahrheit zu bleiben. Ich glaube, es ist Jacks Baby.

Jacks?

Jack Owen.

Später sollte Jennet sich wünschen, sie hätte nicht jenen Ausdruck in Davids Augen gesehen, den er nur allzu oft in ihren Augen gesehen haben musste. Verachtung. In den zwanzig Jahren, in denen sie ihm, wenn er sturzbetrunken war, immer wieder Gläser aus der Hand genommen hatte, bevor er hinfallen und sie zerbrechen konnte, ihn von Partys nach Hause geschafft und ins Bett gehievt hatte, war ihr die moralische Überlegenheit stets gewiss gewesen, doch jetzt wusste sie, dass sie in Davids Augen sehr tief gefallen war.

Er sagte nicht viel. Es gab nicht viel zu sagen. Er hatte nicht geahnt, dass zwischen seiner Frau und Jack etwas anderes als Freundschaft bestand. Er wollte nicht darüber nachdenken, was Jennet getan hatte, während er in dem verhassten Krankenhaus gewesen war, dessen mit Eisengittern versehene Fenster ihn an einen Albtraum erinnerten: Käfige, Stacheldraht, kreidebleiche Häftlinge.

Und was wirst du tun?, fragte er.

Ich werde das Kind kriegen. Und ich werde mit Jack zusammenleben. Das habe ich ihm allerdings noch nicht gesagt. Er ist weg, in Los Angeles. Was soll ich sonst sagen, David, außer dass es mir sehr leidtut. Es tut mir sehr leid.

Mir auch, sagte er. Mehr für dich als für mich.

Und dann Lewis, ohnehin schon verzweifelt, weil Jennet den ganzen November weg gewesen war, ohne ihm einen Grund zu nennen, und er sie auch seither kaum gesehen hatte. Jedes Mal, wenn er sich mit ihr zu treffen versuchte, hatte sie eine Ausrede. Ben sei gerade zu Hause, David komme demnächst aus dem Krankenhaus, dann wurde in Sarahs Schule ein Theaterstück aufgeführt, als Nächstes kam Weihnachten, und im Januar hatte sie zu viel zu tun. Sie hatte für das Frühjahr eine Ausstellung geplant. Nur einmal hatte sie ihm nicht aus dem Weg gehen können: auf Patrick Manns Weihnachtsfeier, wo er sie zwang, ihn anzuhören.

Sie ist schöner denn je, dachte er. Ihre eigentlich scharf geschnittenen Gesichtszüge wirkten jetzt weicher, und sie leuchtete regelrecht an diesem Abend in ihrem langen roten Kleid, als ob tausend Glühwürmchen um sie herumtanzten. Er fasste sie am Arm und bugsierte sie in eine Ecke, ohne sich darum zu scheren, dass Deirdre sie womöglich beobachtete oder David oder sonst wer. Jennet, sagte er, ich muss dich sehen. Es ist so lange her. Das bringt mich um.

Natürlich, sagte sie, ich musste mich einfach um so viel kümmern, die Kinder, und jetzt, wo es David besser geht …

In der Hoffnung, Lewis würde ohne eine weitere Erklärung ihrerseits einsehen, dass Davids neuerliche Anwesenheit im Haus ihre Affäre unmöglich machte, ließ sie den Satz unvollendet. Affäre, so nannte sie es im Stillen, womit sie bewusst die Augen vor der Tatsache verschloss, dass es für Lewis weitaus mehr war. Er sah natürlich nicht ein, dass Davids Heimkehr irgendetwas änderte. Für ihn war es ein Beginn, kein Ende. Er glaubte, Jennet würde David verlassen, sobald er auf eigenen Füßen stehen konnte. Anderen Möglichkeiten verschloss sich sein Verstand. Je weniger Zeit ihm Jennet einräumte, desto leidenschaftlicher sehnte er sich nach ihr: Ohne sie war sein Leben sinnlos. Sie an diesem Abend bei Patrick zu sehen, strahlend, unerreichbar, ließ Lewis brennen.

Erst Wochen nach diesem Abend hatte Jennet von dem Baby erfahren. Jetzt war der Zeitpunkt gekommen, Lewis die Wahrheit zu sagen. Jennet wusste, dass sie das schon Monate zuvor hätte tun sollen: Sie hätte ihm sagen sollen, dass sie ihn nicht liebte, hätte ihm von Jack erzählen sollen. Aber Lewis hatte so etwas Wundes an sich, eine Verletzlichkeit, als wäre seine Haut nach einer schlimmen Abschürfung gerade erst verheilt. Man konnte ihm so leicht wehtun, und das machte es so schwer, ihm wehzutun. Sie wusste das – sie hatte ihm schon oft wehgetan. Vergangenen Sommer hatte sie ihn so manche Nacht zurückgewiesen. Warum denn?, hatte er dann gejammert, war vor ihrer Tür stehen geblieben, hatte ihre Hände umklammert, jede Selbstachtung aufgegeben. Warum denn, wo ich dich doch so begehre? Sie schützte Müdigkeit vor, oder Vorsicht oder Vanessa und wusste schon damals, dass das grausam war. Doch diese letzte Grausamkeit würde die schlimmste sein, und sie scheute davor zurück, sie ihm zuzufügen. Sie hätte ihn genauso gut aufs Schafott führen können.

Nachdem sie der Versuchung widerstanden hatte, Lewis einen Brief zu schreiben, denn sie war schließlich schon feige genug gewesen, rief Jennet ihn an, um sich mit ihm zum Mittagessen zu verabreden. Seine freudige Reaktion ließ ihren Mut gleich wieder sinken. Sie trafen sich in einem Fischrestaurant in St. James, das sie gewählt hatte, weil man in dessen altmodischen Sitznischen ungestört sein konnte. Das gefiel auch Lewis. Vielleicht hielt er es für eine indirekte Aufforderung zu Zärtlichkeiten.

Jennet trug ein locker sitzendes Kleid, aber Lewis schaute mit den Augen des Liebenden, und als sie aufstand, um ihn zu begrüßen, sah er sofort, dass sie schwanger war. Liebste, sagte er. Warum hast du mir denn nichts erzählt …? Wie weit ist es schon, wie geht es dir? Du armes Ding, wie tapfer du das geheim gehalten hast. Du hättest es mir sagen sollen. Hast du befürchtet, dass ich wütend werde, dass es Probleme gibt …? Na ja, es wird natürlich welche geben, aber das hier verändert alles, das kann nicht warten. Ich werde es Deirdre sofort sagen. Was ist denn los, Jennet?

Dass er wie ein Wasserfall reden musste, bevor er innehielt, um zuzuhören. Dass er die Liebe so überfrachtet hatte. Und dass er, nachdem er dann zugehört hatte, so unbeeindruckt war. Er war totenblass, doch seine Augen blieben trocken, er hatte sich schweigend alles angehört, hatte es sogar geschafft, mit den wartenden Kellnern umzugehen. Sie bestellten beide Seezunge, die jedoch keiner von ihnen aß. Jennet redete, bat um Verzeihung, erklärte, sagte ihm, dass sie ihn als Freund liebe, immer lieben werde, komme was da wolle, doch als sie fertig war, zählte Lewis an seinen für einen Mann ungewöhnlich zierlichen Fingern rückwärts und sagte: fünf Monate? Oktober. Da war ich mit dir zusammen. Du trägst mein Kind. Unser Kind. Und was noch wichtiger ist, ich will es. Jack Owen dagegen will es garantiert nicht.

Was soll das heißen, Jack will es garantiert nicht?

Na, was meinst du denn, was seine Frau dazu sagen wird? Seine Frau, dieser Möchtegernfilmstar, die nicht nach St. Ives kommen kann, weil das zu weit von Hollywood entfernt ist? Sie will, dass er nach Kalifornien zieht und dort bleibt. Was er, nach allem, was man hört, auch tun wird. Dort gibt es einen Markt für seine beschissenen Bilder, aber vermutlich keinen Platz für dich oder das Baby.

Jetzt sind sie beide kreidebleich und angewidert, funkeln sich über ihre unberührten Teller hinweg böse an und werfen sich grausame Wahrheiten an den Kopf, die keiner dem anderen glaubt, weil sie zu sehr wehtun.

Jennets Ausstellung fand wie geplant Ende April 1967 in der Whitechapel Art Gallery statt. Sie war groß angelegt und umfasste sowohl Leihgaben als auch Werke, die seit der Biennale in Venedig 1961 entstanden waren. Auch *Isola* gehörte dazu, eine Leihgabe von Lewis Delafield, dem Jennet das Bild ohne Erklärung oder sonstigen Kommentar unmittelbar nach ihrer letzten Begegnung geschickt hatte. Unter den neueren Arbeiten waren acht Gemälde, die Jennet in einer sechswöchigen Phase außergewöhnlicher Kreativität zwischen November 1966 und dem darauffolgenden Januar geschaffen hatte. Die Bilder dieser Serie haben Nummern anstelle von Titeln. Jennets Aufzeichnungen ist zu entnehmen, dass sie hier erneut das Licht erforschte. Licht auf Wasser, reflektiertes Licht, das gestreute Licht an einem von Wolken marmorierten Novemberhimmel kurz vor Sonnenuntergang. Sonnenlicht im Winter. Sie sind erstaunlich schön, diese Bilder. Jennet experimentierte darin mit neuen Techniken, verdünnte die Farbe so weit wie irgend möglich und fügte ihr hier und da feinen Metallpuder hinzu. Silber, Gold, Perlmutt. Blattgold, übermalt und dann mit einer dünnen Lasur überzogen, die an manchen Stellen jedoch wieder weggebürstet wurde, sodass die Oberfläche des Gemäldes sich je nach Lichteinfall beziehungsweise dem Standpunkt des Betrachters verändert. Tänzerische Gemälde, die wie Diamanten Licht zugleich ausstrahlen und anziehen und in die Jennet ganz offensichtlich ihr damaliges Glück hatte einfließen lassen.

In der Ausstellung gab es nur ein Gemälde, das nach Februar 1967 entstanden war: *Lots Frau*, jenes oft reproduzierte, unter die Haut gehende Bild, das im Philadelphia Museum of Art hängt. Eine Frau in Lebensgröße, mit einem weißen Unterhemd bekleidet, die Arme an den Körper gebunden und das Gesicht hinter der Salzkruste, die ihr Gefängnis ist, schreckerfüllt. Während in der biblischen Geschichte Lots Frau jedoch selbst zu Salz wird, ist in Jennets Version die lebendige Frau gefangen, so als wäre das Salz augenblicklich um sie herum verkrustet und würde bald ihr Fleisch zerfressen. Die Angst steht der Frau sehr lebendig ins Gesicht geschrieben, doch zugleich sind ihre Gesichtszüge und ihr Körper ganz vom Salz überzogen, sodass sie aussieht wie ein Geist oder wie jemand, den man durch Wasser hindurchsieht. Das Gemälde enthält keine andere Farbe als Weiß, viele verschiedene Weißtöne: das Haar der Frau, ihr Unterhemd, das Blauweiß des Salzes. Winzige, in die Farbe gemischte Glimmerflocken lassen das Gemälde kalt schimmern. Durchscheinendes Weiß, Zinkweiß, Titanium. Wer die Geschichte nicht kennt, könnte meinen, das Grab der Frau bestehe aus Eis.

Auf die Ausstellung in Whitechapel folgte eine Wanderausstellung in den Vereinigten Staaten, die von Hagopian's organisiert wurde, Jennets Galerie in New York. Sie endete im Juli 1968 im San Francisco Museum of Art, wo Jack Owen sie gesehen haben muss: Er schickte Jennet ein nicht datiertes Glückwunschschreiben, das sie aufhob. Es war der zweite Brief, den sie von ihm erhielt. Im ersten, der im März des Vorjahres gekommen war, hatte er ihr geschrieben, dass er vorhabe, für immer in Kalifornien zu bleiben.

Jennets Sohn kam am 18. Juli 1967 zur Welt, ein Kind mit schiefergrauen Augen und dunklem Haar. Sie nannte ihn Adam, und weil sie nicht wusste, was sie sonst hätte tun sollen, und David sagte, ihm sei es egal, gab sie bei der Geburtsanzeige Davids Nachnamen an.

In diesem Sommer ging Sarah nach Sizilien, und auch Ben zog aus, er hatte eine Pilotenausbildung begonnen und teilte sich mit Freunden eine Wohnung am Redcliffe Square. Das Fliegen war seine neue Leidenschaft, und er ging völlig darin auf, sodass ihn das Baby nicht weiter interessierte. Im Gegensatz zum Rest von Jennets Familie ging er selbstverständlich davon aus, dass David der Vater sei. Da er während Davids Krankenhausaufenthalt außer Landes gewesen war, fehlte ihm das Wissen um Daten, über das seine Schwester verfügte. Es war Sarah hoch anzurechnen, dass sie damals keine Notwendigkeit sah, ihn mit der Wahrheit zu beunruhigen. Auch Jennet hielt die Fiktion aufrecht, Adam sei Davids Sohn, sogar alten Freundinnen wie Margaret Metcalf gegenüber.

Am 27. Juli stürzte Lewis Delafield von einem Kliff am Gurnard's Head in Cornwall. Der Tod trat unmittelbar ein, Lewis' Kopf zerschellte wie das Ei einer Seemöwe. Da es keine Zeugen gab und Lewis keinen Brief hinterlassen hatte, erkannte der Coroner nach der amtlichen Untersuchung auf gewaltsamen Tod bei offener Schuldfrage. Möglicherweise war das eine freundliche Geste gegenüber der völlig am Boden zerstörten Witwe. Lewis' enge Freunde waren sich jedoch sicher, dass es seine Absicht gewesen war, sich umzubringen. An der Stelle, wo Lewis in die Tiefe gestürzt war, wies der Pfad keine besonderen Schwierigkeiten auf, es war ein schöner, klarer Tag gewesen, Lewis litt unter keinerlei körperlichen Beeinträchtigungen, er konnte unmöglich aus Versehen über den Rand des Kliffs getreten sein.

Auf der Suche nach einer Erklärung für seinen schockierenden Tod kamen Lewis' Freunde schließlich auf Jennet. Sie stützten sich dabei nur auf ein Gerücht, ein ziemlich vages noch dazu. Niemand wusste Genaues über ihre Beziehung zu Lewis, doch nachdem er gestorben war, wurden die Fasern des dürftigen Wissens kräftig gedehnt und zu einer unumstößlichen Tatsache verwoben. Die Verzweiflung hatte Lewis umgebracht, und ihre Ursache war Jennet. Nur Verzweiflung und die Grausamkeit einer Frau konnten einen Mann, der so viel zu verlieren hatte, dazu bringen, zu tun, was Lewis getan hatte. Das Bild von Jennet, dem Star ihrer Generation, von anderen Künstlern bewundert und wohl etwas distanziert, aber ausgesprochen attraktiv, gewann nun eine bösartige Facette: die Frau, die mit den Gefühlen eines anständigen Mannes Schindluder trieb. Eine Circe, die zu ihrem Vergnügen mit ihm spielte, ihn von seiner treuen Ehefrau weglockte, ihn durch Zauberei verführte. Und dabei ihren eigenen Ehemann betrog. Die Menschen, die Lewis nahegestanden hatten, wussten, dass Jennets Macht über ihn aus seinem Entzücken über ihre Malerei erwachsen war. Dass er sie als Künstlerin verehrte, war nie ein Geheimnis gewesen. Sie wussten auch, dass Lewis quecksilbrig, labil, anfällig für Depressionen und jederzeit zu einer unüberlegten Handlung fähig gewesen war. Trotzdem machten sie nicht etwa sich selbst den Vorwurf, ihm keine aufmerksamen Freunde gewesen zu sein, sondern schoben allein Jennet die Schuld an Lewis' Tod zu.

Und Jennet wusste, dass sie recht hatten. Lewis hatte sie am Morgen nach Adams Geburt im Krankenhaus besucht. Lorna Mallow hatte sich eigenmächtig zur Überbringerin der Nachricht gemacht, entgegen der Bitte ihrer Tochter, es für sich zu behalten.

Lornas Motive sind heute, dreißig Jahre nach ihrem Tod, schwer zu erkennen. Damals war sie vollkommen von ihrer Tochter abhängig. Nachdem sie sich entschieden hatte, an einem Ort zu leben, an dem sie keine Vergangenheit und keine eigenen Freunde, keine Unabhängigkeit und keine eigene Wohnung hatte, brauchte Lorna Jennet, um sich über sie zu definieren. Ohne Jennet war ihr Selbstbild gefährdet. Mit ihr war es – solange alles in Ordnung war – äußerst befriedigend: Mutter und Schwiegermutter von gefeierten Malern statt Ehefrau eines enttäuschten Pfarrers. Nicht mehr ungepflegt und provinziell, sondern weltläufig und kultiviert, eine Exotin karibischer Herkunft. Türsteherin und Mitgastgeberin zugleich – sie genoss es, die Gäste der Heatons zu unterhalten. Diese sensiblen jungen Dinger, sagte Lorna gern über sie, sie brauchen doch jemanden, an den sie sich wenden, eine Freundin, der sie vertrauen können.

Von allen Besuchern mochte sie Lewis ganz besonders, zum Teil wegen seiner guten Manieren, aber mehr noch, weil er eine Gestalt des öffentlichen Lebens war. Im Jahr 1966 hatte er eine eigene wöchentliche Fernsehsendung, in der er zeitgenössische Kunst besprach. Lorna schaute sie sich gerne an, gleichsam als Eingeweihte und in der Hoffnung, sich darin zitiert zu finden. Ihre kritischen Aperçus stießen, wie sie glaubte, bei den Freunden ihres Schwiegersohns und ihrer Tochter auf große Bewunderung. Oder vielmehr, wenn sie ehrlich war, hauptsächlich bei den Freunden ihres Schwiegersohns: Sie waren diejenigen, die auf ihre Witze mit schallendem Gelächter reagierten, ihr die Zigarette anzündeten und das Glas nachfüllten. Jennet schien weniger Freunde zu haben, und die paar, die sie hatte, waren eher langweilig.

Bis auf Lewis Delafield, der berühmt und glamourös war. Dass er auch Jennets Liebhaber war, wusste Lorna damals nicht. Doch sie erfuhr es von Jack Owen, der, wie sie oft sagte, offenkundig ein Lump, aber umwerfend attraktiv sei. Bei aller Empörung darüber, dass Jennet ihm wie eine läufige Hündin hinterherrannte, hatte sie doch widerwillig eingeräumt, sie könne es verstehen. Seit sie im Bridge House wohnte, sah sie Davids Fehler nur zu deutlich, und sie fand, dass er Jennet vernachlässigte. Allerdings war ein Seitensprung eine Sache, ein Baby aber eine ganz andere, und die Schande, die Jennets Schwangerschaft zweifellos über sie bringen würde, verstörte Lorna ziemlich.

In Ermangelung einer geeigneteren Vertrauten ließ sie Sarah an ihren Sorgen teilhaben. Sie waren sich in den vergangenen drei Jahren nahegekommen. Mit ihrer Vorliebe für festliche Kleidung und bunte Farben, ihrer Ungeduld, ihrem ständigen Vergnügungsbedürfnis waren sie einander ja auch sehr ähnlich. Lorna erzählte Sarah reich ausgeschmückte Geschichten über ihre Kindheit, die das Mädchen begierig aufsaugte, Geschichten von dunkeläugigen, weiß gekleideten Frauen, von Maskenbällen und Tanzveranstaltungen, von glitzernden Kolibriflügeln.

Im Gegenzug vertraute Sarah sich Lorna ebenfalls an. Sie erzählte ihr, was sie von Vanessa über Lewis in dem Sommer in Trevenna erfahren hatte, redete sich bei ihrer Großmutter ihre ganze Verletztheit und Wut von der Seele. Und Lorna, die weder dumm war noch unfähig, einen Kalender zu lesen, reimte sich die komplizierte Lage selbst zusammen. Falls David sich von Jennet scheiden lassen würde, wovon Lorna ausging, würde sie Lewis als Ersatzschwiegersohn Jack bei Weitem vorziehen. Jack war einfach wieder ein chaotischer und relativ erfolgloser Maler. Lewis dagegen war bereits bekannt und hatte eine vielversprechende Zukunft vor sich. Wer tatsächlich der Vater des Babys war, fiel nicht so sehr ins Gewicht.

Kreidebleich vor dem dunklen Holz und den Sepiatönen des altmodischen Restaurants, in dem sie sich in jenem März verabredet hatten, erklärte Jennet Lewis, dass sie sich nicht mehr mit ihm treffen werde. Hätte Lewis ihr nicht von Jack Owens Heirat erzählt, wäre sie sicher freundlicher gewesen, hätte gesagt, dass sie eines Tages Freunde sein könnten, dass Lewis ihr durchaus etwas bedeute. Doch der Kummer machte sie brutal. In ihrem Herzen wusste sie, dass Lewis mit dem, was er sagte, recht hatte. Aber er ritt endlos darauf herum – er habe ein Foto von der Frau gesehen, ein Bekannter von ihm kenne sie, sie sei wirklich umwerfend –, denn auch ihn hatte das Leid grausam gemacht. Und wütend. Er und Jennet starrten sich über das gestärkte weiße Tischtuch und den kalt gewordenen gegrillten Fisch hinweg fassungslos an wie Kinder, deren Welt gerade zusammengebrochen war. Wie Kinder hätten sie am liebsten aufeinander eingeschlagen, einander gekniffen, gebissen und gekratzt, und vielleicht hätten sie es sogar getan, wenn die Konvention sie nicht gebremst hätte. Stattdessen fochten sie mit messerscharfen Worten. Biest. Hure. Betrügerin. Treulose. Ich habe dich nie geliebt, sagte Jennet. Du hast dir etwas vorgemacht. Ich will dich nie mehr sehen.

Darauf hatte Lewis nichts erwidert, er war wortlos aufgestanden und hatte das Restaurant verlassen. Am nächsten Tag schickte er einen Arm voll Madonnenlilien in den Cheyne Walk mit einem Briefchen, in dem er um Verzeihung bat. Als Reaktion schenkte Jennet ihm *Iscla*, doch sie verweigerte jeden weiteren Kontakt. Weder erwiderte sie seine Anrufe, noch beantwortete sie seine kummervollen Briefe, und wenn er unangekündigt bei ihr vor der Tür stand, ließ sie ihm ausrichten, sie sei nicht da. Einmal öffnete sie ihm nichtsahnend selbst die Tür, machte sie jedoch kommentarlos sofort wieder zu. Sie sagte sich, es sei weniger grausam, einen klaren Schlussstrich zu ziehen und Lewis wieder die Fäden seines Lebens aufnehmen zu lassen. Soweit sie wusste, hatte er Deirdre nichts erzählt. Es sollte also kein Problem für ihn sein, wenn er erst einmal von seinem Wahn kuriert war, mit ihr und seinen Kindern ein glückliches Leben zu führen.

Lorna war über Jennets Hartherzigkeit im Bilde. Meist war sie es, die dem verzweifelten Liebhaber Jennets unnachgiebige Antworten überbrachte, und sie war es auch, der Lewis, von seinem Schmerz fast um den Verstand gebracht, Bescheid sagte, ehe er nach Cornwall flüchtete. Er müsse in sich gehen, erklärte er Lorna, über alles nachdenken und versuchen, endlich mal wieder ein bisschen zu schlafen. Angeregt durch diese dramatische Liebesgeschichte, voller Mitleid für Lewis und Ärger über Jennet, die hartnäckig weiterhin vorgab, das Kind sei von David, beschloss Lorna heimlich, Lewis zu benachrichtigen, wenn das Kind da war. Hätte Jennet ihrer Mutter nähergestanden und sich ihr anvertrauen können, hätte Lorna sich vielleicht weniger eingemischt. Doch Jennet war damals durch ihre Traurigkeit selbst wie betäubt und hatte gerade mal genug Kraft, um sich durch den Tag zu schleppen, während das Kind in ihr seinen Raum einforderte.

Kaum hatte Lorna von der Geburt des Kindes erfahren, schickte sie Lewis ein Telegramm nach Cornwall, worauf dieser mit dem Nachtzug nach London kam. Jennet lag allein in einem Nebenzimmer der Station. Als die Geburt sich angekündigt hatte, war sie ohne Begleitung ins Krankenhaus gefahren. Sie sah Lewis an der halb verglasten Tür, vor ihm eine gut gelaunte Krankenschwester, die erleichtert feststellte, dass ihre einsame Patientin doch nicht ohne Freunde war. Er hatte Rosen und ein Plüschtier dabei, einen weißen Seehund, der größer war als das Kind. Die Krankenschwester führte ihn hinein, überzeugt, dass er mit seinen Blumen und seinem Geschenk willkommen sein würde. Jennet hätte ihn nicht ohne Weiteres hinauswerfen können, und in diesem Moment wollte sie das auch gar nicht.

Das Neugeborene lag in einem Plastikbettchen neben Jennets Bett und schlief. Lewis beugte sich über den Kleinen, berührte sanft dessen Faust, sah das feuchte, verfilzte dunkle Haar, das winzige Gesicht, das immer noch zusammengekniffen war, wie um diese neue grelle Welt mit all dem erschreckenden Licht und Lärm von sich fernzuhalten. Er fand, dass dieses Kind genauso aussah wie seine Tochter direkt nach der Geburt. Hallo, sagte er leise zu dem Baby. Er wusste nicht, wie es hieß.

Und?, fragte er, an Jennet gewandt, die etwas unbequem mit mehreren Kissen im Rücken in ihrem Krankenhausbett saß.

Schön, dass du da bist, sagte sie, was wirklich stimmte. An diesem Ort voller Fremder tat sein vertrautes Gesicht ihr gut. Sie hatte sich so allein gefühlt. Doch als er sich herunterbeugte, um sie zu küssen, wich sie zurück. Die Hoffnung in seinen Augen und der darunterliegende Schmerz erschreckten sie. Nach der Entbindung war Jennet erschöpft und vielleicht auch etwas emotionaler als sonst, aber sie sah ganz klar, dass sie die Last dieses Mannes nicht auf sich nehmen konnte. Sie hatte in ihrem Leben schon zu viele Lasten tragen müssen. Jetzt war noch eine neue dazugekommen: dieses Kind, das keine Fürsprecher oder Verteidiger hatte. Als sie mit Jack zusammengewesen war, hatte sie eine gewisse Leichtigkeit in ihrem Sein verspürt, aber Lewis war eine ungeheure Bürde, zusätzlich zu all den anderen – ihrer Mutter, ihrer Tochter, ihrem melancholischen Mann –, die sie hinunterzuziehen drohten. Sie begehrte Lewis nicht, und sie konnte ihn nicht lieben: Sie hatte nicht das Recht, seine Liebe zu nehmen, nur weil sie gerade Liebe brauchte – irgendjemandes Liebe.

Es war schwer, die richtigen Worte zu finden, um ihm das deutlich zu machen. Sie stammelte und weinte und Lewis ebenso, und während sie sich heulend aneinanderklammerten, wurde das Baby wach und fing auch noch an zu weinen. In einem Durcheinander von Milch und Rotz und Tränen tat Lewis seine Verzweiflung und Liebe kund und erhob Anspruch auf seinen Sohn, doch Jennet ließ sich nicht darauf ein, und am Ende musste er gehen. Die freundliche Krankenschwester, die mittendrin zu ihnen und dem verstörten Baby hereinkam, machte ihnen beiden eine Tasse Tee und brachte Lewis dann hinaus.

Lewis' Beerdigung. Sein verstörter kleiner Sohn in Schuluniform, Shorts und Blazer, seine Tochter in einem geliehenen, zu großen Mantel, dunkelblau mit Samtkragen, die Ärmel so lang, dass ihre Hände darin verschwanden. Sie war drei Jahre alt, zu jung um zu verstehen, was in der riesigen düsteren Kirche vor sich ging oder was sich in dem blumenbedeckten Sarg am Fuß der Altarstufen befand. Doch sie nahm sehr wohl die Stimmung ihrer Mutter wahr, und die ganze Totenmesse über stand und saß und kniete sie, wie es sich gehörte. Dann folgte sie den Männern, die den Sarg ihres Vaters trugen, durch den Mittelgang, hielt unter dem samtenen Ärmelaufschlag die Hand ihres Bruders, beider Gesichter von dem Schock so angespannt, dass es schien, als hätte jemand ihre weiche Haut nach hinten gezogen und mit einer Klammer im Nacken zusammengefasst. Hinter ihnen ging Deirdre, Augen und Nase vom tagelangen Weinen gerötet.

Die drei gingen an Jennet vorbei, die, um Diskretion bemüht, am anderen Ende einer Kirchenbank stand. Eigentlich wollte sie es nicht, doch sie musste die drei anschauen und ebenso den Sarg, der leicht schwankend auf den Schultern von vier schwarz gekleideten Männern mit professionellen Trauermienen ruhte. Seit Lewis' Tod waren etliche Tage vergangen: Wie mochte er in diesem Sarg jetzt wohl aussehen? Sie sah seinen Körper vor sich, wie er auf dem Granit unter Gurnard's Head festhing, sah, wie das verständnislose Meer an ihm zerrte. Sie sah ihn vor sich, wie er ihr Adam aus dem Arm nahm, ihn wiegte und seinen Anspruch auf ihn geltend machte, auf dieses Kind, von dem er wusste, dass es seines war. Sie sah ihn vor sich, wie er sich im Bett nackt über sie beugte, ihr sagte, dass er sie liebe, sie immer lieben werde, sie anflehte, das Gleiche zu ihm zu sagen. Als seine Kinder an ihr vorbeigingen, der blonde Junge und das dunkelhaarige Mädchen, blieben Jennets Augen trocken, doch in ihre Brüste schoss die Milch ein, so als hätte sie ihr hungriges Baby schreien hören.

Während sie in der Küchenspüle einen gusseisernen Topf ausscheuert, hält Jennet inne, um das im fettigen Wasser sich spiegelnde Licht der darüber hängenden Lampe und ihre eingetauchten Hände zu betrachten. Aus dem Nichts schlägt eine Welle der Furcht über ihr zusammen, und sie ist sich plötzlich absolut sicher, dass sie nie wieder ihre Hände aus dem Wasser wird nehmen oder ihre Füße vom Boden wird lösen können. Nur ihr wild pochendes Herz ist ein Hinweis auf Leben. Ansonsten könnte sie genauso gut gelähmt sein, wie Lots im Salz eingeschlossene Frau. Irgendwo in der Ferne schreit ein Baby, aber Jennet kann nicht zu ihm gehen. Sie kann sich überhaupt nicht bewegen. Sie muss für immer hier stehen, die Hände unter Wasser in dem geschwärzten Topf.

Mit ihrer Vermutung, David und Jennet würden sich scheiden lassen, hatte Lorna Mallow falschgelegen. Derlei rechtliche Belange interessierten David schlichtweg nicht. Die Ehe ist nichts als ein Stück Papier, sagte er zu Jennet. Warum sollten wir dafür bezahlen, dass man unsere aufhebt? Zwar war er über das Ergebnis von Jennets Untreue keineswegs erfreut, doch genoss er den Freibrief, den er dadurch bekam. Ihre Ehebrüche brachten sie auf eine Linie mit denjenigen ihrer Bekannten, die für die konventionelle Ehe immer nur Verachtung empfunden hatten. Dermot verteilte seine Gunst auf zwei Frauen, die beide Kinder von ihm und von anderen Männern hatten. Die beiden Roberts waren für ihre Promiskuität bekannt. Der indische Dichter und die Frau, die sich als seine Ehefrau bezeichnete, wussten gar nicht mehr genau, ob sie tatsächlich geheiratet hatten. David hatte die Bürgerlichkeit seines Familienlebens immer ein bisschen geärgert. Jetzt machte es mehr Spaß. Nachdem er Jennet jahrelang mit Corinne betrogen hatte, waren er und sie jetzt wieder quitt. Er sah keinen Grund, warum sie nicht weiterhin bequem unter einem Dach zusammenleben sollten. In seinem Atelier in Chelsea konnte er gut arbeiten. Irgendwann schrieb er in pseudogotischen Buchstaben über die Tür: Mein Name soll leben in Ewigkeit.

Jennet war Stillstand lieber als Veränderung. Doch selbst wenn sie es gewollt hätte, wäre sie gar nicht in der Lage gewesen, irgendetwas zu verändern. Ihre Schuldgefühle und die Erschöpfung hatten sie völlig ausgehöhlt. Sie empfand sich nur noch als leere Hülle, wertlos und zu nichts anderem mehr zu gebrauchen, als dazu, ihren Sohn zu füttern und für die Tochter zu sorgen, die noch zu Hause war. Adams Geburt hatte die letzten Reste an Kraft aufgezehrt, die ihr nach der Demütigung durch Jack Owen noch geblieben waren, und Lewis' Tod war für sie der Beweis ihrer grundlegenden Schlechtigkeit. Früher hatte sie sich etwas auf ihre Intelligenz und Wahrnehmungsfähigkeit zugute gehalten. Jetzt war sie eine Kreatur, die zu dumm gewesen war, um zu erkennen, was doch klar auf der Hand lag, und zu selbstsüchtig, um den Tod eines Mannes zu verhindern. Als dieses erniedrigte Geschöpf empfand sie stumme Dankbarkeit gegenüber David – wegen seiner Langmut, weil er Adam den Schutz seines Namens gab, weil er sie nicht schlug oder sich aus dem Staub machte und sie mit dieser Schande allein ließ. Jetzt klammerte sie sich an David. Die zwanzig Jahre, in denen sie jeden Stimmungswandel mit ihm durchgestanden hatte, zahlten sich jetzt aus: Er war alles, was ihr geblieben war, die einzige Zukunft, die sie sehen konnte.

Doch später im selben Jahr lernte David im Chelsea Arts Club eine deutsche Künstlerin kennen, Wiebke Wendt. Anfangs machte er noch Witze über sie, nannte sie den Jung-Nazi, sagte, sie sehe exakt so aus wie einer seiner Lagerwärter: eine Frau, die in Knobelbechern zur Welt gekommen sei. Doch bald schon schwärmte er von ihrem künstlerischen Potenzial. Wiebke war entschlossen und ehrgeizig, sie fand David zwar als Maler nicht beeindruckend, wusste aber, dass er ihr nützlich sein konnte. Sie brauchte eine Unterkunft, und er ließ sie in Sarahs Zimmer im Cheyne Walk wohnen. Statt Miete zu zahlen, saß sie ihm Modell. Er bewunderte die Form ihres Kopfes und den schönen Schwung ihrer Schultern. Sie war damals Anfang zwanzig, eine kleine Frau mit schlankem, jungenhaftem Körper, einem ausdrucksvollen Gesicht und modisch kurz geschnittenem schwarzem Haar.

Wiebke Wendt beschrieb ihre eigene Arbeit als experimentell. Sie behauptete, die traditionellen Kunstformen, insbesondere die Malerei, hätten einer Welt, die sich im Umbruch befand, nichts mehr zu bieten. Heutzutage bestehe die Aufgabe vielmehr darin, die Realität lebensnah abzubilden, wozu die Fotografie, der Film oder auch ihre eigenen multimedialen Assemblagen geeignet seien, bei denen sie Alltagsabfälle mit ikonischen Darstellungen kontrastierte. In einer kurz vor ihrem Umzug nach London fertiggestellten Arbeit hatte sie eine Reproduktion von Grünewalds *Kreuzigung* vergrößert und einen Werbeslogan – *Dying for a coke!* – auf den Querbalken des Kreuzes geklebt. Das zeige die Verdrängung einer Form der Manipulation durch eine andere, erklärte sie, und die Sinnlosigkeit jedes Opfers.

Als Adam Heaton ungefähr fünf Monate alt war, entwickelte sich bei Lorna Mallow, die an der Schaufensterkrankheit litt, ein Blutgerinnsel im Bein. Mehrere Versuche, es chirurgisch zu entfernen, schlugen fehl, sodass das Bein im Januar 1968 kurz unterhalb des Knies amputiert wurde. Das war, ein Jahr vor ihrem siebzigsten Geburtstag, ein furchtbarer Schlag für sie. Erst wenige Wochen zuvor hatte sie sich mit einem Witwer angefreundet, der ein paar Häuser weiter im Cheyne Walk wohnte. Die Aussicht, dass mehr daraus werden könnte, hatte sie beschwingt. Doch nun machten ihre zerstörten Hoffnungen und der anhaltende Schmerz sie stattdessen zu einer zänkischen alten Frau, einer zornigen und verbitterten Invalidin, die all die anderen Grausamkeiten, die das Schicksal ihr zugefügt hatte, wieder und wieder Revue passieren ließ. Und allmählich begann die Arterienverstopfung, die den Verlust ihres Unterschenkels zur Folge gehabt hatte, auch Lornas Gehirn zu beeinträchtigen. Sie hatte immer länger werdende Phasen der Verwirrung und Vergesslichkeit, nur nicht in Bezug auf ihre Kindheit, an die sie so oft zurückdachte, jene Zeit in Jamaika, als sie noch glücklich gewesen war.

Jennets Schwester Barbara kam, um während der ersten zwei Wochen von Lornas Rekonvaleszenz bei der Pflege zu helfen, länger konnte sie nicht bleiben. Ihr Mann, Lionel McPhail, mittlerweile selbst ein alter Mann, sah nur noch sehr schlecht und brauchte sie. Da sie für ihn sorgen musste, konnte sie Lorna unmöglich mit nach Schottland nehmen. Barbara war jetzt grauhaarig und wie eine alte Frau gekleidet. Jennet konnte sich nur allzu gut die trostlosen Jahre vorstellen, die vor ihr lagen. Sie wollte sie nicht dadurch noch trostloser machen, dass sie Barbara auch noch ihre Mutter aufhalste.

Ein Krankenzimmergeruch machte sich in dem Haus in Chelsea breit. Lorna schaffte die Treppen nicht mehr: Was bis dahin das Wohnzimmer gewesen war, wurde nun ihr Schlafzimmer. Im Erdgeschoss gab es zwar eine Toilette, aber kein Badezimmer, sodass Lorna mithilfe von Wasserschüssel und Waschlappen gewaschen wurde. Es roch nach Desinfektionsmittel, Elend und Urin. Bis Lornas Stumpf geheilt war, musste er gereinigt und verbunden werden. Ein Wulst rötlich glänzender Haut. Barbara zeigte Jennet, wie man ihn verband, und nach Barbaras Abreise war das ihre Aufgabe, wie auch das Waschen und das Leeren des alten Nachtstuhls, den Lorna benutzte, wenn sie es nicht mehr bis zur Toilette schaffte.

Das alles hätte genauso gut eine bezahlte Pflegerin erledigen können. War es falsch von Jennet, keine einzustellen? Vermutlich. Doch sie wusste, während sie von Kinderbettchen zu Krankenbett, von Rollstuhl zu Kinderwagen, von Verband zu Lätzchen, vom Kleinkind zur kranken Alten schlurfte, dass sie gerade nicht anders leben konnte. Es war eine Art von Buße.

Und dann war da in dieser langen anstrengenden Zeit, in der sie die Bedürfnisse anderer erfüllte und ihre eigenen verleugnete, auch immer noch die traurige Vanessa. In dem Monat vor der Operation ihrer Großmutter war sie sechzehn geworden, eine blasse, mottenartige Erscheinung. Sie musste nicht gefüttert oder angezogen werden, das konnte sie selbst. Und sie konnte auch sprechen, wenn sie wollte, wobei sie nie mehr als ein paar Wörter auf einmal sagte, außer zu Sarah, die ihr zweifellos fehlte. Sarah war die Einzige, die sich Vanessa gegenüber verhielt, als wäre sie so robust und fröhlich wie jeder andere. Ohne ihre Schwester zog sich Vanessa noch mehr in sich zurück. Sie war zu alt für die Schule und offenkundig nicht arbeitsfähig, und so lebte sie orientierungslos vor sich hin wie jemand, der aufgrund irgendeines Versehens im Leben eines anderen Menschen gelandet ist.

Der gleiche beklemmende Schmerz, den Jennet beim Gedanken an Barbaras Einsamkeit empfand, überkam sie mit noch größerer Vehemenz, wenn sie über Vanessa nachdachte. Nur zwei Dinge machten ihrer Tochter Freude: das Malen und der Kleine. Jennet hatte anfangs befürchtet, Vanessa hätte womöglich nicht die Kraft, das Kind zu halten. Als Adam gerade geboren war, durfte Vanessa ihn nur im Arm halten, wenn sie sicher saß, so als wäre sie selbst noch ein kleines Kind. Jennet hatte Visionen, wie das Baby aus Vanessas schwächlichen Fingern auf den harten Fußboden glitt und sein kleiner Kopf zerschellte wie der von Lewis. Doch tatsächlich hielt Vanessa den kleinen Jungen wie aus einem tiefen Instinkt heraus völlig richtig. Und er reagierte auch auf sie, lächelte sie an, wollte zu ihr, fühlte sich offenbar bei ihr wohl. Manchmal fand Jennet Vanessa kniend neben Adams Bettchen, wo sie ihm mit hoher Stimme etwas vorsummte und ohne Worte mit ihrem Bruder sprach.

Dasselbe instinktive Selbstvertrauen hatte Vanessa schon als kleines Mädchen im Umgang mit Mal- und Zeichenstiften gezeigt und seither nicht verloren. Jennet fand das beruhigend. Vanessas Bilder waren immer noch formlos, ein dichter Wust gekritzelter farbiger Linien, doch sie war glücklich, wenn sie malte, und das reichte. Denn Glück war ansonsten Mangelware.

Die Party zu David Heatons fünfzigstem Geburtstag in der lang gestreckten Galerie der Stockwell School of Art. In Jennet Mallows Karton gibt es Fotos davon. David immer noch attraktiv und schlank, doch mit einem hektischen Ausdruck in den Augen. Er war am Tag zuvor von einem Besuch in New York zurückgekehrt. Davids Vater Malcolm, mittlerweile über neunzig, ein verhutzelter Alter, seine Frau war schon lange tot. Davids Schwestern. Ben Heaton mit Joanna, die er später heiraten sollte. Sarah mit ihrem italienischen Freund, aus gegebenem Anlass auf Besuch zu Hause. Vanessa in dem Kleid von Biba, das Jennet ihr gekauft hatte, zartviolette Seide, nur eben so im Hintergrund der Fotos zu erkennen, als hätte sie sich aus ferner Vergangenheit dorthin verirrt. Und Jennet ganz in Schwarz, müde und dünn, aber schön.

Neue Kleider einkaufen zu gehen war wichtig gewesen, ein Akt der Tapferkeit, das Einzige, was Jennet seit Adams Geburt und Lewis' Tod für sich getan hatte. Sie wollte auf Davids Party gut aussehen. Es hatte ihr Vergnügen bereitet, mit der Hand über die Ständer mit Seide und Samt zu fahren, vor einem Spiegel zu stehen und zu sehen, wie sie sich wieder in eine attraktive Frau verwandelte. Am Ende entschied sie sich für ein hübsches Kleid von Zandra Rhodes: in sich gemusterte Seide von einem tiefen Mattschwarz, unter der Brust eng anliegend, lange, geschlitzte Ärmel wie bei einer mittelalterlichen Königin. Sich für die Party anzuziehen und zu schminken, in die hochhackigen Schuhe zu schlüpfen, das hatte etwas von Kriegsvorbereitungen, fand Jennet, doch es war notwendig. Im vergangenen Jahr hatte sie das Haus kaum verlassen. Ihre normalen Verpflichtungen hatte sie unter Hinweis auf die Geburt alle abgesagt. An diesem Abend, Davids Geburtstag, war sie zum ersten Mal wieder bereit, es mit der Außenwelt aufzunehmen.

All die alten Freunde und die neuen. Corinne und Victor Golding, Corinnes Liebhaber Abe, Dermot, die Benjamins, Ivan Whitehouse. Kistenweise Champagner, Luftballons. Ein großes Hallo angesichts

Davids neuen Auftrags, des Covers der nächsten Beatles-LP. In der Galerie hingen einige von Davids neusten Bildern, deutlich anders als alles, was er vor und während seiner Zeit im Krankenhaus gemalt hatte. Er hatte das Kalvarienprojekt vorübergehend auf Eis gelegt und arbeitete jetzt in leuchtenden Farben, Acryl statt Öl. Weniger Schatten, glattere Flächen, Form durch farbige Blöcke angedeutet, die Farbe in manchen Fällen aufgesprüht, damit keine Pinselstriche zu sehen waren. Ein lebensgroßer Akt von Wiebke Wendt, der Mohnblumen aus der Spalte zwischen ihren Beinen wuchsen. Wiebke selbst in Feierstimmung, weil die Eröffnung ihrer ersten Ausstellung unter Davids Schirmherrschaft kurz bevorstand.

Zwar hatte Wiebke eindeutig eine gewisse Macht über ihn, doch gibt es keine Anzeichen dafür, dass sie Davids Geliebte war. Ihrer eigenen Darstellung in einem autobiographischen Essay aus dem Jahr 1997 ist zu entnehmen, dass sie es nicht war, jedenfalls nicht mehr als einmal. David habe damals nicht mehr richtig gekonnt, erklärte sie, doch er habe ihr gerne zugesehen, wenn sie sich selbst befriedigte oder mit einer anderen Frau Sex hatte. Sie selbst bevorzugte Frauen, wäre David aber gern gefällig gewesen, wenn er es gewollt hätte. Sie hatte nichts dagegen, mit Männern ins Bett zu gehen.

Mochten David Heaton und Wiebke Wendt auch kein Liebespaar sein, so waren sie doch auf eine für Jennet viel bedrohlichere Weise verbunden: Sie waren Verschworene. Solange Wiebke im Cheyne Walk lebte, kam sie Jennet kaum in die Quere. Sie war die meiste Zeit außer Haus und kam erst nachts zurück, ganz leise. Sie nahm nicht am Familienleben teil und hatte, wie sie mehrfach äußerte, eine regelrechte Abneigung gegen Säuglinge. Sie arbeitete im Atelier einer Freundin, irgendwo östlich der Tower Bridge. Ihre Kunsttheorien langweilten Jennet, doch sie musste sie sich nur selten anhören. Sie selbst arbeitete damals gar nicht. Aus Wiebkes Sicht war sie nur eine Hausfrau, die vermutlich nie wieder malen würde. Wenn Wiebke überhaupt etwas für Jennet empfand, dann allenfalls Mitleid.

Jedenfalls behauptete sie das, als sie später über ihre Ausstellung sprach. Mitleid und Ärger. Jennet Mallow, sagte Wiebke, vergeude wie so viele Frauen ihr Talent, verschwende sie auf Heim und Kinder. Wiebke Wendt rebellierte leidenschaftlich gegen das Mantra *Kinder, Küche, Kirche* der Generation ihrer Mutter, das sie als Teil der nationalsozialistischen Ideologie verabscheute. Es machte sie wütend, zu sehen, was sie zu sehen meinte, nämlich dass eine Frau, die besser war als die meisten Männer, mit Sicherheit aber viel besser als ihr Ehemann, ihre Zeit mit Windeln verplempere. Obwohl sie für die Malerei nichts übrig hatte, musste Wiebke Wendt zugeben, dass Jennets Bilder gut waren. Mehr als gut. Im Gegensatz zu denen ihres Mannes waren sie originell, faszinierend und von bleibender Wirkung.

Wendts Ausstellung wurde im April 1969 in der Redleaf Gallery eröffnet. David hatte Ivan Whitehouse dazu überredet. Keiner der beiden Männer warnte Jennet, sie war zur Vernissage eingeladen und ging aus Höflichkeit hin. Wendt wohnte damals nicht mehr bei ihnen, aber sie war ja gewissermaßen eine Freundin, und Jennet hätte es unhöflich gefunden, Freunde nicht zu unterstützen.

Die Ausstellung erstreckte sich über zwei Räume. Im ersten befanden sich Variationen von Wendts Kreuzigungsthema: Reproduktionen bekannter Kunstwerke, die um Werbesprüche oder ausrangierte Alltagsgegenstände ergänzt worden waren. Die *Mona Lisa* mit einem neuen, aus der Verpackung einer Enthaarungscreme gefertigten Kragen, Michelangelos *David* mit Helm und Hakenkreuztätowierungen, Van Goghs *Stuhl*, auf dessen Sitzfläche ein zerknittertes, fettiges Blatt Zeitungspapier und eine leere Schachtel Woodbines geklebt waren.

Der zweite Raum enthielt sechs große quadratische, weiß gestrichene Spanplatten, die mit Papierschnipseln, zerfetzten Postkarten, Hausmüll beklebt waren – lauter Sachen, die irgendwie mit Jennet Mallow verbunden waren. Die Platten waren beschriftet. Die erste, ein *Porträt der Künstlerin als Kind*, war mit Kinderdingen bestückt: einem Malbuch, herzförmigen pinkfarbenen und gelben Süßigkeiten mit Sinnsprüchen darauf, mehreren ausgezogenen Plastikpuppen, auf die Brüste und Schamhaar gezeichnet waren, einem *Buch der Kirchen* von Ladybird, der Hälfte eines Fotos von Jennet als Kind, einem Set Unterwäsche mit rosa Spitzenbesatz, das, wie Jennet erkannte, Sarah gehört hatte. Wiebke Wendt musste es aus einer Schublade in Sarahs Zimmer genommen haben. Die zweite Spanplatte, ein *Porträt der Künstlerin als Dame*, war mit Dingen bedeckt, die eine Frau eher nicht öffentlich zeigen würde: Unterwäsche, ein Diaphragma, schmutzige Wattebäusche, ein pinkfarbener Nylongürtel zur Fixierung von Damenbinden sowie eine befleckte Binde. Halb versteckt darunter ein Foto von Jennets Selbstporträt aus dem Jahr 1947. Dazu Etiketten von Ginflaschen, Zigarettenschachteln, lippenstiftverschmierte Zigarettenstummel und, mit Tinte direkt auf die Platte gemalt, ein Akt im Stil von David Heaton.

Und so ging es weiter. Das *Porträt der Künstlerin als Mutter* kombinierte eine Madonna von Filippo Lippi mit benutzten Windeln, verschmierten Lätzchen, einem Paar Plastikbrüsten und einer zerrissenen Reproduktion von Jennets Gemälde *Santiago*, deren Fetzen wild durcheinander auf die Platte geklebt worden waren. *Die Künstlerin als Geliebte* war eine Collage, auf der Goyas Maja auf einem Sarg lag, einen Schädel an den einen Oberschenkel gelehnt. Die *Künstlerin als Hausfrau* verband auf recht dekorative Weise einen Mopp, die Kartons verschiedener Sorten Waschmittel und ein Foto von einer Frau, deren Gesicht hinter einer weißen Spitzenschürze verborgen war. Die letzte Assemblage dieser Serie hieß *Porträt der Künstlerin: 1924 – 1969.* Sie war von einer spießigen Nylongardine verdeckt. Wenn man sie anhob, erschien eine von hinten fotografierte Frau, die man allenfalls an ihrem schwarzen, langärmeligen Seidenkleid hätte erkennen können. Im Hintergrund sah man willkürlich zusammengesetzte Fragmente von Gemälden Jennets. *Flussgott*,

David, Felstümpel im Winter, In der Klarheit des Wassers. Darüber die Buchstaben R.I.P.

Patrick Mann fand, Jennet solle vor Gericht ziehen, doch sie wusste, dass das sinnlos war. Ihre in der Ausstellung verwendeten Bilder waren alle so weit verändert worden, dass Wendt sie als ihre eigenen geltend machen konnte. Darauf angesprochen, erklärte Wiebke, sie habe die Ausstellung als Zeichen der Hochachtung, als Hommage verstanden. Nur der dümmste Kritiker könne übersehen, dass durch die Gegenüberstellung von Jennets Werk mit dem Michelangelos oder Goyas Jennet in den Rang dieser Maler erhoben wurde. Die Tragödie und damit auch der Grund für die Buchstaben R.I.P. bestand Wendt zufolge darin, dass Jennet ihren Alltagspflichten als Frau Vorrang vor der Kunst eingeräumt hatte. Sie habe ihre eigene Entwicklung blockiert, indem sie noch ein Kind bekommen, kein Kindermädchen angestellt, selbst den Haushalt geführt habe. Dabei, so klagte Wendt, hätte sie so weit kommen können. Aber sie habe sich selbst verraten, wie andere Frauen auch. Deshalb gebe es nur so wenige Künstlerinnen. Bis jetzt. Meine Generation, sagte Wiebke, wird sich nicht selbst verraten.

In der Öffentlichkeit tat Jennet Mallow Wiebke Wendts Ausstellung lachend ab und gab vor, eingeweiht gewesen zu sein. Tatsächlich jedoch war sie verletzt, und die kleinen Schritte, mit denen sie sich seit Davids Geburtstag auf einen Neuanfang zubewegt hatte, kehrten sich ins Gegenteil um. Wendts Vorwürfe enthielten so viel Wahres, dass sie ihre Wirkung nicht verfehlten. Und die Parodie war grausam. Netzgardinen, Spitzenschürzen: Jennet sah, dass es nicht schwer war, ihre Bilder ins Lächerliche zu ziehen. Als noch schlimmer empfand sie allerdings Davids Trickserei. Einige der Fotos und Unterlagen, die Wendt benutzt hatte, konnten nur von ihm stammen. Es schauderte Jennet, wenn sie daran dachte, wie viel Spaß ihm diese

Verschwörung gemacht haben musste. Vermutlich hatte er, wie ein Kind, das sich auf die Wirkung eines Streichs freute, nicht einmal die Absicht gehabt, grausam zu sein. Und wie ein Kind hatte er sich wahrscheinlich mit Feuereifer den Details gewidmet. Unter den Rockstars und Bankiers, den Fotografen und Schauspielern, in deren Kreisen sich David Heaton jetzt bewegte, gab es einige, die behaupteten, der kommerzielle Erfolg heilige alle Mittel. Wen interessierte schon, wie er erzielt wurde, wenn das Bild am Ende unvergesslich war? In New York hatte David Andy Warhol kennengelernt, und er bewunderte dessen clevere Arbeitsverfahren: die Vervielfältigung des Bildes, die Art und Weise, wie er die banalsten Gegenstände in Ikonen verwandelte.

David meinte, darin liege die Zukunft, doch Jennet teilte diese Ansicht nicht. Sie glaubte daran, dass die Einzigartigkeit eines Bildes wichtig war. Wendt hatte nichts anderes getan, als Jennets Leben in eine Inszenierung zu verwandeln, zugleich spöttisch und respektvoll, distanziert und plumpvertraulich, so wie Warhol es mit anderen berühmten Frauen gemacht hatte. Jennet konnte sich gut vorstellen, wie schnell sich David davon hatte überzeugen lassen, dass das Ganze einem künstlerischen Zweck diente. In die zweite Hälfte seines persönlichen Jahrhunderts eingetreten, ohne die rostigen Fußfesseln seiner Ängste und Qualen abgestreift zu haben, war er leicht zu verführen. Popsänger und Drogen, Alkohol, Schmeicheleien und die Gesellschaft jüngerer Frauen: Das waren machtvolle Verführer. David hatte zwar panische Angst vor dem Tod, doch zugleich hatte er nicht damit gerechnet, ein nennenswertes Alter zu erreichen. Er hasste alles, was ihn daran erinnerte, dass auch er in die Jahre kam, wie etwa die Tatsache, dass er der Vater eines Sohnes im heiratsfähigen Alter war. Durch das Zusammensein mit den jungen Leuten, denen er in Chelsea begegnete, erkaufte er sich eine Galgenfrist. Als junger Mann hatte er in den Ateliers und Bars von Soho in der Gesellschaft von Freunden einen gewissen Trost, ein gewisses Maß an

Vergessen gefunden. Viele dieser Freunde waren jetzt alt oder tot, aber David brauchte immer noch Trost, genauso sehr wie vorher oder sogar noch mehr, und von seiner neuen Clique bekam er ihn: in Form von Pillen oder schneeweißem Pulver, oder aus den altvertrauten Flaschen.

Für Jennet dagegen gab es wenig Trost. Gut, einen gewissen Trost fand sie in dem kleinen, warmen Körper ihres Kindes, in dessen Verlangen nach ihr, seinem stetigen Gedeihen. Ebenso war es ihr ein gewisser, wenn auch eher spartanischer Trost, ihre Mutter sauber zu halten, ihre Kinder zu ernähren, den Haushalt zu besorgen. Aber dass David von Sirenen fortgelockt wurde, war nun sicher kein Trost. Und schon gar nicht, dass es ihr unmöglich war zu arbeiten. Sie hatte diverse Auftragsarbeiten auszuführen, Patrick Mann wurde ungeduldig, die Wanderausstellung in den Staaten stand an, und Jennets Abwesenheit begann allmählich aufzufallen. Wie konnte sie die Benommenheit erklären, die ihre Hände am Arbeiten hinderte und dazu führte, dass ihr der Pinsel aus den nutzlosen Fingern fiel? Tag für Tag ging sie in ihr Atelier, stand da und starrte auf die weiße Fläche, in die Leere. *Sur le vide papier que la blancheur défend.*

Jenseits des Fensters fließt der Fluss, der Abend kommt und dann der Morgen. Irgendwo im Haus ruft ihr Sohn nach ihr, aber Jennet kann nicht antworten. Auf ihr blühen Eisblumen, die ihr Mund und Augenlider versiegeln und ihre Knochen in gefrorene Säulen verwandeln.

Falls das Gegenteil von Freude nicht Kummer ist, sondern die Abwesenheit wirklichen Gefühls, dann war Jennet Mallow tatsächlich gelähmt. Über lange Zeit war ihr Herz versteinert. Doch langsam, ganz langsam begannen sich kleine Anzeichen von Leben in ihr zu regen. Kahle Äste haben grüne Gedanken, und die Vögel singen. Als Jennet sie eines Morgens Ende Februar beim Aufwachen hörte, kamen sie ihr vor wie vertraute Stimmen, die versuchen, jemanden aus dem Koma zu wecken. Die junge Morgensonne zauberte drei helle Striche an die Wand, wie Risse in einer Leinwand, und Jennet begriff plötzlich, dass es durchaus Fluchtwege gab. Die gleichen Wege, die sie schon früher beschritten hatte, wenn sie spürte, wie die Gitterstäbe immer näher rückten. Das Licht tanzte auf der weißen Wand, und als Jennet seine fließende Bewegung sah, dachte sie ans Meer.

Sie hatte das Tor ihres Gefängnisses selbst verriegelt, doch war sie nicht die einzige Gefangene. Durch ihre Untätigkeit waren auch Lorna, Adam und Vanessa zu Gefangenen geworden, und keiner von ihnen war imstande, allein den Weg durchs Tor nach draußen zu finden. Sie alle glichen mittelalterlichen Eremiten, die von weiß getünchten Steinmauern umschlossen waren, doch nur Jennet hatte den Luxus, wählen zu können. Jetzt sah sie, dass sie denen, die von ihr abhängig waren, ein hartes Los auferlegt hatte. Trotzdem konnte sie nicht einfach ein Loch durch die Wand stoßen und wieder in die Welt zurückkehren. Zu viel hatte sich verändert, seit sie Jack Owens Kopf an ihre Brust gedrückt und gedacht hatte, ihr Glück würde ewig währen. Nein, sie musste sich weiterbewegen, wie die Jahreszeiten, wie die Uhr und wie immer, wenn sie an Veränderung dachte, träumte sie von neuen Landschaften. Sie musste London erneut verlassen.

Neue Landschaften. Weite. Wo? Jennet sehnte sich nach Meer und Licht und vor allem nach Ruhe, suchte Zuflucht vor dem Getöse der Stadt und der Schrillheit von Davids Leben. Santiago de las Altas Torres? Nicht ideal, mit ihrer kränklichen Tochter und ihrer Mutter. Außerdem machten sich auch dort allmählich die hässlichen Betonburgen breit, und Spanien war nach wie vor Franco hörig. Cornwall? Die Landschaft ihres Herzens, aber für immer verloren: Niemals würde sie das tiefblaue Wasser über scharf gezackten Felsen wirbeln sehen können, ohne an Jack zu denken, an Lewis zu denken. Lewis, der mit zerschmettertem Körper und grauenhaft verdrehten Gliedmaßen dalag, während ihm das Meer durchs Haar fuhr und hoch oben die Seemöwen kreischten. Dieses Bild hatte sie oft vor Augen.

Und seine Pendants: Lewis, der an einem strahlenden Sommernachmittag am äußersten Rand des Kliffs balanciert, den Blick nach unten aufs verlockende Meer gerichtet. Jack, der Steine über die kleinen Wellen am Porthmeor Beach hüpfen lässt, sich lächelnd zu ihr umdreht. Nein, dort würde sie nicht mehr hinfahren, außer vielleicht, um Blumen für die Geister ihrer Vergangenheit zu verstreuen. Mit ihrem Sohn, vielleicht. Wenn er älter war.

Wäre es möglich gewesen, hätte sich Jennet für den hohen Norden entschieden. Stille und Unendlichkeit: Schnee, geformtes Eis, ungeatmete Luft, saubere Einsamkeit. Für Farbe, Ägäisblau oder Neapelgelb, war sie noch nicht stark genug. In ihrem Verlangen nach Leere verbarg sich immer noch die Sehnsucht nach dem Tod. Der Impuls allerdings, der Lewis Delafield bewegt haben musste, als er die Entscheidung traf – wenn es denn eine Entscheidung war –, seinen festen Stand auf den Felsen aufzugeben, war Jennet fremd.

Am Ende kehrte sie wieder zu ihren Anfängen zurück. Nicht ans Meer, sondern ins nordenglische Hochland, das nicht minder einsam sein kann, wo das Land sich jäh erhebt und wieder abfällt wie eine große Masse windgepeitschten Wassers. Nicht nach Litton Kirkdale, wo das alte Haus für nicht mehr sanierbar erklärt und abgerissen worden war, sondern ins Hochmoor oberhalb eines nahe gelegenen Tals, nach Stonesdale. In ein quadratisches Haus, Ravens, nicht schön, aber solide, aus Stein erbaut, um Wind und Regen zu trotzen, so fest auf den steilen Hang gepflanzt, als wäre es aus dem Fels gesprossen. Ein altes, vollkommen isoliert liegendes Bauernhaus mit Nebengebäuden, von dem aus man nichts anderes sehen konnte als die sich verändernden Farben des Moorlands, mal Sommergrün, mal Farnbraun, mit Heidekraut durchsetzt und von grauen Mauern durchzogen.

War auch Ravens wieder ein Gefängnis, nur abgelegener als Bridge House? Ja, in vieler Hinsicht schon. Aber Jennet hatte es selbst gewählt. Sie war ihre eigene Wärterin, und sie fühlte sich sicher dort, wo niemand sich nähern konnte, ohne schon von Weitem gesehen zu werden, wo nichts an sie herankam und es nicht zu unerwünschten Komplikationen kommen konnte. Die einsame Lage des Hauses schreckte sie nicht im Geringsten. Sie hatte Strom und Telefon und einen Land Rover, mit dem sie den Weg von der Straße zum Haus gut befahren konnte. Im Winter hatte das Haus mit seinen zugezogenen Vorhängen und verriegelten Türen etwas Höhlenartiges: Es war warm, uneinnehmbar, und das flackernde Kaminfeuer ließ Schatten an den Wänden tanzen.

Für Lorna Mallow war ein Gefängnis wie das andere. Als sie im Frühjahr 1971 nach Ravens umzog, ging es mit ihrer bereits labilen Gesundheit bergab. Ihre Blutbahnen glichen in der Trockenzeit versandenden Bächen, sodass es in ihrem Gehirn immer mehr Stellen gab, wo die Gedanken sich nicht mehr verbinden, die Wörter sich nicht mehr zusammenfügen. In Chelsea hatte sie gelernt, sich auf Krücken durchs Haus zu schleppen, war jedoch aus Angst, von Fremden gesehen zu werden, nie vor die Tür gegangen. Sie, die mit ihren knalligen Farben und ihrem grellblonden Haar immer gute Miene zum bösen Spiel gemacht hatte, schämte sich für ihren verkrüppelten Zustand. Allzu früh setzte bei ihr die Vergreisung ein, und Trost fand sie nur in den Zigaretten, die sie unablässig rauchte, und in immer größeren Mengen roten Wermuts mit Gin. Jennet hatte versucht, sie mit zaghaften Versprechungen davon zu überzeugen, dass es ihr guttun würde, wieder in Yorkshire zu sein: frische Luft, ein Garten ohne bedrohliche Stufen, Ausflüge an vertraute Orte, Harrogate und Richmond. Die Enkel würden zu Besuch kommen, sie wären nicht so weit von Barbara entfernt. Doch für Lorna waren diese Versprechungen unerheblich. West Riding war nur ein weiterer Ort, der im Verhältnis zu Jamaika, ihrer einzigen lebendig gebliebenen Erinnerung, in ihrem Kopf zur Bedeutungslosigkeit verblasst war. Zu Beginn des neuen Jahrzehnts glich Lorna einer vertrockneten Hülse, so dünn und leicht, dass man sie hochheben und wie ein Kind tragen konnte.

Jennet Mallow verwandelte Ravens in eine Festung für sich selbst und die Menschen, die zu versorgen ihre Pflicht war. Hier hatte Vanessa mehr Bewegungsfreiheit, als sie sie in London je hätte haben können, wo sie wegen ihrer Verträumtheit nicht allein hatte hinausgehen dürfen. Im Stonesdale Moor schuf sie sich rund ums Haus einen kleinen Bereich, innerhalb dessen sie frei herumstreifen und die Welt endlich nach ihren eigenen Vorstellungen erkunden konnte. Ihr Schlafzimmer wurde bald eine Galerie neuer Fundstücke: Schafsknochen, ein Vogelschädel, zerbrochene Steine mit Abdrücken von Meerestieren, die vor Millionen von Jahren einmal dort geschwommen waren. In der frischen Luft und der Ruhe blühte Vanessa auf, sie wuchs noch ein wenig und wurde kräftiger, und der leichte Blaustich ihrer Haut wich einem ganz zarten Rosa.

Anfangs malte Jennet überhaupt nicht, doch an ihren einsamen Abenden las sie bis in die Nacht hinein, wenn das Haus von tiefer Stille eingehüllt war. Sie las, was immer sie von ihren mitgebrachten Büchern gerade zu brauchen glaubte: Romane aus dem neunzehnten Jahrhundert, T. S. Eliots Gedichte, die Predigten von John Donne und Lancelot Andrewes, die Schriften von Sir Thomas Browne. Letztere, mit Kalbsledereinband und Goldschnitt, stammten aus der Bibliothek von Richard Mallow. In diese Bücher hatte seit Jahren niemand mehr hineingeschaut, doch Jennet hatte sie aufbewahrt, und wenn sie jetzt eines davon aufschlug, meinte sie manchmal, Spuren ihres Vaters darin zu entdecken.

Mochte sie auch nicht malen, so zeichnete sie doch. Die schlafende Lorna, Vanessa mit gezücktem Stift, das Hochmoor, die violetten, federartigen Blütenstände des wolligen Honiggrases, ihren grauäugigen Sohn. Beim Zeichnen entdeckte sie ihre alten Rhythmen wieder, den Rhythmus, der aus der Verbindung von Hand und Bewusstsein entsteht und vor allem den Rhythmus der Landschaft. Im äußersten Westen von Cornwall, wo sie zuletzt dieses Gefühl von Ganzheit gehabt hatte, eine innere Vision, gepaart mit dem starken

Verlangen, ihr Ausdruck zu verleihen, maß sich der menschliche Geist an der Weite des Meers und nicht des Landes. In den nördlichen Dales dagegen ist es das Land, das inspiriert: unwiderstehlich, karg, weltabgeschieden, gleichgültig gegenüber den flüchtigen Belangen dessen, der sie durchquert.

Nachdem Jennet ungefähr ein Jahr lang voller Demut in dieser gewaltigen Umklammerung von Himmel und Stein gelebt hatte, begann sie deren Unerbittlichkeit als beruhigend zu empfinden. Im Vergleich dazu wirkte ihr inneres Chaos aus Angst und Schuldgefühlen unbedeutend. Diese Landschaft entfesselte eisigen Regen, der an ihre Fenster prasselte, heulenden Sturm, der seine Krallen in ihre Mauern bohrte. Als wäre die Landschaft so kalt wie das Eis, das sie einst bedeckt hatte, vermochte sie Jennets Innerstes zwar nicht aufzutauen, gab ihr aber den Raum zum Atmen. Und Jennet war dankbar. Hier, das wusste sie, würde es möglich sein zu malen.

Eines der Nebengebäude war eine große, auf einer Seite offene Scheune, die sich mit ihren hohen Wänden und dem Steildach in ein Atelier würde umwandeln lassen. In Jennets Vorstellung nahm es schnell Gestalt an, aber sie brauchte jemanden, um die Idee zu verwirklichen. Wie schon in der Vergangenheit fiel ihr Roddy MacNamara ein, ihr alter Freund und verlässlicher Helfer, der immer instinktiv wusste, was sie wollte, und außerdem über die praktische Erfahrung im Bau verfügte, die ihr fehlte. Er war immer noch mit Dermots Schwester verheiratet und lebte nach wie vor in London, war jedoch des Stadtlebens überdrüssig und daher leicht dafür zu gewinnen, etwas Neues auszuprobieren. Er und seine Frau hatten ohnehin schon vom Umziehen geredet und dabei zufällig sogar an Yorkshire gedacht. Er war gern bereit, bei Jennet zu wohnen und den Umbau ihrer alten Scheune zu überwachen.

Das Ganze nahm sechs Monate in Anspruch, in denen Roddy für Jennet und ihren Sohn so unentbehrlich wurde wie ein lieber Bruder. Als er nach Ravens kam, war Adam kaum dem Säuglingsalter entwachsen, als das Atelier im September 1972 fertig wurde, war der Junge fünf. Ein seltsames Leben für ein kleines Kind in diesem Haus, das so fern von irgendeinem anderen war. Zur Gesellschaft hatte der Junge außer Jennet eine demente Großmutter und die Schwester, die er liebte, deren unsichere Bindung zur Welt er jedoch schon damals wahrnahm. Er spielte gerne mit Vanessa, doch als er älter wurde, wollte er mehr, und Roddy MacNamara gab es ihm. Ein sanftes Gegengewicht zu den drei Frauen, brachte Roddy Adam all die Dinge bei, die er selbst als Junge im County Wexford gelernt hatte: wie man Vögel an ihrem Gesang erkannte und ihre Eier voneinander unterschied, wie man auf einem Grashalm pfiff und die Windrichtung bestimmte. In dem Sommer, als Roddy Jennets Atelier baute, waren sie ständig zusammen, das Kind dem Mann immer dicht auf den Fersen, einen Ziegelstein oder eine Maurerkelle an sich gepresst und fest entschlossen zu helfen. Zum Geburtstag besorgte Roddy Adam einen munteren Foxterrierwelpen, den der Junge Skuff nannte. In diesem stillen Haushalt, in dem niemand Worte verschwendete und manchmal Tage vergingen, ohne dass jemand sprach, war die Stimme des Welpen die lauteste, ihm machte die Stille keine Angst.

Jennet Mallows Atelier steht noch genauso da, wie sie es verlassen hat, mitsamt ihren Pinseln und Farben. Solide aus altem Stein erbaut, bis auf die eine offene Seite der alten Scheune, die jetzt komplett verglast ist. Eichenbalken stützen das Dach, auf dem Boden helle Buche. Wenn Licht auf das Holz fällt, glänzt es wie Wasser. Entlang einer der Wände Regale, ordentlich mit den Werkzeugen von Jennets Kunst bestückt. Ein langer, auf Böcken stehender Tisch. Und durchs Fenster der Blick auf den steilen Anstieg zum Stonesdale Moor und den endlosen Himmel.

Hier also begann Jennet wieder zu arbeiten, zaghaft, langsam, sog die Gerüche von Öl und Farben ein, um ihre Erinnerung anzuregen, rührte vorsichtig mit dem Finger in einer der Farben, um das Gefühl dafür wiederzubekommen, führte die Pinsel an die Lippen. Hier malte sie das rätselhafte, beängstigende Gemäde *Klippenwand*, eine große Fläche von, wie es bei oberflächlicher Betrachtung erscheint, reinem Weiß, das sich tatsächlich jedoch aus den vielen Farbtönen einer Eisschicht zusammensetzt. Die dick aufgetragene und dann geriefte Farbe lässt die Scharfkantigkeit einer gefrorenen Oberfläche erstehen, auf der ein Mensch sich bei einem Sturz böse Verletzungen zuziehen würde.

Und hier in Ravens fuhr Jennet fort zu malen, hier starb Lorna Mallow, und hier lebte Adam Heaton, bis er acht Jahre alt war und Leonard Kaspar ihn bei sich haben wollte. Adam besuchte damals seit rund einem Jahr die Dorfschule und war, so schien es Jennet, durchaus zufrieden. Doch im Sommer 1978, ein paar Monate nachdem Lorna ganz plötzlich an einer Gehirnblutung gestorben war, kam Kaspar, um in Jennets Atelier zu stöbern, und sah den Jungen zum ersten Mal. Ein selten fotografiertes Kind, dessen Aussehen sich nur aus den Zeichnungen seiner Mutter erschließen lässt, ihnen zufolge war er schön. Gib ihn mir mit, sagte Kaspar, er kann ja in den Ferien wieder hierherkommen. Aber während der Schulzeit werde ich in London für ihn sorgen und seine Ausbildung bezahlen. Hör ihn dir doch nur an, er klingt wie ein Bauerntölpel. Ich werde ihm all das geben, was ich als Kind nicht hatte. Alles, was er braucht und sich wünscht. Ich werde ihn wie meinen eigenen Sohn behandeln und zu meinem Erben machen.

Weinte Jennet um Adam, als er nach London ging? Versuchte sie, aus dem Gedächtnis die Schatten zu malen, die seine Wimpern auf seine Wangenknochen warfen? Vielleicht. Und vielleicht erinnerte sie sich auch an die Worte des Dichters zum Tod seines kleinen Sohnes. »Ruh sanft, und sag, so jemand fragt, hier liegt Ben Jonsons Meisterwerk.« Leonard Kaspar besaß schon andere Meisterwerke von ihr: Sollte er jetzt noch dieses bekommen? Andererseits war ihr klar, dass dieser entlegene Ort nichts für einen heranwachsenden Jungen war, es sei denn, er sollte einmal Trockensteinmaurer oder Bauer werden. Aber wie sollte das gehen, wo er doch keine generationenalte innere Verbindung zu diesem Land hatte? Da war es besser, wenn er die Art von Bildung erhielt, die sie selbst genossen und ihm zu gegebener Zeit hatte zukommen lassen wollen. Doch irgendwie hatten sich ihre Pläne, den Unterricht in der Dorfschule durch ihr Restwissen in Latein zu ergänzen, im gemächlichen Einerlei der Tage verloren, und sie hatte Adam zu Hause keinerlei Zwang auferlegt. An seiner Fähigkeit zu lernen zweifelte Jennet nicht: Er hatte einen scharfen Verstand und ging geschickt und kreativ mit Sprache um. Außerdem war er musikalisch begabt, und das gab für Jennet letztlich den Ausschlag. Ihr wurde allmählich bewusst, dass er mehr brauchte, als sie ihm geben konnte. Und als Kaspar Worte wie Chorknabe und Stradivari raunte, sah sie die vielversprechenden Anlagen ihres Sohnes zur Entfaltung kommen. Schließlich war Adam jetzt ja auch genau in dem Alter, in dem Hunderte anderer kleiner Jungen ins Internat geschickt wurden.

Im Übrigen bestand für Jennet, da Lorna gestorben war und Vanessa – etwas selbständiger geworden – nun ihr eigenes undurchdringliches Leben führte, zum ersten Mal nach so vielen Jahren die Aussicht auf freie Zeit. Lange Stunden der Stille, gefüllt mit nichts, Stunden, in denen sie sich in den feinen Stoff der Träume würde einhüllen können. Keine Notwendigkeit, für jemand anderes Verantwortung zu übernehmen. Sie wollte nicht unterbrochen werden, nicht einmal von ihrem eigenen Sohn. Kaspar war es gewohnt, einfach beiseitezuwischen, was seiner Meinung nach Jennets Malerei behinderte. Er hatte sich immer von ihr genommen, was er haben wollte. Es erschien nicht abwegig, dass er auch ihr Kind zu sich nehmen würde.

Also. Die Entscheidung war getroffen, wenn auch nicht leichten Herzens. Was erklärt, wenn ich hier für einen kurzen Augenblick unterbrechen darf, warum ich in der Grabesruhe von Leonard Kaspars Haus in der Mount Street aufwuchs, mit den leuchtenden Fresken meiner Mutter an den Wänden und ihren Gemälden in jedem Zimmer. Leonard hielt sein Versprechen und finanzierte mir den Besuch der besten Londoner Schulen. Ich lernte Geige spielen, und er kaufte mir tatsächlich eine Stradivari. Meine Ferien verbrachte ich bei meiner Mutter in Ravens, die Abende während der Schulzeit in Leonard Kaspars Gesellschaft. Aber das ist eine andere Geschichte, eine, die nicht hierher gehört. Von der Trennung ist mir vor allem in Erinnerung geblieben, wie sehr ich Skuff, den kleinen Hund, vermisste.

Auf *Klippenwand* folgte die Serie weißer Gemälde. Vor allem für diese ist Jennet Mallow bekannt. Zwar kaufte Leonard Kasper die ganze Serie, doch hängt sie als Dauerleihgabe in der Tate Gallery. Dreizehn gigantische Gemälde auf weißer Leinwand, die auf Holz geklebt ist. Furchterregend in ihrer kalten Strenge, Lage um Lage Weiß auf geweißtem Grund, leuchtend, aber keineswegs optimistisch, ein Licht, wie es an der Schwelle zum Tod sichtbar werden mag. Furchterregend auch durch die Bedrohung, die sie – ganz konkret – in sich tragen. Einem der Gemälde wurde so ein tiefer Schnitt zugefügt, dass das nackte, zersplitterte Holz sichtbar ist. In das vierte ist ein gezahnter Metallstreifen eingelassen, in das elfte eine Reihe scharfer Klingen. Es gibt Stacheldrahtrollen, gezackte Risse, Drähte, die so straff auf das Brett gespannt sind, dass sie es einzuscheiden scheinen, scharfe Kanten, die zu forsche Finger zweifellos durchsäbeln würden.

Diese Gemälde haben keine offiziellen Titel, doch in ihrem Tagebuch bezeichnet Jennet sie als ihren Kreuzweg. Auf einem anderen Gemälde, das zur weißen Serie gehört, obwohl es tiefschwarz ist, sind die Umrisse eines Kreuzes zu sehen. In die schwarze Farbe, ein Rußschwarz, wurde mit einem dicken, in Beize getränkten Pinsel eine geisterhafte Senkrechte mit Querbalken gezogen, wie ein vom Blitz erleuchtetes leeres Kreuz in tiefer Dunkelheit.

Jennet Mallow lebte und arbeitete fast zwanzig Jahre in Ravens. Sie wurde mit Preisen und Ehrungen überschüttet: 1982 wurde sie ins Kuratorium der Tate Gallery gewählt und in den Adelsstand erhoben, und die Universitäten von London, Oxford, Exeter und Leeds verliehen ihr die Ehrendoktorwürde. In New York, Stockholm, Canberra und Paris fanden große Ausstellungen ihres Werks statt, und nachdem sie im Auftrag der Weltbank in Washington zwei große Wandgemälde angefertigt hatte, wurde sie zum Ehrenmitglied der American Academy of Arts and Letters ernannt.

Früher hätte sich Jennet über diese Huldigungen gefreut, doch mit fortschreitendem Alter wurde ihr der Ruhm gleichgültig. Sie fühlte sich der Wahrheit verpflichtet, und dieser Verpflichtung nach besten Kräften gerecht zu werden war ein einsames Geschäft. Sie arbeitete stundenlang allein in ihrem Atelier und ärgerte sich, wenn ihre kostbare Zeit durch öffentliche Verpflichtungen in Anspruch genommen wurde. Bis Mitte der Achtzigerjahre gab sie noch Interviews und reiste zu den Eröffnungen ihrer Ausstellungen, doch dann zog sie sich zunehmend zurück, bis sie gegen Ende ihres Lebens schließlich kaum mehr das Haus verließ.

Sie lebte nicht allein. Vanessa war immer da, und ich kam, sooft ich konnte. Ben kaufte ein Wochenendhäuschen in der Nähe von Ravens und besuchte unsere Mutter häufig. Sarah kam sommers zu Besuch. Ihre drei Kinder, Luca, Sergio und Gabriella, sprachen nur Italienisch und waren somit durch die Sprache von ihrer Großmutter getrennt, doch Vanessa, der es egal war, ob sie redeten oder nicht, liebte sie sehr. Selbst in ihren Dreißigern und Vierzigern sah Vanessa noch aus wie ein Kind. Dünn und klein, klare Haut, die hellen Augen weit auseinanderstehend und der Blick ungetrübt, als wäre das Erwachsensein nie bis in ihr Bewusstsein vorgedrungen.

Auch David Heaton kam ein paarmal nach Ravens. Ihm bekam das Altern gar nicht gut – Jennet erschrak jedes Mal, wenn sie ihn sah. In den Zeitspannen zwischen den einzelnen Besuchen schien er so viel zu verlieren – Haare, Zähne, Masse –, bis er schließlich Ende der Achtzigerjahre zu einem Giacometti-Strichmännchen zusammengeschnurrt war, allerdings mit Schmerbauch und einer von geplatzten Adern geröteten Nase. Bei einem seiner Besuche in Ravens fragte er: Wollen wir mal wieder miteinander ins Bett gehen, Vogel, wie in alten Zeiten? Jennet fand die Idee durchaus ansprechend, doch im Bett war er dann saft- und kraftlos und schlief bald ein. Jennet lag neben ihm wach, erinnerte sich an andere Nächte, in denen sie zugehört hatte, wie er grunzte und schnarchte, und fragte sich, ob sie wohl jemals wieder mit jemandem schlafen würde und ob ihr das überhaupt wichtig war.

Reines, unbeschwertes Glück war nur noch eine Erinnerung für Jennet. Wenn sie konnte, beschwor sie diese Erinnerung herauf – blass wie der Duft welker Blumen –, doch es war ihr kein Leben mehr zu einzuhauchen. Sie wusste, dass sie Glück erlebt hatte, in der Klarheit und Bewegung von Wasser, in dem Duft und der Wärme von Säuglingen, die sie sich unter die Nase hielt wie frisch gebackenes Brot. Sie erinnerte sich daran, es in den Nachtstunden in Santiago erlebt zu haben, als ihr Körper auf Davids Körper reagierte und ihrer beider Haut vom mondbeschienenen Meer noch kalt und salzig war. Am lebendigsten war die Erinnerung an das Glück, mit dem Jack Owens Küsse sie erfüllt hatten, das galoppierende Pferd, das er für sie gezeichnet hatte, das perfekte Zusammentreffen seines drängenden Suchens und ihrer tiefen Hingabe, die Laute, die er von sich gab, sein freudiges, enthemmtes Schluchzen.

So musste es wohl sein, jetzt wo sie eine alte Frau wurde. Die Alten, dachte sie, müssen sich mit der Erinnerung an das Glück begnügen. Dessen Höhenflüge sind den Jungen vorbehalten. Doch gab es immer noch Quellen der Freude: das Malen vor allem, die Herausforderungen und Befriedigung ihrer Arbeit. Und frisches Wasser, mit dem man an einem heißen Tag seinen Durst stillte, der Duft von Limonen oder Muskatnuss, der Gesang einer Amsel, der Anblick zweier fliegender Schwäne, die zielstrebig wie Engel den Abendhimmel durchquerten. Die Form und der Rhythmus eines Gedichts.

Es sind stille Freuden, keine Ekstase, weder das Glitzern des Kolibris noch der scharfe Zahn des Hundes. Es war schade, dass David Heaton sie nicht kannte. Er hatte fünfzig Jahre lang dem wilden Vergnügen nachgejagt, als könnte es ihn vom Untergang freikaufen. Weil er Angst vor der leeren Leinwand hatte, schleuderte er Wein und Pillen und grelle Acrylfarben darauf, verwechselte Besinnungslosigkeit mit Ruhe, war außerstande, der weißen Weite des Todes ins Auge zu sehen. Als er 1988 starb – man fand ihn zwei Tage nach seinem Tod in seiner Wohnung Ecke Beaufort Street, wo er, von Erbrochenem bedeckt, im erkalteten Badewasser lag –, konnte Jennet nur hoffen und beten, dass er seinen Frieden gefunden hatte.

Jennet liebte ihren Mann, sie mochte ihn, sie konnte ihn nicht leiden und hasste ihn. Ihre Gefühle gegenüber David, ja gegenüber fast allem, waren veränderlich wie Wasser und flossen ständig ineinander, so wie bei einer den Gezeiten ausgesetzten Flussmündung Salz- und Süßwasser durch nichts geschieden werden.

Wasser, das in dem Bach unterhalb ihres Hauses über Steine rann. Wasser, das mit den Steinen, die es streichelt, die Farbe wechselt: salbeigrün, krautgrün, silber, flechtengelb, Süßwassermuschelschale. Wasser, das die Blau- und Bleitöne des Himmels borgt. Und so wie die Gezeiten ganz allmählich die Uferlinie verändern, fanden diese Farben im Laufe der Jahre Eingang in Jennets Gemälde. Das Eisige wich Farben in zartester Abstufung, wie wenn die Sonne aufgeht oder wenn sich im Körper eines Menschen, der in einer frostigen Nacht in den Bergen in letzter Minute gerettet wurde, ganz langsam wieder Wärme ausbreitet.

Noch lange nachdem sie nach Stonesdale gezogen war, schien es Jennet, als künde diese unbegreiflich vollkommene Landschaft vom Tod. Als sie dort ankam, war sie selbst fast tot. Der langsame Prozess der Wiedergeburt begann, als sie wieder malen konnte, und dann schlug sich zunächst die erhabene Gleichgültigkeit von Himmel und Stein in ihrem Werk nieder. In den ersten Jahren war noch so viel Schmerz in ihr, den es auszudrücken galt, und erst als sie ihn in die malträtierten *Kreuzweg*-Gemälde hatte fließen lassen, ließ er etwas nach. Dann erlangte sie eine gewisse Ruhe. Stonesdale ermöglichte sie ihr, diese Ruhe nach der Zeit der Schuldgefühle und der Leidenschaft, und es vermittelte ihr außerdem einen Sinn für die Endlichkeit. Dieser Sinn, dieses Verständnis erfüllt die Bilder der Jahre nach *Klippenwand*, was nicht heißen soll, dass sie morbide oder auch nur melancholisch wären. Ganz im Gegenteil, sie sind meditativ wie Ikonen und von der friedlichen Erkenntnis erfüllt, dass es der Tod ist, der dem Leben seine prekäre Schönheit gibt.

Wie anders ließ sich diese Erkenntnis malerisch erfassen als in Licht und Weiße? Jenes Weiß, das auf *Klippenwand* eisig ist, tödlich, wandelt sich im Laufe der Zeit in lebensbejahende, leuchtende Schattierungen von Weiß. Man denke an die vier Bilder, die Jennet Ende der Achtzigerjahre malte und nach Engeln benannte: *Gabriel, Michael, Metatron, Raphael.* Gebieterische Engel, nicht die Tröster aus Kinderreimen, keine rosigen, pausbäckigen Cherubim mit Grübchen. Diese Engel erteilten strenge Befehle, wenn sie erschienen, und waren furchterregend anzusehen. Und doch strahlten sie. Jeder feine Federast ihrer riesigen Schwingen muss von strahlendem Weiß gewesen sein, dem Weiß von Engeln. Dem Weiß, das Sterbende angeblich sehen, wenn sie aus dem Dunkel kommen.

Doch manchmal werden die Sterbenden von dieser Schwelle zum Weiß wieder ins Leben zurückgezogen. Und sind sie zurück, müssen sie sich wieder daran erinnern, wie man lebt. Oder wieder leben lernen. Eine Lektion, die Jennet durch eine schwere Krankheit lernte.

Es gibt drei Fenster in Jennet Mallows Schlafzimmer oder vielmehr eine große, dreigeteilte Fensteröffnung. Jedes Drittel besteht aus einem hohen Schiebefenster mit Perlstabverzierung, in der Mitte wiederum durch einen Querriegel unterteilt. Das Ganze ist von weiß glänzenden Leisten eingefasst und mit einem schmalen Fensterbrett versehen. Das Fenster wirkt ungewöhnlich großzügig, ja geradezu frivol in diesem Haus, das eigentlich als Zuflucht vor den Elementen gedacht war. Jennet pflegte zu sagen, der ursprüngliche Besitzer des Hauses müsse wohl nach Licht gehungert und sein ganzes Herz daran gehängt haben, auch in diesem Land des Regens und langen Winters so viel Licht wie irgend möglich einzufangen. Jennet hatte dieses Dreierfenster wegen seiner schönen Symmetrie immer bewundert und nie Vorhänge angebracht, doch erst als sie zum ersten Mal in ihrem Leben richtig krank war, erlangte es Bedeutung. Da sie über viele Tage hinweg ans Bett gefesselt war, das gegenüber vom Fenster stand, war dieses ihre einzige Verbindung zur Außenwelt. Gesundheitlich hatte Jennet bis dahin Glück gehabt, unter ihrer zarten, schlanken Statur verbargen sich Zähigkeit und Kraft. Als sie irgendwann feststellte, dass sie schon seit längerer Zeit, angefangen im Winter 1993, von einer unerklärlichen Müdigkeit geplagt wurde, führte sie diese auf ihr Alter und den Mangel an Sonne zurück. Erst als sie so schwach geworden war, dass sie kaum mehr die Treppe hinaufsteigen konnte, von dem Hügel hinterm Haus ganz zu schweigen, hielt sie es für angebracht, zum Arzt zu gehen.

Im Juni des darauffolgenden Jahres wurde eine chronische lymphozytische Leukämie diagnostiziert. Jennet wusste von Anfang an, dass es sich dabei um eine tödliche Krankheit handelte, die jedoch nicht unmittelbar zum Tod führen musste, sondern auch einen langsamen Verlauf nehmen konnte. Trotzdem riet man ihr zu einer Bluttransfusion, intravenösen Immunglobulingaben und einer medikamentösen Krebstherapie. Die Behandlung sollte im Krankenhaus, die Genesung zu Hause erfolgen.

Es überraschte Jennet festzustellen, dass sie noch nicht bereit war zu sterben. Hätte man sie gefragt, hätte sie gesagt, sie stünde dem Tod gleichgültig gegenüber. Sie fühlte sich schon so lange wie eine Patientin, die in einem endlosen Korridor darauf wartete, an die Reihe zu kommen, und sich im kalten, nicht von Tageslicht abgemilderten Neonlicht von Stuhl zu Stuhl vorarbeitete. Wäre da nicht Vanessa gewesen, der nach wie vor ihre größte Sorge galt, hätte die Erkenntnis, dass das Warten ein Ende hatte, so glaubte Jennet, sie durchaus erleichtert.

Doch da hatte sie noch nicht gewusst, dass sie todkrank war. Aus der abstrakten Überlegung war eine Tatsache geworden. Dieses Wissen verwischte die Grenzen, deren sie sich vorher so sicher gewesen war, und brachte eine neue Intensität in ihr Leben.

Sie entdeckte diese Intensität zufällig, als sie aus ihrem Fenster blickte. Den ganzen Sommer über und bis in den Herbst war sie ans Bett gefesselt, denn jedes Mal wenn sie begann, ein wenig zu Kräften zu kommen, wurde sie durch die nächste Gabe Medikamente wieder zurückgeworfen. Das war für sie, die sie nie untätig gewesen war, schwer zu ertragen. In dieser Zeit der langen Tage und endlosen Nächte war sie froh um Roddy und seine Frau Louella, die in dem Jahr von Davids Tod nach Stonesdale gezogen waren. Ohne die beiden hätte sie in Ravens nicht bestehen können. Sie trafen alle erforderlichen Vorkehrungen und kümmerten sich um Vanessa, die Jennets Krankheit nicht wirklich verstand und nicht damit zurechtkam. Louella hatte in London als Krankenschwester gearbeitet und kümmerte sich während Jennets gesamter Krankheit fachkundig und mit großer Anteilnahme um sie.

Es war eine neue Erfahrung für Jennet, wehrlos wie ein Kind und auf den guten Willen anderer angewiesen zu sein. Louella besaß die Gabe, mit den Fingern zu sehen. Sie und Jennet waren sich vorher in London ab und zu begegnet, aber nicht befreundet gewesen. Selbst später, als Louella und Roddy in ein Häuschen auf dem Grundstück von Ravens zogen, wurden sie nicht zu Freundinnen. Die beiden Frauen hatten kaum gemeinsame Interessen. Doch in gewisser Weise stand Louella MacNamara Jennet viel näher als eine Freundin. Kein Mensch, weder ihre Mutter noch David, noch einer ihrer Geliebten hatte sie je mit solchem Einfühlungsvermögen angefasst. Louella erkannte allein dadurch, dass sie ihr die Hand auf die Stirn legte, wie es Jennet ging, und wenn sie die Hand wieder wegnahm, nahm sie einen Teil der Schmerzen weg.

Einen Teil. Jennet hatte vielfältige Schmerzen, durch Blutergüsse, entzündete Gelenke, Geschwüre im Mund, und an manchen Tagen war ihr so übel, dass ihr selbst ein Schluck Wasser eine unerträgliche Vorstellung war. Zum ersten Mal seit fünfzig Jahren hatte sie keine Lust zu rauchen. Sie konnte nicht lesen. Sie konnte nur in ihren Kissen liegen, mal wegdämmernd, mal wachend, oft seltsam entkörperlicht und nicht sicher, ob sie träumte oder, falls sie wach war, wo ihre Gedanken herkamen.

Und Stunde um Stunde schaute sie aus dem Fenster. Von ihrem Bett aus konnte sie nur den Himmel sehen. Sie beobachtete, wie er sich von Minute zu Minute veränderte, wenn Wolken über ihn hinwegzogen oder Vögel ihn als dunkle Silhouetten durchquerten, durch das Fehlen von Details aufs Emblematische reduziert. Morgens und abends eine Schar schreiender Gänse.

Schon ihr Leben lang dachte Jennet Mallow über den Himmel nach. Über die Form der Wolken und über seine Farben, über die Worte, mit denen sich diese Farben beschreiben, und die Mittel, mit denen sie sich auf der Leinwand wiedergeben ließen. Doch ihre jetzige lange und ununterbrochene Betrachtung des Himmels war anders. Auch auf ihrem Krankenbett staunte sie über die Vielfalt und Intensität der Himmelsfarben, vom ersten zarten Flackern des Sonnenaufgangs bis zum Sonnenuntergang, vom blassesten Rosa über Violett, Scharlachrot, Türkis, und Kobaltblau bis zu Zinnoberrot, vom kalten Schwarz einer mondlosen Nacht zum streifigen Kohlschwarz einer bedeckten Nacht oder den geisterhaften Grautönen der Stunde vor der Dämmerung. Der Vollmond weckte sie mit seinem harten

Licht, und sie stellte sich vor, wie verängstigte Tiere von seinem grellen Schein gebannt wurden. Sie betrachtete die Sterne, die nicht durch die Lichter einer Stadt verdunkelt wurden, und ihr fiel auf, dass sie zu tanzen und fallen schienen. Sie beobachtete, wie der Regen gleich Perlen aus geschmolzenem Silber über die Scheiben rann, sah, wie die Luft nach dem Regen schimmerte, wie tief die von Wasser beschwerten Wolken hingen, wie diffuses Licht sie golden umrandete.

All diese Beobachtungen waren nicht neu, doch Jennet sah mit neuen Augen – Augen, deren Fokus durch ein neues Bewusstsein der Endlichkeit bestimmt war. Und mit diesem neuen Bewusstsein ging auch die Wahrnehmung des Gegenteils einher, nämlich der Grenzenlosigkeit des Himmels. Gegen Ende von Jennets Genesungszeit, in einem schon winterlichen Oktober, gab es ganze Tage, an denen der Himmel stur unverändert blieb, als wäre er sein fortwährendes Spektakel müde. Ganze Tage ohne Farbe, nur ein seltsam statisches Weiß ohne jede Variation, als wäre der Himmel tot.

In ihrem leeren Haus stundenlang in einen unveränderlichen Himmel zu blicken, brachte Jennet eine neue Erkenntnis. Schon vor Langem hatte sie die Schönheit der Endlichkeit erkannt. Sie hatte den nötigen Halt gefunden, um ihr ins Auge zu sehen, indem sie dem Vergnügen und der Liebe entsagt und die Weite ihrer Bilder mit purem Weiß ausgefüllt hatte. Sie hatte die Einsamkeit gewählt und sich gesagt, dass sie diese als Bedingung ihrer Kunst ertragen müsse. Wie ein Einsiedler in der Wüste hatte sie sich jeglicher Ablenkung verweigert, hatte die Augen vor der Verlockung der wandelbaren Oberfläche mit ihrem Farbenspiel und ihrer Bewegung verschlossen. Doch jetzt wollte sie wieder Bewegung.

Die endlose Leere des Himmels war bedrückend. Wenn Jennet die Augen zumachte und den Blick aus dem Fenster gegen den dünnen Schutzschirm ihrer Lider eintauschte, erfüllten die tanzenden Formen und Farben, die sie sah, sie mit Erleichterung. Schaute sie, ohne zu blinzeln, auf das dreigeteilte Fenster und schloss dann die Augen, erschien fast unmittelbar sein Abbild. Drei Rechtecke mit weichen Konturen, dunkel vor einer weniger tiefen Dunkelheit, die sie einerseits selbst verändern konnte, indem sie die Augen fester zusammenkniff, und die andererseits von außen durch die unterschiedliche Lichtintensität beeinflusst wurde. Wenn es richtig hell war draußen, waren die Rechtecke gar nicht dunkel, sondern erschienen zunächst als Lichtblöcke, die durch einen Streifen in der Mitte aufgeteilt wurden. Jennet sah zu, wie sie sich entwickelten: von einem feurigen Orange mit grünem Querstreifen über Kastanienbraun und ein tiefes Dunkelrot, bis die Konturen verschwammen, die Blöcke schwarz wurden und schließlich verschwanden.

Jennet wusste, dass es sich hier nicht um Erscheinungen, sondern um optische Täuschungen handelte. Doch zugleich hatten diese Farben etwas Tröstliches. Sie waren auf eine ihr offensichtliche, aber nicht erklärbare Weise unvermeidlich, richtig und bedeutungsvoll. Es hatte etwas mit den Proportionen des Bildes und der Intensität der Farben zu tun. In ihrer Mattigkeit empfand Jennet sie als Botschaften Gottes.

Viel später, als es ihr wieder besser ging, malte Jennet diese Farbeindrücke. Zunächst eine Serie von Blöcken in relativ kleinem Format, Öl auf Papier, auf Leinwand aufgezogen. Sie experimentierte wieder mit den Farben, um den gewünschten Effekt zu erzielen, verdünnte sie, erzeugte Schlieren, verwendete Lasuren. Nach den einzelnen Blöcken malte sie Dreiheiten, exakte Abbilder ihres dreigeteilten Fensters. Jedes farbige Rechteck von einem Querbalken durchzogen, die Konturen nie exakt, vielmehr streben die Farben zueinander und erfüllen so einander mit Leben und Bedeutung. Dunkelblau über Dunkelgrau, Orange auf Kastanienbraun, zwei getrennte Blautöne, Sonnengelb.

Jennet Mallows letzte Lebensjahre waren produktiv. Auf die Farbblöcke ließ sie wieder fast monochrome Gemälde folgen, malte acht große Bilder ohne Titel, die wieder an Luft und Wasser erinnerten. An dieser Serie begann sie zu arbeiten, nachdem sie mit Ben und seiner Frau Joanna eine Reise in die Grafschaft Mayo an der irischen Westküste gemacht hatte. Ihren Aufzeichnungen ist zu entnehmen, dass sie an einem stillen Tag einmal viel Zeit damit verbracht hatte, dem Spiel des Lichts am Horizont zuzusehen, und dieser Anblick zweier von nichts durchbrochener weiter Flächen, des Himmels und des Meers, fand sich in den folgenden Gemälden wieder. Die acht Bilder sind alle gleich aufgebaut, durch eine schwache horizontale Linie halbiert, nur die Farbtöne und Schattierungen sind verschieden. Man kann, wenn man sie alle zusammen sieht, Jennets Betrachtung des Meers im Laufe eines Tages nachvollziehen. Es ist kein Zufall, dass es gerade acht Bilder sind, in Analogie zu den acht Horen: Diese Serie ist eine Art Gebet oder Meditation, eine Ahnung davon, wie die Unendlichkeit aussähe, wenn man sie malen könnte. Die Nuancen der verwendeten Farbtöne, Milchweiß und Grau, Perlgrau, Austerngrau, Sand, Blasslila, Mitternachtsblau und Tintenschwarz, sind so fein, dass man sie kaum wahrnimmt, und doch ist an der leichten Bewegung, dem Irisieren der Farben zu erkennen, wo das Wasser endet und die Luft beginnt.

In Jennets Malerei, so zeigt sich im Rückblick auf ihr Gesamtwerk, war immer eine Debatte oder vielleicht eher ein Dialog über Ruhe versus Bewegung, Weiß versus Farbigkeit, Realismus versus Abstraktion im Gange. Es spiegelten sich darin die Streitpunkte, mit denen sie sich in ihrem konkreten Leben auseinandersetzte: die Frage, inwieweit Künstler verpflichtet sind, sich mit den drängenden Themen ihrer Zeit oder auch mit anderen Menschen zu beschäftigen, also Einsamkeit versus Engagement: die Frage, wo sie hingehörte und ob man sich auch in tragischen, unberechenbaren Zeiten den Luxus leisten darf, sich selbst auszudrücken oder auch einfach zu glauben. Auf solche Fragen kann es keine endgültigen Antworten geben. In ihren letzten drei Gemälden, vielleicht ihren besten, fand Jennet Mallow dennoch zu einer Art Lösung.

Alle drei erwuchsen aus Beobachtungen. Mit dem ersten, *Flug*, erinnerte sich Jennet an den zufälligen Anblick einer Schar Regenpfeifer auf einer überschwemmten Wiese. Mit ihrem gesprenkelten Federkleid fielen diese Vögel auf dem Boden kaum ins Auge, doch als sie von einem ins Wasser springenden Hund aufgeschreckt wurden, erfüllten sie die Luft mit schwirrendem, funkelndem Gold, ihre hellen Federn ergriffen Besitz von der Sonne. Auf der Leinwand fing Jennet diese Bewegung ins Licht so gut ein, dass man meint, den dünnen Ruf der Vögel zu hören: ein goldenes Gewirbel über grünem Wasser, Flügelschläge, die erstaunliche Präzision, mit der die ganze Schar im Flug wendet.

Flug ist eines von Jennets größten Gemälden. Damit sie es malen konnte, baute Roddy MacNamara in ihrem Atelier das Gerüst wieder auf, das sie zum letzten Mal fast zwanzig Jahre zuvor benutzt hatte, als sie die Wandbilder für die Weltbank malte. Es gibt Filmaufnahmen von Jennet bei der Arbeit an diesem Gemälde: Eine unbeirrbare kleine Person mit kurzem, strubbeligem Haar, die Ärmel und Hosenbeine ihres weißen Overalls hochgekrempelt, so hockt sie auf der Leiter. Vor all der Bewegung auf ihrem Bild entdeckt man Jennet kaum, als wäre sie selbst ein verirrter Farbklecks, der darauf wartete, vom Pinsel wieder an die richtige Stelle befördert zu werden.

Auch für ihr letztes Werk benutzte Jennet dieses Gerüst. Doch da brauchte sie dann jemanden, der sie auf der Leiter festhielt. Im Dezember 1999 kam ihre Leukämie wieder, womit sie hatte rechnen müssen. Diesmal war die Wahrscheinlichkeit einer Remission geringer. Jennet war jetzt älter und schwächer. Sie beschloss, niemandem davon zu erzählen. Im folgenden Frühjahr machte sie sich auf den Weg, um ein Versprechen einzulösen, das sie mir vor einiger Zeit gegeben hatte. Ich arbeitete damals als Kunsthistoriker in Cambridge und hatte in jenem Jahr meinen ersten Gedichtband veröffentlicht. Einige Zeilen aus einem meiner Gedichte waren als Inschrift für eine Skulptur ausgewählt worden, die im Garten des Pfarrhauses von Little Gidding aufgestellt werden sollte, einem Ort nah der Grenze zwischen Huntingdonshire und Northamptonshire. Für Jennet war diese Skulptur ein schönes Bindeglied zu ihrer Vergangenheit, denn Elizabeth Foy hatte sie geschaffen, die Jennet noch aus Cornwall kannte. Die einst in Liebe zu Lewis Delafield entbrannte Elizabeth hatte das Kloster längst wieder verlassen und war jetzt eine berühmte Künstlerin. Sie und Jennet waren sich in den letzten Jahren immer wieder begegnet. Jennet mochte sie gern und bedauerte es, dass sie sich nicht nähergekommen waren. Obwohl sie nur ungern ihren sicheren Hafen verließ, hatte sich Jennet nicht zuletzt aus Zuneigung zu Elizabeth bereit erklärt, nach Little Gidding zu fahren.

Die Kirche von Little Gidding ist alles andere als spektakulär. Es handelt sich eher um eine kleine Kapelle mit zwei gegenüberliegenden Reihen von Kirchenstühlen und einem schmalen Mittelgang. Doch sie hat ein außerordentlich schönes Ostfenster aus farblosem venezianischem Glas, und wenn man durch die schwere Tür eintritt, empfängt einen statt der normalen Luft draußen eine fühlbar andere, eine friedlichere, ruhigere Luft. Viele Jahre stiller Andacht haben an diesem Ort zarte Spuren hinterlassen, als hätte sich auf der Holztäfelung, den blau-weißen Bodenfliesen, dem Verputz ein Atemhauch niedergeschlagen.

Als Jennet Mallow dort war, ging es ihr sehr schlecht. Es war eine große Gesellschaft, ein herrlicher Nachmittag, das junge Grün der Bäume leuchtete, die Hecken waren von weißen Blüten übersät. Jennet hatte zugesehen, wie T.S. Eliots Witwe Elizabeths Bronzeskulptur enthüllte, die den Titel *Duale Form* trug. Sie hatte zugehört, als ich meine Zeilen vortrug. Doch sich auch die weiteren Reden anzuhören war ihr zu viel, sie wusste, dass sie ohne Hilfe nicht so lange stehen konnte, und wollte nicht, dass man sah, wie schwach sie war.

In einem unbeobachteten Moment stahl sie sich fort und trat in die Kühle der leeren Kirche, wo sie ein wenig würde ausruhen können und wieder zu Kräften kommen könnte.

Jennet Mallow gehörte nicht zu den Menschen, die bewusst beten. Auch in Little Gidding betete sie nicht. Sie saß bloß da und ließ das Licht auf sich wirken, das durch das Ostfenster und das unterschiedlich gestaltete grünliche Glas der großen Fenster an der Nord- und Südwand hereinfiel. Ein grüner Gedanke in grünem Schatten ging ihr durch den Kopf, und einige Zeilen von T. S. Eliot. Hinter der Kirche steht ein großer Bergahorn, dessen Geäst das große Ostfenster ganz ausfüllt. Sie dachte über das Triptychon nach, das durch den Mittelbogen dieses Fensters und die Rechtecke an beiden Seiten gebildet wurde. Diese Formen wiederholten sich in den Bildtafeln über dem schlichten Tisch, der als Altar diente, sowie in dem Kruzifix und den beiden Kerzen, die auf ihm standen. Das Bild war von der heiteren Lebendigkeit eines Baums an einem Frühlingsnachmittag erfüllt.

Was, fragte sich Jennet, war letztlich der größere Trost? Das von den Bewegungen des Baums erfüllte Fenster oder das von Norden und Süden ungehindert hereinflutende Licht? Sie erinnerte sich an andere Fenster und die Ausblicke, die sie boten, klar und vollständig oder durch Gitter oder Stäbe fragmentiert. Nach einer Weile fühlte sie sich wieder stark genug, um zu der Feier zurückzukehren. Als sie die Kirchentür öffnete, strömte von Osten und Westen Licht herein. Sie sah die Landschaft, die sich vor der Kirche ausbreitete, die lange Straße, die davon wegführte.

Jennet Mallows letzte zwei Gemälde. Das erste in Tinte und Aquarell, sechs kleine Bildtafeln, einem Wandschirm ähnlich. Eine fahle, farblose Lasur, wie Regen, dahinter eine Andeutung hoher Bäume. Kahle Äste. Bäume, wie sie in einem Traumwald stehen könnten oder in dem dichten Nebel einer Moorlandschaft – flüchtig, geisterhaft, aber vorhanden. Das zweite, *Klares Glas*, verdünnte Öl- und Temperafarbe. Ein hohes Gemälde, so hoch und breit wie ein Kirchenfenster. Unmöglich in Worte zu fassen. Das reine Leuchten. Ein Weiß wie das eines perfekt geschliffenen Diamanten, aus dem strahlende, feurige Farben aufblitzen. Ein Weiß so dicht wie Magnolienblüten, so zart wie die Flügel von Eintagsfliegen. Weiß mit Blau- und Goldtönen darin, die Verheißung von Licht.

Dieses Gemälde ist unvollendet. Es fertigzustellen überstieg Jennet Mallows Kräfte. Roddy und ich halfen ihr, und auch Vanessa half ein wenig. Wir wechselten uns darin ab, unter Jennets Anleitung die oberen Ecken des Holzbretts auszumalen, an die sie nicht herankam. Vanessa mischte irisierende Farbe, Perlmuttpulver zum Beispiel, mit Eigelb, so wie Jennet es vor vielen Jahren getan hatte, vor der Geburt ihres ersten Kindes. Roddy hielt Jennet auf den unteren Sprossen der Leiter fest. Ich war den ganzen Sommer über in Ravens, bis das neue akademische Jahr begann, doch ich war nicht da, als Jennet starb.

Kann man einsamer sein als eine Frau bei der Geburt? Ja, vielleicht schon: wenn man allein im Sterben liegt. Jennet Mallow starb in der Nacht vom 27. Dezember 2000. Vanessa kam früh am nächsten Morgen in ihr Zimmer, begriff jedoch nicht, dass Jennet tot war. Roddy MacNamara fand sie dann einige Zeit später. Er und Louella hatten sich gerade noch darüber unterhalten, wie gut es doch sei, dass Jennet so lang und friedlich schlafen könne. Eine Autopsie wurde nicht durchgeführt, man ging davon aus, dass die Leukämie die Todesursache gewesen war. Der Arzt, der den Totenschein ausfüllte, meinte, Jennet habe keine Schmerzen erleiden müssen. Im Endstadium einer schweren Krankheit, sagte er, erkennt man nicht mehr genau, wo das Leben aufhört und wo der Tod beginnt. Leben und Tod. In diesem einen Moment, in dem die Zeit auszusetzen scheint, die Dauer eines einmaligen Atemanhaltens, wie wenn bei Stillwasser Meer und Land ausbalanciert sind, wie der Abstand zwischen Pinselstrichen, gleichermaßen still: Leben und Tod.